クリスティー文庫
31

ハロウィーン・パーティ
〔新訳版〕

アガサ・クリスティー

山本やよい訳

Agatha Christie

早川書房

8979

HALLOWE'EN PARTY

by

Agatha Christie

Translated by
Yayoi Yamamoto
Published 2023 in Japan by
HAYAKAWA PUBLISHING, INC.
This book is published in Japan by
arrangement with
AGATHA CHRISTIE LIMITED
through TIMO ASSOCIATES, INC.

P・G・ウッドハウスへ

あなたの長篇と短篇が
長年のあいだ
わたしの人生を明るくしてくれました。
また、わたしの本を楽しく読んでいると
優しく言ってくださったことに
お礼を申しあげます。

ハロウィーン・パーティ〔新訳版〕

登場人物

エルキュール・ポアロ……………私立探偵
アリアドニ・オリヴァー…………ミステリ作家
ジュディス・バトラー……………オリヴァーの友人
ミランダ・バトラー………………ジュディスの娘
ジョイス・レナルズ………………ミランダの友人
ミセス・レナルズ…………………ジョイスの母
アン・レナルズ……………………ジョイスの姉
レオポルド・レナルズ……………ジョイスの弟
ルウェリン＝スマイス……………大富豪
ヒューゴ・ドレイク………………ルウェリンの甥
ロウィーナ・ドレイク……………ヒューゴの妻
ジェレミー・フラートン…………ドレイク家の顧問弁護士
オリガ・セミーノフ………………ルウェリンの世話係
マイクル・ガーフィールド………造園家
ミス・エムリン……………………校長
エリザベス・ホイッティカー……教師
スペンス……………………………ロンドン警視庁を退職した元警視
エルスペス・マッケイ……………スペンスの妹

第一章

ミセス・アリアドニ・オリヴァーは友達のジュディス・バトラーの家に泊まっていて、その夜予定されていた子どもたちのパーティの準備を手伝うため、ジュディスと一緒に出かけていった。

パーティ会場の家に着くと、誰もがもう大忙しだった。エネルギーにあふれた女性たちがあちこちのドアを出入りしながら、椅子や小さなテーブルや花瓶の位置を変えたり、黄色いカボチャを大量に運んできて、あらかじめ選んでおいた場所にバランスよく飾ったりしていた。

今夜はハロウィーン・パーティ。十歳から十七歳までの子どもたちが招待されている。

ミセス・オリヴァーは中心になって働いている人びとから離れると、誰もいない奥の壁にもたれ、大きな黄色いカボチャをひとつ手にして、注意深く眺めた――「こういうカボチャを最後に見たのは」グレイの髪を広い額から掻き上げながらつぶやいた。「去年、アメリカにいたときだったわ――何百個もあったわね。家のなかがカボチャだらけ。あれほど大量のカボチャを見たのは初めてだった。でも、正直に言うと」じっと考えながらつけくわえた。「わたしにはクリカボチャとペポカボチャの違いもわからない。これはどっちかしら」

「あら、ごめんなさい」ミセス・バトラーがミセス・オリヴァーの足につまずいて謝った。

ミセス・オリヴァーは壁にいっそう身を寄せた。

「わたしが悪いのよ。ぼうっと突っ立って、みなさんの邪魔をしたりして。でも、あのときはすごい光景だったのよ。クリカボチャかペポカボチャか知らないけど、とにかく、たくさんあったわ。お店とか、住宅とか、至るところに飾ってあるの。カボチャのなかにろうそくや電球を入れたり、上から吊るしたり。おもしろい光景だった。いえ、あれはハロウィーン・パーティじゃなくて、感謝祭のときだったわね。わたし、カボチャっていうとすぐハロウィーンと結びつけてしまうけど、ハロウィーンは十月の末だわ。感謝祭はもっとあとよね？　十一月じゃない？　十一月の三週目ぐらい？　それはともかく、ハロウィーンはぜったい十月三十一日、そうでしょ？　まずハロウィーンがあって、次は何かしら？　万霊節（オール・ソウルズ・デイ）？　この日、パリでは人々がお墓まいりに行って、お花を供えることにしてるのよ。悲しい祝日ではないわ。だって、子どもたちも一緒に出かけて、楽しく過ごすんですもの。まず花市場へ行って、きれいなお花をどっさり買う。パリの花市場ほどきれいなお花はどこにも置いてないわね」

　忙しそうな多くの女性が何度もミセス・オリヴァーにぶつかったが、彼女の話など誰も聴いていなかった。みんな、自分の用事で大忙しだった。

　子どものいる女性が大部分で、なかにひとりかふたり、てきぱきと働く独身女性も交じっていた。働き者の十代の子たちもいた。十六歳と十七歳の少年で、脚立にのぼったり、椅子にのったりして飾りつけを手伝い、クリカボチャもしくはペポカボチャや、鮮やかな色彩の魔女のガラス玉をちょうどいい高さのところに吊るしている。十一歳から十五歳の少女たちは何人かでかたまってあたりをうろつき、クスクス笑っている。

「そして、万霊節とお墓まいりのあとに」ソファの肘掛けに腰をのせて、ミセス・オリヴァーは話を続けた。「万聖節（オール・セインツ・デイ）が来る。たしかそうだったわね？」

　この質問に答える者は誰もいなかった。パーティの主催者である凜（りん）とした感じの中年女性、ミセス・ドレイクが意見を述べた。

「わたし、ハロウィーン・パーティとは呼ばないことにしています。もちろん、ほんとはハロウィーン・パーティですけどね。わたしは〝イレブン・プラス・パーティ〟と呼んでいます。つまり、十一歳で中等学校コース選別試験を受けた子たちのためのパーティなんです。今夜はその年齢層の子を招いています。エルムズ校を出てほかの学校へ進学する子たちを」

「あら、それはあまり正確とは言えませんよ、ロウィーナ」ミス・ホイッティカーが鼻眼鏡をずり上げながら、非難がましく言った。

ミス・ホイッティカーは地元の学校で教師をしていて、つねに正確さにこだわるタイプだ。

「だって、イレブン・プラスの制度はしばらく前に廃止されたんですもの」

ミセス・オリヴァーは詫びるようにソファから腰を上げた。「わたしったら、役立たずですね。ここにぼうっと腰かけて、クリカボチャだの、ペポカボチャだのと、くだらない話ばかりして」ついでに足を休めてたし――そう思うと、少し気が咎めたが、わざわざ口に出して言うほど申し訳ないとは思っていなかった。

「さて、これから何をお手伝いしましょう？」ミセス・オリヴァーは尋ね、さらにつけくわえた。「まあ、きれいなリンゴ！」

リンゴの入った大きな鉢を誰かが部屋に持ってきたところだった。ミセス・オリヴァーはリンゴが大好きだった。

「赤くておいしそうね」

「ほんとはそれほどおいしくないんですよ」ロウィーナ・ドレイクが言った。「でも、見た目はきれいでしょ。アップルボビングに使うんです。少し柔らかめのリンゴなの。そのほうが楽にかじりつけるから。これを図書室に運んでくれない、ビアトリス？　アップルボビングをやると、いつもあたりがびしょ濡れになってしまうけど、図書室の絨毯なら気にせずにすむわ。古いんですもの。まあ！　ありがとう、ジョイス」

十三歳になるがっしり体型のジョイスがリンゴの鉢を持ち上げた。リンゴが二個ころがり落ち、まるで魔女の杖に導かれたかのように、ミセス・オリヴァーの足元で止まった。

「リンゴ、お好きなんでしょ？」ジョイスが言った。「何かで読みました。いえ、もしかしたらテレビで見たのかも。おばさん、人殺しのお話とか書いてる人ですよね？」

「ええ」ミセス・オリヴァーは答えた。

「殺人事件に関係したことを何かお願いすればよかった。例えば、今夜のパーティで殺人が起きて、みんなで事件を解決するとか」

「いいえ、遠慮しておくわ」ミセス・オリヴァーは言った。「二度としません」

「どういう意味？　もうやりたくないんですか？」

「あのね、前に一度やったことがあるけど、あまりうまくいかなかったの」

「でも、本をたくさん書いてますよね」ジョイスは言った。「すっごくお金になるんでしょ？」

「まあね」ミセス・オリヴァーの思いは内国歳入庁に払う税金のほうへ飛んでいった。

「フィンランド人の探偵が出てきますよね？」

ミセス・オリヴァーはそのとおりだと答えた。ぼうっとした感じの小柄な少年がぶっきらぼうに言った。ミセス・オリヴァーの印象では、イレブン・プラスの試験を受ける年齢にはまだ達していないように見える。「なんでフィンランド人なの？」

「わたしもよく、不思議に思うのよ」ミセス・オリヴァーは正直に答えた。

オルガン奏者の妻のミセス・ハーグリーヴズが緑色の大きなプラスチックの桶を抱え、息を切らして部屋に入ってきた。

「これ、アップルボビングにどうでしょう？　派手な色だから」

医院で薬剤師をしているミス・リーが言った。「ブリキのバケツのほうがいいわよ。ブリキならすぐひっくりかえったりしないから。どこでやるんですか、ミセス・ドレイク？」

「アップルボビングは図書室にしようと思ってたの。敷いてある絨毯が古いし、とにかく、あたりがかならず水浸しになるでしょ」

「わかりました。そっちへ運びましょう。ロウィーナ、ここにもリンゴの籠があるわよ」

「お手伝いするわ」ミセス・オリヴァーは言った。

足元にころがっている二個のリンゴを拾った。自分が何をしているかほとんど意識せずに、片方のリンゴに歯を立て、かじりはじめた。ミセス・ドレイクがもう一個のリンゴを強引にとりあげて籠に戻した。周囲でざわざわとおしゃべりが始まった。

「そうね、でも、スナップドラゴンはどこでやるの？　ほら、炎を上げるブランデーのなかから干しブドウをとって食べるゲーム」

「スナップドラゴンなら図書室がいいんだけど。あの部屋がいちばん暗いから」

「いえ、ダイニングルームにしましょう」

「だったら、まずテーブルに何かかけなきゃ」

「緑色の分厚い布があるから、それをかけて、さらにゴムのシートをかぶせればいいわ」

「鏡はどうする？　ほんとにあたしたちの未来の夫の顔が映るの？」

ミセス・オリヴァーはこっそり靴を脱ぎ、音を立てないようにリンゴをかじりながら、ふたたびソファに腰を下ろして、人でいっぱいの部屋をゆっくり見渡した。いつしか作家の目で人々を見ていた。〃さて、この人たちのことを本にするとしたら、どんなふうに書けばいい？　いい人ばかりに見えるけど、本当のところはどうかしら？〃

ある意味では、ここにいる人たちのことは何も知らないほうが魅力的かもしれない。全員がウッドリー・コモンの住人で、そのうち何人かについては、ジュディスの話に出てきたので、ミセス・オリヴァーもなんとなく覚えている。ミス・ジョンソン――教会に何か関係している人。牧師さんの妹ではない。あ、そうそう、オルガン奏者の妹だ。ロウィーナ・ドレイク、ウッドリー・コモンの行事をすべてとりしきっているように見える人。それから、息を切らして桶を持ってきた女性。けばけばしい色のプラスチックの桶。ミセス・オリヴァーは昔からプラスチック製品が大嫌いだ。そして、子どもたちがいる。十代の少年少女たち。

いまのところ、ミセス・オリヴァーが知っているのはその子たちの名前だけだった。ナンとか、ビアトリスとか、キャシーとか、ダイアナとか。ジョイスという子もいる。目立ちたがり屋で、盛んに質問をよこす子。あまり好きになれないタイプね――ミセス

・オリヴァーは思った。アンという少女は背が高くて傲慢そうに見える。若者もふたりいる。髪形をいろいろ試してみる癖があるようだが、どちらかというと不運な結果に終わっている。

　小柄な少年がちょっと照れくさそうに入ってきた。

「この鏡、ママが持ってけって。こんなんでいいのかな」軽く息を切らして、少年は言った。

　ミセス・ドレイクが鏡を受けとった。

「まあ、ありがとう、エディ」

「どこにでもあるような手鏡ね」アンという少女が言った。「こんな鏡で、ほんとに未来の夫の顔が見えるの？」

「見える子もいれば、見えない子もいるのよ」ジュディス・バトラーが言った。

「おばさんもパーティに行ったとき、夫になる人の顔を見たの？　こういうパーティで」

「見るわけないって」ジョイスが言った。

「あら、見たかもよ」偉そうな顔をしたビアトリスが言った。「ＥＳＰってやつ。超感覚的知覚（エクストラ・センサリー・パーセプション）の略よ」現代用語ならなんでもよく知っていると言いたげに、得意そうな口調でつけくわえた。

「おばさんの本、一冊読みました」アンがミセス・オリヴァーに言った。『死にゆく金魚』って本。すごくおもしろかった」とお世辞を言った。

「あたし、つまんなかった」ジョイスが言った。「血の出る場面があんまりないんだもん。あたしは血みどろの殺人が好きなの」

「ちょっと悪趣味ね」ミセス・オリヴァーは言った。「そう思わない？」

「でも、わくわくする」

「そうとはかぎらないわよ」

「あたし、前に殺人を見たことあるもん」ジョイスが言った。

「バカなことを言うものじゃありません」学校教師のミス・ホイッティカーが言った。

「見たもん」

「ほんとに？」キャシーという子が目をまん丸にしてジョイスを見た。「ほんとに、間違いなく、殺人を見たの？」

「そんなわけないでしょ」ミセス・ドレイクが言った。「バカなことを言うのはおやめなさい、ジョイス」

「見たんだってば」ジョイスは言った。「ほんとに、ほんとに、ほんとに」

脚立のてっぺんに立っていた十七歳の若者が興味津々で見下ろした。

「どんな殺人だい？」

「嘘に決まってるでしょ」ビアトリスが言った。

「そうですとも」キャシーの母親が言った。「この子がたったいまこしらえたんだわ」

「こしらえてないもん。ほんとに見たもん」

「どうして警察へ行かなかったの？」キャシーが訊いた。

「だって、それを見たときは殺人だと思わなかったから。あれは殺人だったんだって気がついたのは、ずっとあとになってからだった。一カ月か二カ月前に誰かが何か言ったのを聞いて、急に思ったの――そうだ、あたしが見たのは殺人だったんだって」

「やめてよ」アンが言った。「みんなジョイスの作り話よ。バカみたい」

「見たのはいつだった？」ビアトリスが尋ねた。

「何年か前よ」ジョイスが答えた。「あたしはまだほんの子どもだった」

「誰が誰を殺したの？」ビアトリスが尋ねた。

「ぜったい言わない。みんな、すごく怖がるから」

ミス・リーが別のバケツを持って入ってきた。ブリキのバケツとプラスチックの桶のどちらがアップルボビングに向いているかを、みんなで比べることになった。手伝いに来ていた人のほとんどが、じっさいに試してみようと言って図書室へ行った。若い子の何人かは、このゲームのむずかしさと自分たちの腕前を早く披露したくてうずうずしていた。髪がずぶ濡れになり、水が飛び散り、それを拭くために誰かがタオルをとりに走った。結局、すぐひっくりかえってしまうプラスチックの桶のけばけばしい魅力より、ブリキのバケツのほうがいいということになった。

ミセス・オリヴァーは明日使う予定のリンゴが足りなくなったので、補充するためにリンゴの鉢を運んできたが、それを下に置いて、またひとつ手にとった。

「新聞で読みましたけど、リンゴを食べるのがお好きなんですよね」アンだかスーザンだかが――どっちの子か、ミセス・オリヴァーにはさっぱり区別できない――非難がましい声で言った。

「わたしにつきまとってる罪なの」ミセス・オリヴァーは言った。

「メロンだったら、もっとおもしろいのに」少年のひとりが言った。「水気たっぷりだもん。想像してみて。ものすごいことになるよ」楽しげな期待をこめて絨毯を調べながら、少年は言った。

ミセス・オリヴァーは食いしん坊なことを人前で咎められ、いささか照れくさくなったので、トイレを探そうと思って部屋を出た。トイレの場所というのは、たいてい簡単にわかるものだ。階段をのぼり、途中の踊り場で左に曲がったところ、少年少女のカップルにぶつかりそうになった。ふたりはおたがいの体に腕をまわしてぴったり抱きあい、ドアにもたれていたが、ミセス・オリヴァーが見たところ、そのドアこそ自分が入ろうとしている個室のドアのようだった。ふたりはミセス・オリヴァーのことなど知らん顔だ。吐息をついて身を寄せあっている。ミセス・オリヴァーは思った——この子たち、いくつなの？　男の子はたぶん十五歳ぐらい、女の子は十二歳を少し過ぎたぐらいかしら。胸の膨らみ具合からすると、もう大人と言ってもいいほどだけど。

〈リンゴの木荘〉はかなり大きな家だ。居心地のいい片隅や物陰がいくつかある。人間ってほんとに自分勝手ね——ミセス・オリヴァーは思った。他人のことなど考えもしない。昔からあるこの有名なきまり文句が心に浮かんだ。子守り、乳母、家庭教師、祖母、ふたりの大おば、母親、その他何人かから、彼女がいつも言われてきた言葉だ。

「ちょっと失礼」ミセス・オリヴァーははっきりした大きな声で言った。

少年と少女はさらにぴったり抱きあい、唇を強く押しつけあった。

「ちょっと失礼」ミセス・オリヴァーはもう一度言った。「通してくださらない？　そのドアを通りたいの」

カップルはしぶしぶ体を離した。むっとした視線をよこした。ミセス・オリヴァーはトイレに入り、ドアをバタンと閉めて錠をかけた。

ぴったりとは閉まらないドアだった。外からかすかな話し声が聞こえてきた。

「大人ってあれだもんな」まだ声変わりしきっていない声で少年が言った。「邪魔されたくないって気持ち、わかってくれてもいいのにさ」

「自分勝手なのよ」少女の甲高い声がした。「自分のことしか考えないの」

「他人のことなんか考えもしない」少年が言った。

第二章

子どものパーティの準備にはたいてい、大人を招待する場合よりはるかに手間がかかるものだ。大人のパーティだったら、豪華な料理とそれに合う酒をそろえ、ほかにレモネードでも用意すれば、盛り上がること間違いなし。費用はかかるかもしれないが、少しも面倒ではない。アリアドニ・オリヴァーと友達のジュディス・バトラーはその点で意見が一致した。

「もっと年上の子のパーティはどうかしら」ジュディスが言った。

「よく知らないわ」ミセス・オリヴァーが言った。

「考えようによっては」ジュディスが言った。「いちばん手間がかからないかもしれない。だって、わたしたち大人は全員追いだされてしまうもの。すべて自分たちでやるって、子どもたちが言うのよ」

「で、ほんとにやるわけ？」

「まあ、こちらの期待どおりにはいかないけど」ジュディスは言った。「子どもって、注文するのを忘れた品があるかと思えば、誰も食べないような品を山ほど注文したりするんですもの。大人を追いだしておきながら、〝これこれこういう品を用意してくれればよかったのに〟なんて言うのよ。グラスや食器をずいぶん割るし、いつだって、来てほしくない子が押しかけてきたり、来てほしくない子を連れてきたりする。わかるでしょ、そういうの。特殊な薬とか――なんて呼ぶんでしたっけ？――フラワー・ポットとか、パープル・ヘンプとか、ＬＳＤとか。わたし、ＬＳＤってお金のことだと、ずっと思ってたのよ。でも、どうやら違うみたいね」

「お金もかかるんでしょ？」ミセス・オリヴァーは言った。

「まったく不愉快だわ。しかも、大麻ってすごくいやな臭いなの」

「気の滅入りそうな話ね」

「でも、今夜のパーティは大丈夫。ロウィーナ・ドレイクが仕切ってるんですもの。パーティを開くのはお手のものよ。見ればわかるわ」

「わたし、パーティに出かけるのも億劫なの」ミセス・オリヴァーはため息をついた。

「二階へ行って一時間ほど横になってらっしゃい。ねっ？　出かけてみれば、けっこう楽しいものよ。ミランダが熱を出してなきゃよかったのに――パーティに出られなくて、あの子、ひどくがっかりしてるの。かわいそうに」

パーティは七時半に始まった。アリアドニ・オリヴァーはジュディスの意見の正しさを認めるしかなかった。誰もが時間どおりにやってきた。すべてが順調に運んだ。うまく計画され、実行され、時計仕掛けのように規則正しく進められた。階段は赤と青の照明に彩られ、膨大な数の黄色いカボチャが飾ってあった。柄のところにコンテスト用の飾りをつけたホウキを持って、少年少女がやってきた。開会の挨拶がすむと、ロウィーナ・ドレイクが今夜の予定を発表した。「まず、ホウキの柄コンテストの審査です。一等、二等、三等と賞が出ます。次は小麦粉削り、小さな温室でおこないます。それからアップルボビング――向こうの壁に、このゲームのグループ分けが貼ってありますからね。その次はダンス。明かりが消えるたびにパートナーを変えましょう。それがすんだら、女の子は小さな書斎へ行って、そこで手鏡をもらいます。そのあとで食事、それから賞品を渡し、最後にスナップドラゴンをします」

どんなパーティでもそうだが、今夜も最初のうちはなかなかうまく進まなかった。ホウキは好評だったが、ミニチュアサイズのものばかりだし、全体的に見て、飾りもあまり高いレベルに達してはいなかった。「そのほうが楽なのよ」ミセス・ドレイクが友達のひとりにこっそり言った。「それに、とっても便利なの。どんなゲームをやらせても賞をとるのは無理っていう子が、かならずひとりかふたりはいるから、これでちょっとごまかせるでしょ」

「ずるいのね、ロウィーナ」

「そんなことないわ。賞品がみんなに公平に行き渡るよう配慮してるだけ。忘れちゃいけないのは、誰もが賞品をほしがってるってことなの」

「小麦粉削りってどんなゲームですの？」ミセス・オリヴァーは尋ねた。

「ああ、そうそう、あのゲームのとき、あなたは部屋にいらっしゃらなかったわね。タンブラーに小麦粉を入れてぎゅっと押し固めてから、お盆に逆さまに置いて中身を出し、てっぺんに六ペンス硬貨をのせるの。次に、硬貨を落とさないよう、ひとりひとりが少しずつ慎重に小麦粉を削りとっていく。誰かが硬貨を落としたら、その人は失格。一種の脱落ゲームって感じかしら。六ペンス硬貨はもちろん、最後に残ったひとりがもらうのよ。さあ、行きましょう」

ふたりは図書室へ向かった。アップルボビングをやっている図書室から興奮した甲高い叫びが聞こえ、ゲームに参加した者は髪を濡らし、全身ずぶ濡れで部屋を出てきた。

少女たちにもっとも人気だったゲームのひとつは、ハロウィーンの魔女が登場するものだった。魔女の役を演じるのはミセス・グッドボディといって、村で掃除の仕事をしている女性で、魔女につきものの、いまにもくっつきそうなカギ鼻と顎を持っているだけでなく、不吉な響きのささやき声を出すのが大の得意で、魔法の言葉を織りこんだ下手な詩を作ることもあった。

「では、始めるとしようか、ビアトリス。そうだね？　ふむ、ビアトリスか。なかなかいい名前だ。さて、未来の夫がどんな人か知りたいというんじゃな。だったら、ここにおすわり。そうそう、この明かりの下だよ。ここにすわって、この小さな鏡を手に持つと、もうじき明かりが消えて、未来の夫の姿が見える。あんたのうしろに立ってこっちを見ている姿が見える。さあ、鏡をしっかりお持ち。アブラカダブラ、何が見える？　あんたが結婚する男の顔。ビアトリス、ビアトリス、いまに見えてくる。あんたを幸せにしてくれる男の顔が」

突然、衝立（ついたて）の陰に置かれた脚立から室内に向かって光が射した。光はちょうど狙った場所にあたり、わくわくしているビアトリスの手に握られた鏡に反射した。

「わァ！」ビアトリスが叫んだ。「見えた。見えたわ！　鏡に彼の顔が映ってる！」

光が消え、明かりがつくと、カードに貼りつけたカラー写真が一枚、天井からひらひらと落ちてきた。ビアトリスが興奮して飛び跳ねた。

「彼よ！　彼だった！　見えたわ！　ああ、すてきな生姜（しょうが）色の顎鬚（あごひげ）の人だった」

ビアトリスはミセス・オリヴァーのところに駆け寄った。すぐそばにいたのがミセス・オリヴァーだったからだ。

「見て、見て。すてきな人だと思いません？　エディー・プレスウェイトに似てるでしょ。ポップシンガーの。ねっ？」

ミセス・オリヴァーが思ったのは次のようなことだった——朝刊で目にしなくてはならないため、毎朝苦々しく思っている顔がいくつかあるけど、写真の男はたしかにそのひとりに似てるわね。顎鬚はどこかの天才があとで思いついたことでしょうよ。

「こんなもの、どこで仕入れてくるの？」ミセス・オリヴァーはジュディスに尋ねた。

「あのね、ロウィーナがニコラスに頼んで作ってもらうの。ニコラスの友達のデズモンドも手伝ってくれるのよ。写真の分野でいろいろと実験してる子だから。あの子と友達がかつらをかぶったり、もみあげや顎鬚をつけたりして、変装するのよ。次に、あの子自身に光をあてると、女の子が喜んで大騒ぎするっていう仕掛け」

「やれやれ」ミセス・オリヴァーは言った。「最近の女の子はほんとに愚かだわ」

「昔からそうだったと思いません？」ミセス・ドレイクが尋ねた。

ミセス・オリヴァーは考えこんだ。

「そうかもしれませんね」と認めた。

「みなさん」ミセス・ドレイクが叫んだ――「食事にしましょう」

食事は好評だった。濃厚な砂糖ごろものケーキ、オードブル、エビ料理、チーズ、ナッツのハチミツ漬け。イレブン・プラスを受験した子たちは満腹になるまで食べた。

「さて、それでは」ミセス・ドレイクが言った。「今夜の最後のゲーム。スナップドラゴンです。食器室を抜けて向こうへ行ってね。ええ、そうそう。では、まず賞品授与です」

賞品が渡されると、悲痛な泣き声が上がった。子どもたちはホールを駆け抜けてダイニングルームに戻った。

料理はすでに片づけられていた。テーブルには緑色の分厚い布とシートがかけられ、炎を上げるレーズンの大皿が置いてあった。誰もが歓声を上げてテーブルに駆け寄り、燃えているレーズンをつかんで、「キャー、やけどした！」「楽しいよね～！」などと叫んでいた。スナップドラゴンの火が少しずつ弱くなり、やがて消えた。明かりがついた。パーティはこれでおしまい。

「大成功だったわね」ミセス・ドレイクが言った。

「もちろんよ。大変な手間をかけて準備なさったんですもの」

「すてきだったわ」ジュディス・バトラーが穏やかな声で言った。「すてきだった」

「でも」ミセス・ドレイクは残念そうにつけくわえた。「少し片づけておかないとね。明日の朝、掃除に来た人にすべて押しつけるわけにはいかないから」

第三章

ロンドンのフラットの一室で電話が鳴りだした。フラットの所有者であるエルキュール・ポアロは椅子の上で身動きをした。落胆に襲われていた。どういう用件かは、電話に出る前からすでにわかっていた。友人のソリーを招き、カニング・ロード市営浴場殺人事件の真犯人について今夜も延々と議論する予定だったが、行けなくなったと言ってきたに違いない。ポアロはいささか強引な自分の推理を裏づけてくれる証拠をいくつか集めていたので、ひどく落胆した。ソリーが自分の推理に賛成してくれるとは思えなかったが、逆にソリーのほうから奇抜な説を持ちだしたときには、もちろんこの自分が、つまりエルキュール・ポアロが常識と理論と秩序と方式を駆使して、ソリーの説を楽々と打ち砕いてみせるつもりだった。ソリーが今夜来られなくなったのかと思うと、残念でならなかった。しかし、今日のもっと早い時間に会ったとき、ソリーがゴホゴホと咳をしていて喉がひどく痛そうだったのは事実だ。

「ソリーのやつ、たちの悪い風邪をひいたようだな」エルキュール・ポアロはつぶやいた。「手もとに薬はあるものの、わたしもすでに風邪をうつされたような気がする。ソリーも来ないほうがいいだろう。仕方がない（トゥ・ド・メーム）」ため息混じりにつけくわえた。「退屈な夜を過ごすとしよう」

　このところ、夜はたいてい退屈だ。自分のように優秀な頭脳（この事実をポアロが疑ったことは一度もない）には外部の刺激が必要だ。昔から哲学的なタイプではなかった。若いころに警察になど入らず、神学の勉強でもしておけばよかった、と後悔に近い思いを抱いたことが何度かある。針の先端で踊れる天使の数——これを重要な問題とみなして、仲間と熱く議論を戦わせるのも、なかなか興味深いことだろう。

　召使いのジョージが部屋に入ってきた。

「ソロモン・レヴィさまからでございました、旦那さま」

「ああ、そうか」

「今夜お越しになれないことを、とても残念がっておられます。ひどいインフルエンザにかかり、ベッドで臥（ふ）せっておられるとか」

「インフルエンザじゃないよ。たちの悪い風邪をひいただけさ。みんな、いつだってインフルエンザだと思いたがる。そのほうが深刻そうに聞こえるからな。大いに同情してもらえる。普通の風邪で困るのは、友達になかなか同情されないことだ」

「いずれにしても、レヴィさまが今夜お越しになれなくて幸いでした。インフルエンザは感染力がとても強いそうですから。旦那さまがお倒れになったら大変です」

「そうなったら、退屈でたまらんだろうな」ポアロも同意した。

またしても電話が鳴りだした。

「今度は誰が風邪をひいたのやら。ほかの客を招いた覚えはないのだが」

ジョージが電話のほうへ向かった。

「わたしがここで電話をとることにする」ポアロは言った。「どうせつまらん電話に決まっている。だが、いずれにしても――」肩をすくめた。「暇つぶしぐらいにはなるさ。たぶん」

「かしこまりました、旦那さま」と言って、ジョージは部屋を出ていった。

ポアロは片手を伸ばして受話器をとり、けたたましいベルの音を消した。

「もしもし、エルキュール・ポアロです」誰からの電話か知らないが、相手を感心させようとして、けっこう偉そうな口調になった。

「まあ、よかった」うれしそうな声が聞こえた。女性の声だ。息を切らしているせいか、少々聞きとりにくい。「きっとお出かけになってて、お留守だろうと思っていました」

「なぜそう思われたのです？」ポアロは尋ねた。

「だって、いまの時代って、何かにつけて落胆させられることばかりですもの。大急ぎで誰かに会いたい、どうしても待てないと思っても、待たされることになってしまう。わたしね、大至急あなたをつかまえたかったの――ええ、大至急」

「ところで、どちらさまでしょう？」ポアロは尋ねた。

向こうの声――女性の声――に驚きが混じった。

「おわかりにならないの？」信じられないと言いたげな口調だった。

「ああ、わかりました。わが友アリアドニですね」

「じつは、いま、とても困ったことになっていて」

「ええ、ええ、声の調子でわかります。走っていたのですか？　ひどく息切れしているではありませんか」

「走ってなんかいませんよ。心が乱れているの。いますぐそちらにお邪魔してもいいかしら？」

ポアロは返事をする前にしばらく考えた。いまの声からすると、わが友ミセス・オリヴァーはかなり興奮しているようだ。何があったのか知らないが、自分の悲しみ、悩み、不満など、とにかく、心にかかっていることを長々と並べ立てるに違いない。彼女がこの住まいにいったん入りこんだら、こちらがかなり迷惑そうな顔をしないかぎり、追い返すのはむずかしいだろう。ミセス・オリヴァーを興奮させる事柄は無数にあり、しかも、思いもよらないものが多いので、彼女の話を聞くときは慎重にかまえる必要がある。

「何か狼狽するようなことでもありましたか？」

「そうなの。狼狽してますとも。どうすればいいかわからなくて。わからない――ああ、何もわからない。とにかく、あなたに会って話を聞いてもらわなくてはと思ったの――何があったか聞いてちょうだい。だって、あなたしかいないんですもの。どうすればいいかわかる人、どうすべきかをわたしに教えてくれる人は。ねえ、いまからお邪魔してもかまいません？」

「ええ、どうぞ、どうぞ。遠慮なくおいでください」

電話が乱暴に切れたので、ポアロはジョージを呼ぶと、二、三分考えてから、レモン入りの大麦湯と、ビターレモンと、自分用にブランデーを用意するよう命じた。

「あと十分ほどでミセス・オリヴァーが訪ねてくる」と言った。

ジョージは部屋を出ていった。ブランデーを運んできたので、ポアロは満足そうにうなずいて受けとった。ジョージは次に、ミセス・オリヴァーの好みに合いそうなアルコール分ゼロの飲みものの用意にとりかかった。ポアロはブランデーを上品に口に含み、いまから降りかかろうとする試練に対して心の準備をした。

「困ったことに」心のなかでつぶやいた。「あの人はひどく忘れっぽい。だが、独創的な考え方をする人だ。あの人の話に耳を傾ければ、楽しく過ごせるかもしれない。だが、下手をすると――」しばらく考えこんだ。「深夜まで話につきあわされ、しかも、じつにくだらない話に終始するかもしれない。まあ、いいか、人生に危険はつきものだ」

ベルが鳴った。今度はフラットの玄関ドアのベルだった。ボタンを一回押した程度の音ではなかった。執拗に押し続けるせいで、耳をつんざくような音になっていた。

「たしかに、ひどく興奮している」ポアロは言った。

ジョージが玄関に出てドアをあける音が聞こえたと思ったら、もったいぶって客の名を告げる暇もないうちに、ポアロがいる居間のドアが開き、アリアドニ・オリヴァーが飛びこんできた。すぐうしろにジョージが続き、漁師の防水帽と防水服に似たものにしがみついていた。

「な、なんというものを着てるんです?」エルキュール・ポアロは言った。「ジョージに脱がせてもらいなさい。ずぶ濡れじゃないですか」

「濡れて当然でしょ。ひどい雨ですもの。水なんて気にしたこともないのに。考えてみれば、水っていやなものよね」

　ポアロは興味津々といった目で彼女を見た。

「レモン入りの大麦湯はいかがです？　それとも、小さなグラスで命の水（オー・ド・ヴィー）（ブランデーのこと）をお出ししたら飲んでもらえますかな？」

「わたし、水は嫌いです」

　ポアロは驚いた顔になった。

「嫌いなんです。水なんて気にしたこともないのに。水に何ができるかとか、そういったことなんて」

「親愛なるわが友よ」ずぶ濡れのかさばった防水服をジョージが脱がせているあいだに、エルキュール・ポアロは言った。「ここにきておすわりなさい。ジョージにちゃんと脱がせてもらって――その服はいったいなんですか？」

「コーンウォールで買ったの」ミセス・オリヴァーは答えた。「防水服よ。漁師が着る本格的な防水服」

「漁師には重宝なことでしょう。だが、あなたにはあまり向かないようだ。重そうだし。さて、こっちにきて――腰を下ろして話してください」

「どこから話せばいいかしら」椅子に身を沈めながら、ミセス・オリヴァーは言った。「ときどき、現実だとは思えなくなるときがあるの。でも、現実に起きたことなのよ。

本当に起きたことなんです」

「話してください」

「そのために伺ったんですものね。でも、ここに着いてみたら、お話しするのがむずかしくて。どこから始めればいいのかわからないんですもの」

「そもそもの始まりから話してみては？　いや、それでは平凡すぎるでしょうか？」

「始まりがいつだったかわからないのよ。はっきりしないの。ずいぶん昔のことだったかもしれない」

「まあまあ、落ち着いて。その件に関するさまざまな糸を心のなかで集めて、わたしに話してください。なぜそんなに狼狽しているのです？」

「あなただって狼狽するはずよ。少なくとも、わたしはそう思います」ミセス・オリヴァーはいささか自信のなさそうな顔になった。「いえ、何があなたを狼狽させるかはよくわからないわね。何が起きようと冷静沈着に受け止める方ですもの」

「それが最良のやり方であることが多いのです」

「わかりました」ミセス・オリヴァーは言った。「始まりはパーティでした」

「ほう、なるほど」パーティという平凡で健全なものが出てきたことに安堵して、ポアロは言った。「パーティですか。あなたがパーティに出かけて、そこで何かが起きたわけですな」

「ハロウィーン・パーティがどういうものか、ご存じかしら」

「ハロウィーンが何かは知っています」ポアロは答えた。「十月三十一日」そう言うポアロの目がわずかに輝いた。「魔女がホウキの柄にまたがって飛ぶ日だ」

「ホウキなら何本もありましたよ。ホウキに賞品を出したの」

「賞品？」

「ええ、いちばんきれいに飾ったホウキを持ってきた子に」

ポアロは心配そうな顔でミセス・オリヴァーを見た。パーティの話が出たので最初は安堵したポアロだったが、また少々心配になってきた。これがほかの誰かなら、アルコールのせいだと思いたいところだが、ミセス・オリヴァーが酒類を口にしないことはよく知っているので、そんなわけにはいかなかった。

「子どもたちのパーティなの」ミセス・オリヴァーは言った。「いいえ、イレブン・プラスのパーティと言うべきかしら」

「イレブン・プラス？」

「ええ、昔はそういう呼び方をしてたのよ。学校で。つまりね、子どもの成績をチェックして、イレブン・プラスの試験に合格した子はグラマー・スクールや何かに進学させせる。でも、あまり頭のよくない子の場合は、セカンダリー・モダンとかいう学校へ行かせる。バカみたいな名前ね。なんの意味もない感じ」

「いったい何を言っておられるのか、正直なところ、よくわかりませんが」ポアロは言った。パーティの話題から離れて、教育の分野に入ってしまったようだ……。

ミセス・オリヴァーは深く息を吸うと、話に戻った。

「じつをいうと、始まりはリンゴだったの」

「ほう、なるほど。そうでしょうとも。あなたの場合はつねにリンゴから始まる。違いますか？」

ポアロはひそかに思いだしていた――丘の上に小さな車が止まり、大柄な女性が降りてくる。リンゴの袋が破れて、リンゴがいくつも坂道をころがってくる。

「そう」相手を励ますように、ポアロは言った。「リンゴですね」

「アップルボビングというゲームなの」ミセス・オリヴァーは言った。「ハロウィーン・パーティでやる遊びのひとつ」

「ああ、なるほど。前に聞いたような気がします。ええ」

「みんなでいろんなゲームをしたのよ。アップルボビング、六ペンス硬貨を落とさないようにして小麦粉の山を削っていくゲーム、それから、手鏡を覗くと――」

「本当の恋人の顔が見えるんでしょう?」知識をひけらかすように、ポアロは言った。

「まあ、ようやくわかってくださったのね」

「昔ながらの遊びがいろいろあって、そのすべてをパーティでやったわけですね」

「ええ、みんな大喜びだったわ。最後がスナップドラゴン。ほら、炎を上げるレーズンが大皿にのっているの。きっと——」ミセス・オリヴァーの声がいったんとぎれた。

「——きっと、そのゲームの最中に起きたんだわ」

「いつ何が起きたんです?」

「殺人が起きたの。スナップドラゴンがすむと、みんな家に帰っていきました。そのときだったわ、あの子がいないことにみんなが気づいたのは」

「あの子というのは?」

「女の子よ。ジョイスという女の子。みんなで名前を呼びながら家のなかを捜しまわり、誰かと一緒に帰ったんじゃないかと尋ねたりするうちに、その子の母親がおろおろしだして、ジョイスはきっと、疲れたか具合が悪くなったかで、ひとりで帰ったに違いない、黙って帰るなんて自分勝手だって言いだしたの。そういうときに母親が言いそうなことをあれこれと。でも、とにかくジョイスの姿はどこにもなかった」

「やはりひとりで家に帰ったのですか?」

「いいえ。帰ってはいなかった……」ミセス・オリヴァーの声が震えた。「ようやく見つかったの――図書室で。そこで――そこで誰かがやったの。アップルボビングを。バケツが置いてあった。大きなブリキのバケツ。プラスチックの桶は使わないことにしたから。プラスチックを使えば、たぶん、あんなことにはならなかったのに。そんなに重くないから。簡単にひっくりかえって――」

「何があったんです？」ポアロの声は鋭かった。

「あの子がそこで見つかったの。リンゴを浮かべた水のなかに、誰かが、ええ、誰かがあの子の頭を押しこんだの。押しこんで、死ぬまで押さえつけてた。溺死よ。溺れ死んだの。水がいっぱい入ったブリキのバケツのなかで。膝を突いて、リンゴをくわえようとして首を伸ばした姿勢のままで。わたし、リンゴなんか大嫌い。二度と見たくない」

ポアロはミセス・オリヴァーに目を向けた。片手を伸ばして小さなグラスをコニャックで満たした。

「これをお飲みなさい。気分が落ち着きますよ」

第四章

ミセス・オリヴァーはグラスを置き、唇を拭いた。

「おっしゃるとおりだわ。おかげで——おかげで落ち着きました。わたし、ヒステリーを起こしかけてたのね」

「大きなショックを受けたのだから、無理もない。事件が起きたのはいつですか？」

「ゆうべよ。まあ、ついゆうべのことなの？　ええ、ええ、そうよね」

「そして、わたしのところに飛んでこられた」

それは質問ではなく、自分がまだつかんでいない情報をもっと手に入れたいという、ポアロの望みを表す言葉だった。

「わたしのところにいらしたのは——なぜです？」

「力になってもらえると思ったの」ミセス・オリヴァーは言った。「だって——だって、単純な事件じゃないんですもの」

「単純かもしれないし、単純ではないかもしれない。状況によりけりですね。もっと話してもらわなくては。警察がすでに捜査を始めていることでしょう。医者も呼ばれたに違いない。医者はどう言っていました？」

「検死審問が開かれるそうよ」

「当然ですな」

「明日か明後日」

「そのジョイスという少女ですが、年はいくつでした？」

「正確なことは知りません。十二か十三ぐらいじゃないかしら」

「年齢のわりに小柄でしたか？」

「いえ、いいえ、どちらかと言えば大人びた体格だったわ。ずんぐりしてたけど」

「大人びた体格？　セクシーな感じという意味でしょうか？」

「ううん……どうかしら。でも、そういう種類の犯罪だとは思えないの――それならもっと簡単に解決すると思わない？」

「新聞で毎日のように目にするたぐいの犯罪ですね。少女が襲われる、学童が殺される――ええ、毎日起きています。あなたの事件は個人の家で起きたことで、状況は違いますが、たぶん、それほど大きな違いはないでしょう。しかし、それはともかく、あなたが洗いざらい話してくださったかどうか、わたしにはわからないのですが」

「そうね。話はまだ残っていますす。理由を申し上げていなかったわね。こちらに伺った理由を」

「あなたはそのジョイスという子をご存じだったのですか？　よく知っていたのですか？」

「あの日初めて会った子なの。わたしがなぜそこにいたかを説明しておかなきゃね」

「そこというのは？」

「ええと、ウッドリー・コモンという村よ」

「ウッドリー・コモンか」ポアロは考えこんだ。「あそこなら、最近——」そこで言葉を切った。

「ロンドンからそう遠くないのよ。だいたい——五、六十キロというところかしら。メドチェスターの近くなの。すてきな家がいくつかあって、新しい建物もどんどん増えてるわ。住宅地ね。近くにいい学校があるし、住人はそこからロンドンやメドチェスターに通勤できる。ほどほどの収入のある人びとが暮らす、どこにでもありそうな村なの」

「ウッドリー・コモンか」ポアロはふたたびつぶやき、考えこんだ。

「わたしはそこに住む友達の家に泊めてもらってたの。ジュディス・バトラーといって、夫を亡くした人。今年、ギリシャのクルーズツアーに出かけたとき、ジュディスも同じツアーの参加者で、わたしと仲良くなったのよ。子どもは女の子がひとり。ミランダっていう子で、十二か十三ぐらい。それはともかく、わたし、ジュディスに招かれて泊りに行ったんだけど、村の人びとが子どもたちのためにパーティを開くという話を彼女から聞かされてね、それがハロウィーン・パーティだったというわけ。何かおもしろい企画はないかしらって相談されたのよ」

「ほう。まさか、殺人事件の犯人捜しとか、そういった企画ではないでしょうな？」

「とんでもない。わたしがまたそんなことを考えるとでもお思いなの？」

「まあ、ありえないとは思いますが」

「ところが、殺人が起きてしまったの。だからもう怖くって。わたしがその場にいたから殺人が起きたなんて、そんなことないわよね？」

「それは大丈夫です。少なくとも——パーティの参加者のなかに、あなたが何者なのかを知っている人がいましたか？」

「ええ。〝本を書いてる人でしょ？〟ってわたしに訊いた子がいて、殺人事件が好きだって言ってたわ。そのあとで——そのう——あんな事件が起きてしまって——だから、こうしてお邪魔したわけなの」

「事件のことをまだ伺っていないのですが」

「ええと、そうね、最初は関係があるなんて思わなかったわ。あの時点ではね。なにしろ、子どもってときどき突飛なことをするものだし――」

「パーティには若い男の子も来ていたのですか？」

「ふたりいました。警察の事件報告書だと〝青年〟って書くみたい。年齢は十六歳から十八歳ぐらい」

「そのどちらかがやった可能性もありますね。警察はそう見てるんじゃないですか？」

「警察発表は何もありませんけど、その線を追っている様子ではありますね」

「ジョイスというのは魅力的な子でしたか？」

「いえ、あまり魅力的とは……。男の子から見て魅力的という意味かしら？」

「いや。わたしが言いたいのは――つまり、ごく単純な意味の魅力ということでして」

「あまり感じのいい子には見えなかったわ。話しかけたくなるタイプではない。目立ちたがり屋で、自慢ばかりする女の子。扱いにくい年ごろね。こんな言い方をすると、思いやりがないって言われそうだけど、でも――」

「殺人事件が起きた場合に被害者の人柄について語るのは、思いやりのないことではありませんよ。大いに必要です。殺人事件においては、被害者の人柄が動機となることが多いのです。そのとき、家のなかには何人ぐらいいましたか？」

「パーティのときという意味？　そうね、大人の女性が五人か六人いたわ。子どものいる女性が何人か、学校の先生がひとり、お医者さんの奥さんだか妹さんだかがひとり。中年の夫婦が一組。十六歳から十八歳ぐらいの若者がふたり、十五歳の女の子がひとり。十一歳か十二歳の子が二、三人——そんな感じね。全部で二十五人から三十人ぐらいいたんじゃないかしら」

「知らない人は？」

「全員が知り合いだったみたい。特別に仲のいい人たちもいたわ。女の子はほとんどが同じ学校でしょうね。ほかに、食材を持ってきたり、夕食の支度を手伝ったりしていた女性がふたり。パーティが終わると、ほとんどの母親は子どもを連れて帰っていったわ。わたしはジュディスやほかふたりほどと一緒に残って、パーティを主催したロウィーナ・ドレイクの後片づけに協力することにしたの。そうしておけば、次の朝に掃除の女性たちが来たとき、あまり面倒をかけずにすむでしょ。なにしろ、大量の小麦粉やクラッカーから飛びだした紙テープなんかが、そこらじゅうに散らばってたから。でね、みんなで少し掃除をして、最後に図書室を片づけることにしたの。すると、そこで——そこで、あの子が見つかった。その瞬間、あの子の言葉が浮かんできたわ」

「あの子というのは？」

「ジョイスよ」

「ジョイスが何を言ったんです？　ここからがいよいよ肝心な点だ。そうですね？　あなたがここにいらした理由を聞かせてもらえるのですね？」

「ええ。なんの意味もないことだと思ったのよ——お医者さまや、警察や、そういった人から見れば。でも、あなたなら何か意味を見いだしてくださるような気がして」

「わかりました（エ・ビャン）。話してください。パーティのときにジョイスが何か言ったのですか？」

「いえ——その日のもっと早い時間だったわ。みんなでパーティの準備をしていた午後のことよ。わたしがミステリの本を出してることが話題になったあとで、ジョイスが〝あたし、前に殺人を見たことあるもん〟と言ったものだから、ジョイスの母親か誰かが〝バカなことを言うものじゃありません〟って注意して、年上の少女のひとりが〝作り話に決まってるでしょ〟と言ったの。するとジョイスは〝見たのよ。ほんとに見たの。ほんとよ。誰かが人を殺すのを見たの〟と言ったんだけど、誰も信じようとしなかった。みんなで笑うだけだから、ジョイスはカンカンになってしまった」

「あなたは信じましたか？」

「いいえ、もちろん信じなかったわ」

「なるほど」ポアロは言った。「ええ、わかりました」テーブルを指で軽く叩きながら、しばらく黙りこんだ。それから言った。「ところで――ジョイスから詳しい話は出ませんでしたか？――人の名前とか」

「いいえ、殺人を見たと言い張って、少しわめきちらして、ほかの女の子たちに笑われたものだから怒っていただけ。母親たちやほかの大人はジョイスに眉をひそめてたみたい。でも、女の子や年下の男の子たちは笑ってるだけだった。〝ねえ、ジョイス、いつのことなの？　どうして話してくれなかったの？〟って言うの。すると、ジョイスは〝すっかり忘れてたの。ずいぶん前のことだから〟と言っていたわ」

「ほう！　どれぐらい前のことか言いましたか？」

「何年か前だそうよ。なんだか、ずいぶんませた言い方だった。〝どうして警察へ行かなかったの？〟って女の子のひとりが言ってたわ。たしか、アンって子だった。それともビアトリスだったかしら。つんとすました生意気そうな子」

「ほう。で、それに対してジョイスはなんと答えました？」

「〝だって、それを見たときは、殺人だと思わなかったから〟って」

「じつに興味深い発言ですな」椅子にきちんとすわりなおして、ポアロは言った。

「そのころには、あの子、少し混乱してたみたい。必死に説明しようとするのに、みんなにからかわれるだけだから、頭に来たんでしょうね。

なぜ警察へ行かなかったのかとみんなにしつこく訊かれて、〝だって、それを見たときは、殺人だと思わなかったから。あれは殺人だったんだって気がついたのは、ずっとあとになってからだった〞って言い続けてたわ」

「しかし、信じてくれる者はひとりもいなくて——あなた自身も信じなかった——だが、ジョイスの死を前にして、あなたは不意に、あの子の話は本当だったのかもしれないと思ったわけですな？」

「ええ、まさにそうなの。どうすればいいのか、自分に何ができるのかわからなかった。でも、しばらくしてから、あなたのことが心に浮かんだの」

ポアロは感謝のしるしに気どって頭を下げた。しばらく無言だったが、やがて言った。

「これから重大な質問をひとつしますから、よく考えてから答えてください。その少女は本当に殺人を目撃したと思いますか？　それとも、殺人を目撃したのだと自分で信じていただけでしょうか？」

「本当に目撃したんだと思うわ。あのときのわたしには、そうは思えなかったけど。あの子が以前に見たものをぼんやりと思いだし、それに尾ひれをつけて、刺激的な重大事件に見せたがってるんだとしか思わなかった。あの子はひどく興奮して、〝ほんとに見たのよ。見たんだってば〟と言ってたわ」

「それで?」

「それでこちらに伺ったの。だって、何年か前に本当に人が殺されて、ジョイスがそれを目撃したのだと考えないかぎり、あの子が殺されたことの説明がつきませんもの」

「すると、次のように考えなくてはなりませんな。パーティの参加者のひとりがかつて殺人を犯し、その同じ人物が午後の準備のときにも来ていて、ジョイスの言葉を耳にしたのだ、と」

「わたしの妄想だなんて思ってないでしょうね? すべてはわたしのたくましすぎる想像力のせいだとお思いになる?」

「少女がひとり、殺されたのです。水の入ったバケツに少女の頭を沈めておけるだけの腕力を持つ犯人によって。残忍な殺人であり、〝一刻も無駄にすることなく〟実行された殺人です。何者かが危険を感じ、大急ぎで犯行に及んだのでしょう」

「自分が目撃した殺しの犯人が誰だったのか、ジョイスは知らなかったんでしょうね。殺人に関係した人物が同じ部屋にいるとわかっていれば、あんなことは言わなかったはずですもの」

「ええ。おっしゃるとおりだと思います。ジョイスは殺人を目撃したが、犯人の顔は見ていない。われわれはその先まで推理しなくてはなりません」

「おっしゃる意味がよくわかりませんけど」

「次のような可能性もあります――その日、パーティの準備に来ていてジョイスの言葉を耳にした人びとのなかに、過去の殺人の件を知っていて、誰が犯人かも知っていた人物がいたかもしれない。それは犯人に近い人物かもしれない。自分の妻の、母親の、娘の、息子の犯行を知っているのは自分だけだと思っていたのかもしれない。もしくは、その人物は女性で、自分の夫の、母親の、娘の、息子の犯行を知っていたのかもしれない。自分以外は誰も知らないはずだと思いこんでいた。ところが、ジョイスがとんでもないことを言いだしたため……」

「そのため――」

「ジョイスを殺すしかなくなった？」

「そうね。これからどうなさるおつもり？」

「いまふっと思いだしました」エルキュール・ポアロは言った。「なぜウッドリー・コモンという地名に聞き覚えがあったのかを」

第五章

エルキュール・ポアロは〈パイン・クレスト荘〉に通じる小さな門の奥に目をやった。趣味のいい現代ふうの小さな家が見えた。なかなかすてきな家だ。ポアロは軽く息を切らしていた。〈パイン・クレスト荘〉という名前は、目の前に見えるこぢんまりした瀟洒な家にぴったりだ。丘のてっぺんに建っていて、そこに松の木が何本か並んでいる。手入れの行き届いた小さな庭があり、年配の大柄な男性がブリキの散水器を押しながら小道をやってきた。

男性はスペンスという元警視で、こめかみに白いものがちらほら交じるどころか、もうすっかり白髪になっていた。ウェストのあたりはそれほど細くなっていない。散水器を押すのをやめて、門のところに立つ訪問者を見た。エルキュール・ポアロは身じろぎもせずに立っていた。

「なんたる驚き！」スペンス元警視は言った。「間違いない。信じられんが、そうなんだ。うん、間違いない。エルキュール・ポアロさん、お久しぶりです」

「ふむ」エルキュール・ポアロは言った。「わかってもらえましたか。光栄ですな」

「願わくは、あなたの口髭（くちひげ）が乏しくなっていませんように」

スペンスは散水器を置くと、門のところまでやってきた。

「ここの雑草はまるで悪魔ですよ。ところで、なぜまたこちらに？」

「現役のころにあちこち出かけていたのと同じ理由ですよ」エルキュール・ポアロは言った。「そして、遠い昔にあなたが会いに来られたときと同じ理由です。つまり、殺人事件です」

「わたしは殺しとは手を切りました」スペンスは言った。「ただし、雑草は別です。いまも雑草を殺していたところでしてね。除草剤を使って。あなたが想像なさるほど簡単じゃないんですよ。つねに何か不都合が生じるものです。たいてい天気ですかな。雨が多すぎてはだめ、日照りが続くのもだめで、いろいろと厄介なんです。ここに住んでいることがよくおわかりになりましたね」門の掛け金をはずしてポアロを通しながら、スペンスは言った。

「クリスマスカードを送ってくれたじゃないですか。そこにあなたの新しい住所が書いてあった」

「おお、そうでした。わたしは古い人間でしてな。クリスマスの時期には何人かの旧友にカードを送るのが楽しみなんです」

「いいご趣味だ」

「わたしも年をとりました」スペンスが言った。

「おたがい、たしかに年をとりましたな」

「あなたの髪はそれほど白くなっていませんね」スペンスが言った。

「染めてるんです。何も好きこのんで白髪頭で人前に出ることはありませんから」

「だが、わたしなどは、真っ黒な髪は似合いそうもありません」

「そうですな」ポアロは言った。「白髪のほうが貫禄たっぷりに見える」

「自分が貫禄たっぷりだと思ったことはないのですが」

「わたしは思っていますよ。ところで、なぜまたウッドリー・コモンに住むことにされたのですか?」

「じつは、妹と同居するために越してきたんです。妹は夫を亡くし、子どもたちは結婚して海外に住んでいるんです。ひとりはオーストラリア、もうひとりは南アフリカ。そこで、わたしがこちらに来たわけです。近ごろじゃ年金暮らしも楽ではないが、なかなか快適な同居生活を送っております。さあ、こっちに来ておすわりください」

スペンスが先に立ってポアロを案内し、椅子とテーブルが置いてあるガラス張りの小さなベランダへ行った。秋の日差しがベランダに穏やかに降り注いでいた。

「何をお出しすればいいですかな」スペンスは言った。「あいにく、しゃれたものはありませんが。ビールにします？　黒スグリやローズヒップのシロップも、あなたのお気に入りの飲みものもなくて。あるいは、シャンディーか、それとも、エルスペスに言って紅茶を淹れさせましょうか？　あるいは、シャンディーか、コカ・コーラか、なんでしたらココアとか。妹のエルスペスはココアが好きでしてね」

「ご親切にどうも。ではシャンディーをお願いします。ジンジャーエールとビールを合わせたものですね？　それで合っていますか？」

「大正解です」

スペンスは家に入り、しばらくすると、ガラスの大きなジョッキを二個運んできた。

「わたしもおつきあいしましょう」

自分とポアロの前にジョッキを置いてから、椅子をテーブルに近づけて腰を下ろした。

「さっき、殺人事件と言われましたね？」ジョッキを持ち上げて、スペンスは言った。「〝犯罪に乾杯〟は省略しましょう。わたしは犯罪とはもう縁を切った人間ですから。さて、その殺人事件というのが、あなたが関わっておられるとわたしがにらんでいるものであるなら、いや、関わらざるをえなかったのでしょうが、最近出会った事件はそれしかないので申し上げますと、あのように異常なタイプの殺人は好きになれません」

「ええ。おそらくそうでしょうな」

「頭をバケツに沈められた子どものことですよね？」

「そう」ポアロは言った。「わたしが申し上げているのはその件です」

「なぜここに来られたのか、よくわからないのですが。いまのわたしは警察とは無縁の人間です。退職してもう何年にもなります」

「一度警官だった者は」エルキュール・ポアロは言った。「永遠に警官です。つまり、一般人としての視点の陰に、つねに警官としての視点があるものです。あなたとこうして話しているわたし自身、よくわかります。わたしも自分の国で警官として出発したのですから」

「ええ、そうでしたね。前にそう言っておられたのを思いだしました。まあ、警官の視点というのはけっこう鋭いものですが、わたしが捜査に関わったのはずいぶん昔のことですし」

「しかし、噂話を耳にされることはあるでしょう？」ポアロは言った。「同業の友人たちがおられる。その人たちが何を考え、何を疑い、何をつかんでいるかは、あなたの耳にも入ってくるはずです」

　スペンスはため息をついた。

「いろいろと知りすぎる。それがいまの時代の厄介な点のひとつです。事件が起きる。その手口はよく知られたものだ。そこで、誰が犯人なのかを、人は──〝現役の警官は〟という意味ですが──かなり正確に察知するわけです。新聞社には伏せておくが、捜査を進めて、誰が犯人かを突き止める。しかし、捜査がさらに進展するかどうかとなると──まあ、いろいろと厄介でしてね」

「妻とか、恋人とか、そういうことですか？」

「それもあります、ええ。最終的には、犯人はつかまると思います。一年か二年ほどかかることもあるでしょうけど。ねえ、ポアロさん、最近の女の子はわたしの若いころに比べると、ろくでもない男と結婚することが多くなりましたね」

　エルキュール・ポアロは口髭をひっぱりながら考えこんだ。

「ええ、そうかもしれません。女の子というのは、おっしゃるとおり、いつの時代も悪い男に惹かれるものです。しかし、以前は安全装置がありました」

「たしかにね。周囲が気をつけていた。母親が気をつけていた。親戚のおばさんや姉さんたちが気をつけていた。妹や弟も事情を知っていた。父親はたちの悪い若者を家から叩きだすのを躊躇しなかった。もちろん、ときには女の子がたちの悪い若者と駆け落ちすることもありました。だが、いまの時代は駆け落ちの必要すらない。母親は自分の娘が誰と交際しているか知らないし、父親は娘が誰と交際しているか知らされていないし、兄や弟は交際相手のことを知っていても〝バカだね〟としか思わない。両親が交際に反対すれば、ふたりは治安判事のところへ行って結婚許可証を手に入れる。やがて、誰が見てもたちの悪いその若者が、自分の妻も含めて周囲の者にたちの悪さを発揮しはじめると、あとはもう、火に油を注ぐようなものだ。しかし、愛は盲目です。妻は〝わたしのヘンリーにそんな悪癖や、犯罪者の素質があるはずはない〟と思いたがる。夫のために嘘をついたり、黒を白と証言したりする。ええ、厄介なものです。われわれにとって厄介という意味ですよ。まあ、昔はよかったと言い続けたところで、なんの役にも立ちませんがね。われわれがそう思っているだけかもしれません。それはともかく、ポアロさん、なぜまたこの事件に関わることになったんですか？　このあたりには縁もゆかりもない方なのに。お住まいはロンドンだとずっと思っていました。お目にかかった当時はそうでしたよね」

「住まいはいまもロンドンですよ。こちらに来たのは、友人のミセス・オリヴァーに頼まれたからでして。ミセス・オリヴァーを覚えておられますか？」

スペンスは顔を上げ、目を閉じた。思いだそうとしている様子だった。

「ミセス・オリヴァー？　どうも記憶にありませんが」

「小説を書いている人です。探偵小説を。あなたもお会いになっていますよ。思い返してみてください。あなたがわたしを口説き落として、ミセス・マギンティが殺された事件の捜査にひっぱりだしたころのことを。ミセス・マギンティのことは、お忘れではありませんよね？」

「ええ、忘れるものですか。だが、遠い昔のことだ。あのときはお世話になりました、ポアロさん。本当にお世話になりました。助けてほしくてお訪ねしたところ、こちらの頼みにちゃんと応えてくださった」

「あなたほどの方が相談に来てくださったことを、わたしは光栄に思いました──内心、得意になっておりました。正直に申しますと、一度か二度は絶望したこともありました。われわれが救ってやらなくてはならなかった男は──なにしろ遠い昔のことで、当時は絞首刑でしたから、〝首を救う〟と表現すべきかもしれませんが──とにかく、助けてやろうという気にはなれないタイプの男だった。こんな男には何もしてやりたくないという気にさせられる人間の典型でしたね」

「あの女と結婚したんでしたかな？　めそめそした感じの。髪を染めて金色にしたりして、あまり頭のいい女ではなかった。ふたりでうまくやっていけるのか疑問ですよ。あのあと、噂をお聞きになったことは？」

「ありません」ポアロは言った。「たぶん、うまくいっているでしょう」

「あんな男のどこがいいんだか」

「理解に苦しむことではありますが」ポアロは言った。「自然界における大きな慰めのひとつと言いますか、いかに魅力のない男でも、一部の女の目には魅力的に映るようです。〝ふたりは結婚して末永く幸せに暮らしました〟と言うしか、いや、願うしかありません」

「妻の母親と同居させられたら、末永く幸せに暮らせるとは思えませんが」

「たしかにね」ポアロは言った。「もしくは、継父と同居させられた場合も」と、つけくわえた。

「おっと」スペンスは言った。「またしても昔話になってしまった。すでに終わったことだ。わたしはずっと思ってたんですよ。あの男は——名前ももう思いだせないが——葬儀屋になるべきだったと。顔も態度も葬儀屋にぴったりだった。もしかしたら、やっているかもしれない。あの女にはけっこう財産がありましたよね？　うん、あの男なら立派な葬儀屋になることでしょう。黒一色に身を包み、葬式の打ち合わせをする姿が目に見えるようです。たぶん、棺桶はニレがいいか、チーク材がいいかという相談にだって、熱心に応じると思いますよ。だが、保険の勧誘や不動産商売をやらせたら、まるっきりだめでしょうな。いやいや、こんな話をくどくどと続けるのはやめておきましょう」スペンスはここで不意に言った。「ミセス・アリアドニ・オリヴァー。リンゴだ。リンゴが原因で、ミセス・オリヴァーが事件に関わることになったんですね？　あの哀れな子どもは、パーティのとき、リンゴを浮かべたバケツの水に頭を押しこまれた。違いますか？　それでミセス・オリヴァーが興味を持ったのでしょうか？」

「リンゴにひき寄せられたわけではないと思います」ポアロは言った。「しかし、パーティには出ていたそうです」

「この界隈に住んでるんですか？」

「いや、こちらの住人ではなく、友達の家に泊まっているみたいです。ミセス・バトラーとかいう人の家に」

「バトラー？　ああ、知ってますよ。教会からそう遠くないところに住んでる人だ。夫を亡くしています。夫は航空会社のパイロットだったとか。女の子がひとりいます。なかなかの美少女ですよ。行儀もいいし。ミセス・バトラーもけっこう魅力的な人だ。そう思いませんか？」

「まだゆっくり顔を合わせてはいないのですが、ええ、とても魅力的だと思いました」

「それで、どうしてこの事件に関わることになったんです、ポアロさん？　事件が起きたとき、こちらにおられたわけではありませんよね？」

「ええ。ミセス・オリヴァーがわたしに会いにロンドンまで来たんです。ひどく動揺した様子でした。力を貸してほしいと頼まれました」

スペンス元警視の顔にかすかな笑みが浮かんだ。

「なるほど。昔と同じだ。わたしもあなたに会いに行きました。力をお借りしたくて」

「そして、わたしはそこからさらに一歩前進しました」ポアロは言った。「今度はわたしがあなたに会いに来たのです」

「わたしの力を借りるために？　お断りしておきますが、わたしではなんのお力にもなれませんよ」

「いやいや、なれますとも。人びとのことを話してください。ここに住んでいる人びとのことを。あのパーティに出た人びと。パーティに来た子どもたちの父親と母親。学校の教師、弁護士、医者。誰かがパーティの最中に、少女を言いくるめてひざまずかせ、たぶん笑いながら言ったのでしょう――リンゴを上手にくわえるコツを教えてあげよう。コツを知ってるからね、と。次に、その男もしくは女は――誰だかわかりませんが――

少女の頭を押さえつけた。少女は抵抗することも、悲鳴を上げることも、とにかく、そういったことは何もなかったでしょう」

「卑劣な犯罪です」スペンスは言った。「事件のことを聞いたとき、わたしはまずそう思いました。何からお話しすればいいでしょう？　わたしがこちらに来たのは一年前でした。妹はもっと前からここに住んでいて、二年か三年になります。それほど大きな村ではありません。昔からの住人の多いところでもない。人の出入りがかなりあります。夫たちはメドチェスターかグレート・カニングへ、もしくは、その周辺にあるどこかの町へ通勤しています。子どもたちはここの学校に通っています。夫の勤務先が変われば、一家でよそへ越していきます。流動的なんです。長く住んでる人もいますよ。エムリン校長とか、ファーガソン医師とか。しかし、全体として見ると、住人の顔ぶれはけっこう変わります」

「卑劣な犯罪だというご意見にはわたしも賛成なので、ここの住人のなかに卑劣な人物がいれば、あなたがご存じではないかと期待しているのですが」

「なるほど。まず、それを見つけるべきでしょうな。そして、次に見つけるべきは、こういうことをしそうな卑劣な若者だ。十三歳の少女の絞殺や溺死などを企むのは、いったいどういう人物でしょう？　性的暴行とか、そういったものの痕跡はないようです。

普通はまず、その点を疑うものですが。最近は小さな町や村でも、その種の事件がずいぶん起きています。話を戻すようですが、わたしの若いころに比べると、卑劣な犯罪の数が増えているように思います。善良だった人間が卑劣な一面を覗かせるのか、あるいは、もともと病的な性格だったのかはわかりませんが、とにかく、ひとりで出かけた若い女が砂利の採取場で発見されたり、愚かにも人の車に乗せてもらって危険な目にあったりする。子どもたちが学校から帰ってこない。注意されているにもかかわらず、知らない人間の車に乗ったりするからです。ええ、最近はそういうことがずいぶん起きています」

「今回の事件もそのパターンにあてはまりますか？」

「そうですね、まず考えるべきはその線です。そういう衝動を持った人間がパーティに来ていたとしたら？　おそらく、前にも同じことをやっていて、またしても衝動に駆られたのでしょう。わたしのおおざっぱな意見ですが、犯人にはどこかで子どもを襲った前科があるかもしれません。もっとも、わたしの知るかぎりでは、そのような前科を持つ者は見当たりませんが。公式にはという意味ですよ。犯人像にぴったりの年齢層の若者がパーティにふたり来ていました。ひとりはニコラス・ランサム。十七歳か十八歳のハンサムな子です。年齢的にあてはまります。出身はイースト・コーストか、どこかそのあたりだったと思います。ちゃんとした子のように見えます。見た目も普通だし。まあ、本当はどうだかわかりませんけどね。もうひとりはデズモンドという子です。一度、逮捕されて精神鑑定にまわされたことがあります。ただ、たいしたことではなかったらしい。犯人はパーティに来ていた人物に違いありません。もっとも、外から入りこむことは誰にでもできたと思います。パーティのときは普通、家に鍵などかけませんからね。横手のドアや窓が開いているのを見て、どこかの間抜けな男がなんの騒ぎだろうと思って忍びこんだのかもしれません。ずいぶん物騒なことだ。ただ、知らない人間からアップルボビングをしようと誘われた場合、パーティに来ていた子がうんと言うでしょうか？　ところで、ポアロさん、あなたがこの事件に関わることになった理由をまだ伺っていませんよ。ミセス・オリヴァーに頼まれたと言われましたね。ミセス・オリヴァーが何かとんでもないことを考えたのでしょうか？」

「そういうわけではないんです。作家がとんでもないことを考えるのは事実ですけどね。現実の世界では、おそらく起こりえないようなことを。しかし、今回は、少女の言葉をミセス・オリヴァーが耳にしたというだけなんです」

「なんですと？　ジョイスという少女の言葉を？」

「そうです」

スペンスは身を乗りだし、問いかけるようにポアロを見た。

「詳しくお話ししましょう」ポアロは言った。

冷静に、簡潔に、ミセス・オリヴァーから聞いたことをスペンスに伝えた。

「なるほど」スペンスは口髭をなでながら言った。「少女がそう言ったわけですね。人が殺されるのを見たと言った。いつのことか、どんな殺しだったのか、言いましたか？」

「いいえ」

「なぜそんな話になったのでしょう？」

「たぶん、ミセス・オリヴァーの本に出てくる殺人が話題になったからだと思います。それに関して、誰かがミセス・オリヴァーに何か言ったようです。子どものひとりが、ミセス・オリヴァーの本には血があまり出てこないとか、死体が少ないとか、そんなようなことを言ったらしい。そこでジョイスが話に割りこみ、前に殺人を見たことがあると言いだしたのです」

「得意そうに？　あなたのお話からはそんな印象を受けますが」

「ミセス・オリヴァーがそんな印象を受けたのです。ええ、ジョイスは得意そうだったとか」

「もしかしたら、嘘をついたのかもしれない」

「そうですね。嘘八百だったのかもしれません」ポアロは言った。

「子どもというのは、注目を集めたかったり、人を感心させたかったりすると、そういう突飛なことを言いだすものです。だが、嘘ではなかった可能性もあります。あなたはそう思っておられるのでは？」

「わかりません」ポアロは言った。「ひとりの子どもが、殺人を見たことがあると得意そうに話す。それから何時間もしないうちに、その子が殺される。因果関係があるかもしれないことは——強引な説かもしれませんが——認めるしかないと思います。もし因果関係があるとすれば、何者かが大急ぎで行動に出たことになります」

「まさにそうですな」スペンスは言った。「少女が殺人のことを話したとき、その場には何人ぐらいいたのでしょう？　正確な人数をご存じですか？」

「ミセス・オリヴァーの話ですと、二十五人から三十人ぐらい、ひょっとすると、もう少しいたかもしれないそうです。覚えているだけでも、子どもが五人か六人、パーティの準備をしていた大人が五人か六人。しかし、正確な情報はあなたにお願いしなくてはなりません」

「そうですね、楽に調べられると思います。いますぐというわけにはいきませんが、近所の人たちに尋ねてまわれば、簡単にわかるでしょう。パーティ自体のことなら、わたしもすでにかなり知っていますよ。女性たちが中心になって企画したものです。世の父親たちは子どものパーティにはあまり参加しませんからね。しかし、たまに顔を出すこともあれば、子どもを迎えに来ることもある。ファーガソン医師が来ていたし、牧師さんも来ていました。あとは、母親たち、親戚のおばさんたち、ソーシャルワーカーの人たち、学校の先生がふたり。そうだ、リストをお作りしましょう――それから、子どもは十四人ほどいたはずです。いちばん年少の子はまだ十歳にもなっていない――いずれ十代になろうという子たちです」

「そのなかの誰が怪しいか、あなたはたぶん何人か見当をつけておられるのでしょうな」ポアロは言った。

「いや、ポアロさんの推理のとおりだとすると、見当をつけるのは簡単ではありません」

「性犯罪に走りそうな人物だけに絞るわけにはいかなくなったわけですな？　かわりに、かつて人を殺したことがあるが、犯行が露見していない人物を捜さなくてはならない。目撃者がいたなどとは夢にも思わずに今日まで来て、いきなりひどい衝撃に見舞われた人物を」

「それが誰なのか、見当がつけばありがたいのですが」スペンスは言った。「〝犯人はパーティに来ていた人物に違いない〟などと言うべきではありませんでした。それに、もちろん、殺人事件は見世物ではありませんし」

「殺人事件の犯人らしき人間ならどこにでもいますよ」ポアロは言った。「いや、犯人らしくないがじつは犯人である人物、と言うべきでしょうか。なぜなら、犯人らしく見えない人物はあまり疑われずにすみますからね。おそらく、不利な証拠はたいしてないでしょうし、自分の犯行を目撃した者が現実にいたことを知って、大きなショックを受けたと思いますよ」

「目撃したときにジョイスが何も言わなかったのはなぜでしょう？　理由を知りたいものです。口止め料でももらったのでしょうか？　しかし、犯人にとっては危険すぎる」

「それは違うと思います」ポアロは言った。「ミセス・オリヴァーの話からすると、そのときのジョイスは自分の見ているものが殺人だとは思わなかったそうです」

「えっ、そんなバカな」

「そうともかぎりません。十三歳の子どもが言っていることですよ。その子は過去に何かを見たことがあり、それを思いだしたのです。正確にいつのことかはわかりません。三年前かもしれないし、四年前かもしれない。何かを目撃したものの、その本当の意味には気づかなかった。いろいろなケースが考えられますよ、わが友（モン・シェル）。例えば、特殊な交通事故とか。車が誰かに向かってまっすぐ突っこんでいき、相手は大怪我をする。いや、たぶん、命を落とす。それを目撃した子どもは、わざと仕組まれた事故だとは気づかない。ところが、一年か二年後に、誰かが口にした言葉や、その子が見聞きしたことをきっかけに、記憶がよみがえり、その子はこんなふうに考える。〝Aが、Bが、あるいはXがわざとやったんだ〟〝たぶん、ただの事故じゃなくて、ほんとは殺人だったんだ〟と。ほかにも可能性はたくさんあります。そのいくつかは、正直に白状すると、友人のミセス・オリヴァーの思いつきでして、彼女はどんな犯罪に関しても、十二通りぐらいの手口を楽々とひねりだせる人なんです。あまり現実味のないものがほとんどですが、どれもわずかな可能性はあります。紅茶に錠剤を溶かして誰かに飲ませるとか。だいたい、そういった感じのことですね。危険な場所で人を突き飛ばすとか。このあたりには崖がありませんから、今回の件にあてはまらないのがいささか残念ですが。とにかく、可能性はいくらでもあると思いますよ。その子の読んだ殺人ミステリが、以前の出来事を思いだすきっかけになったのかもしれない。当時はその出来事を目撃しても困惑しただけだったが、ミステリを読んだときに、こうつぶやいたのかもしれません。〝そうか、これこれこういうことだったのかも。あれって、あの男の人――あるいは女の人――がわざとやったことじゃない？〟と。ええ、可能性はいくらでもあります」

「で、それを調べるために、こちらにいらしたのですね？」

「このあたりに住む人びとのためにもなることです。そう思われませんか？」ポアロは言った。

「ええ、公共奉仕の精神にあふれていますからね、あなたもわたしも」

「とりあえず、情報をお願いしますよ」ポアロは言った。「ここに住む人びとのことをご存じなのだから」

「できるだけやってみます。ついでに、エルスペスにも協力させましょう。この土地の住人に関して、妹の知らないことはほとんどありませんから」

第六章

ポアロはけっこう収穫があったことに満足して、友達のスペンスに別れを告げた。自分の求める情報はもうじき入ってくる――そのことにはなんの疑いも持っていなかった。スペンスの興味を掻き立てることができた。しかも、スペンスはいったん追跡にとりかかれば途中でやめるような人間ではない。ロンドン警視庁犯罪捜査部を退職した階級の高い警官という評判があれば、地元の警察当局にも顔が利くはずだ。

そして――ポアロは腕時計で時刻を確認した――いまからきっかり十分後に、〈リンゴの木荘〉と呼ばれている家の外でミセス・オリヴァーと待ち合わせている。今回の事件に不気味なほどふさわしい名前だ。

やれやれ――ポアロは思った――どうしてもリンゴから離れられないようだ。イングランド産の果汁たっぷりのリンゴほどおいしいものはない。それなのに、ここではリンゴという言葉から、ホウキの柄や、魔女や、昔からの言い伝えや、殺された子どもを連想してしまう。

教えられた道を通って、約束の時間きっかりに、ジョージ王朝様式の赤レンガの家の外に着いた。きれいに刈りこまれたブナの生け垣が家を囲んでいて、その奥に愛らしい庭が見える。

片手を伸ばして掛け金を持ち上げ、〈リンゴの木荘〉と書かれたペンキ塗りの表札がついている錬鉄製の門を通り抜けた。玄関まで小道が続いている。文字盤の上の小窓から人形が自動的に出てくるスイス製の時計みたいに玄関ドアが開き、ミセス・オリヴァーが石段の上に姿を見せた。

「ほんとに時間に正確な方ね」息を切らして、ミセス・オリヴァーは言った。「窓からあなたを見張ってたのよ」

ポアロは向きを変え、背後の門を丁寧に閉めた。ミセス・オリヴァーとはこれまで何度も顔を合わせている。約束をしたうえでのこともあれば、偶然に出会ったこともあるが、どんなときでも、会ったとたんリンゴが登場したような気がする。ミセス・オリヴァーがリンゴを食べているか、食べ終わったところか――豊かな胸にリンゴの芯がひっかかっているのがその証拠だ――もしくは、リンゴの袋を抱えているか。しかし、今日はリンゴらしきものがどこにもなかった。きわめて礼儀に適ったことだ、とポアロは好ましく思った。悲劇的な事件の舞台となったこの家でリンゴをかじったりしたら、気遣いがなさすぎる。とにかく、あの事件は悲劇以外の何物でもない。わずか十三歳の子どもがいきなり命を奪われたのだ。考えたくもないことだが、考えたくないからこそ、じっくり考えなくてはならない、とポアロは心を決めた。そうすればいずれ、なんらかの方法によって闇のなかから光が射し、自分がここに来て見ようとしたものがはっきり見えてくるだろう。

「どうしてジュディス・バトラーの家に泊まりにいらっしゃらないのか、わたしには理解できないわ」ミセス・オリヴァーが言った。「あんな三流の民宿に泊まるなんて」

「事件を調査するときは、多少距離を置いたほうがいいのです」ポアロは答えた。「関係者たちに近づきすぎないほうがいい。わかってもらえますね」

「どうすれば近づかずにいられるのか、わたしにはわかりませんけど。いろんな人に会って話をしなきゃならないんでしょ？」

「どうしてもそうなりますな」

「これまで誰にお会いになったの？」

「わが友、スペンス元警視に」

「元気にしてらっしゃる？」

「昔に比べるとかなり老けましたね」

「そりゃ仕方がないでしょう。それ以外に何が予想できるというの？　耳が遠くなるとか、老眼が進むとか、太るとか、痩せるとか、そういった変化はありますか？」

ポアロは考えこんだ。

「少し痩せたようです。新聞を読むときは老眼鏡をかけています。耳は周囲にもわかるほど遠くなってはいないと思います」

「それで、この事件について、スペンス警視さんのご意見は？」

「あなたもせっかちですね」ポアロは言った。

「ねえ、あなたと警視さんとで具体的に何をするおつもり？」

「わたしのほうですでに予定を立てました。まず、わが旧友スペンス警視に会って相談しました。情報を少し手に入れてほしいと頼みました。ほかの方法ではなかなか入手できませんからね」

「あの警視さんならこちらの警察にも顔が利きそうだから、そこから内部情報をひきだしてもらおうというわけ？」

「まあ、そういう言い方はしたくないが、そうですね、だいたいそんな線でいくつもりです」

いのです」

「あなたとここで会うことにしました、マダム。今回の事件が起きた場所を見ておきたいのです」

ミセス・オリヴァーはふりむいて家を見上げた。

「殺人が起きそうな家には見えないでしょ？」

ポアロはふたたび考えた。なんと勘の鋭い人だろう！

「ええ、そんな雰囲気はどこにもありませんね。まず現場を見せてもらい、次はあなたと一緒に、亡くなった子の母親に会いに行こうと思います。母親の話をじっくり聴きたいのです。午後からは地元警察の警部と話がしたいので、向こうの都合のいい時間に、わが友スペンスがアポイントをとってくれることになっています。また、この土地の医者とも話をしなくてはなりません。できれば、学校の校長先生とも。六時になったら、わが友スペンスの家で妹さんを交えてお茶を飲み、ソーセージを食べながら、事件について検討する予定です」

「警視さんからほかにどんな話が聞けるとお思いなの？」

「じつは、妹さんに会うのが目的なんです。こちらの暮らしがスペンスより長いのでね。ご主人が亡くなったため、スペンスがこちらに来て妹さんと同居を始めたのです。妹さんなら、村人たちのことを詳しく知っているでしょう」

「あなたのそのしゃべり方、何に似ているかわかります？　コンピューターよ。ご自身をプログラミングしている。専門用語ではそう言うんでしょ？　つまり、こういうデータを一日じゅう自分のなかにとりこんで、何が出てくるかを見ようとする」

「なるほど、そういう考え方もできますな」いくらか興味を持った様子で、ポアロは言った。「ええ、ええ、わたしはコンピューターの役を演じています。データをとりこんで――」

「出てきた答えがすべて誤りだったら？」

「ありえません。コンピューターはそういうミスをしないものです」

「本来はそのはずだけど、けっこうミスがあるのを知ったら、きっとびっくりなさるわよ。例えば、うちの先月の電気代がそうだった。〝過ちは人のつね〟という諺がある のはたしかだけど、人間の過ちなんて、コンピューターの重大なミスに比べれば可愛いものだわ。さあ、入って。ミセス・ドレイクを紹介するから」

　ミセス・ドレイクというのはなかなかの人物だ、とポアロは思った。背が高く、四十代の凜とした感じの女性で、金髪に白いものがちらほら交じり、目はきらめくような青で、全身から有能さが滲みでていた。彼女がこれまでに開いたパーティはいずれも大成功だったことだろう。客間では、コーヒーにシュガービスケットを二枚ずつ添えたものがトレイにのせられ、ポアロたちを待っていた。

〈リンゴの木荘〉はポアロの見たところ、隅々まで手入れが行き届いていた。家具は立派だし、敷いてある絨毯は質のいいものだし、あらゆるものが丹念に磨かれ、掃除されている。目を奪う最高級の品はどこにもないが、即座にそれを見抜く者はたぶんいないだろう。カーテンと椅子カバーは趣味のいい色だが、ありふれている。高い家賃をとれそうな理想の借り手が見つかったら、高価な品を片づけたり、家具の配置を変えたりしなくても、あっというまに貸す準備ができるだろう。

ミセス・ドレイクがミセス・オリヴァーとポアロに挨拶をした。自分が主催したパーティで殺人などという世間を騒がせる事件が起きたため、ポアロが推察するに相当まいっているはずだが、それを全力で抑えこんでいる様子で、内心の困惑は顔にほとんど出ていなかった。ウッドリー・コモンという地域社会の名士ゆえに、困った立場に追いやられて憤慨しているのではないかとポアロには思われた。〝あんなことが起きるなんて許せない。ほかの誰かの家で、ほかの誰かの身に起きたことなら――仕方がない。でも、わたしが子どもたちのために計画し、準備し、開いたパーティであんなことが起きるなんて……。そうならないよう、わたしがもっと気をつけるべきだった〟と思っていることだろう。ポアロはまた、ミセス・ドレイクが内心いらいらしながら、理由を追い求めているような気がした。殺人が起きた理由ではなく、パーティの準備を手伝ってくれた人びとに責任を押しつけるための理由を。〝あの人たちの要領の悪さや注意散漫のせいで、こういうことが起きる危険を見抜けなかったのよ〟と。

「ムッシュー・ポアロ」ミセス・ドレイクが上品な口調で言った。狭い会議室や村の集会場だったら、きっとよく通る声だろう。「お越しいただけて、とても喜んでおります。このような恐ろしい災難に見舞われたときに、あなたのご助力がいかに貴重かということを、ミセス・オリヴァーが話してくれました」

「ご安心ください、マダム、できるかぎりお力になりましょう。ただ、これまでの人生経験からきっとおわかりだと思いますが、おそらく困難な仕事になるでしょう」

「困難？」ミセス・ドレイクは言った。「もちろん、困難でしょうとも。こんな恐ろしいことが起きるなんて信じられません。とうてい信じられません。もしかしたら」話はさらに続いた。「警察のほうで何かつかんでらっしゃるんじゃないかしら。ラグラン警部さんって、地元ではとても評判の高い方です。ロンドン警視庁に来てもらったほうがいいのかどうか、わたしにはわかりません。あの哀れな子の死はこの土地の事情に関係していような気がしてなりません。申し上げるまでもありませんけど、ムッシュー・ポアロ——だって、わたしと同じぐらい新聞をよく読んでらっしゃるでしょうから——子どもたちを狙った痛ましい事件がどこの郊外でもずいぶん起きていますでしょ。その数がどんどん増えているように思われます。精神的に不安定な人も増えているようですし。もっとも、ひとこと言わせていただくと、親も家族も昔に比べて子どもの面倒をみなくなっています。子どもたちは朝早く暗いうちにひとりで学校へ出かけ、夕方の暗い時間にひとりで学校から帰ってくる。そして、親がふだんからどれだけ子どもに警告していても、すてきな車が止まって〝乗せてあげよう〟と言われれば、残念ながら、愚かにもついその気になってしまいます。相手の言葉を鵜呑みにしてしまいます。防ぎようがありませんね」

「しかし、こちらで起きたことは、マダム、まったく性質の違うものですよ」

「ええ、わかっています。いまも信じられません——わかっていますとも。ですから、信じられないという言葉を使ったのです。いまも信じられません。すべてうまくいっていました。準備もちゃんとできていたし。何もかも予定どおりにすらすらと運んでいました。だから、どうしても——信じられないのです。わたしの個人的な意見を申し上げると、いわゆる外部の要素が入っているに違いないと思います。何者かが家に忍びこんだのです——パーティの最中だから、むずかしくはなかったでしょう——精神的にひどく不安定な人物。窓から覗きこめば、子どもたちがパーティをやっていることは誰にでもわかります。そこで、その哀れな人物は——そういう人に心から同情できるなら、そう言ってもいいでしょうが、正直に申し上げて、わたし自身は同情する気になれません——とにかく、その人物がなんらかの手段であの子を誘いだし、殺してしまったのでしょう。まさか、そんなことになるなんてねえ。でも、現実に起きたことなんです」

「よろしければ、現場を見せていただけると——」

「いいですとも。コーヒーのおかわりは？」

「充分にいただきました」

ミセス・ドレイクは立ち上がった。「警察のほうでは、スナップドラゴンの最中に犯行がおこなわれたと見ているようです。スナップドラゴンはダイニングルームでやっておりました」

ホールを通り抜けて向かいのドアをあけ、観光バスの一行に豪華な屋敷を見せてまわる主人役のような態度で、大きなテーブルとずっしりしたベルベットのカーテンを指し示した。

「もちろん、部屋は暗くしてあって、お皿の上でレーズンが炎を上げているだけでした。

さて、次は——」

ミセス・ドレイクは先に立ってホールを横切り、小さな部屋のドアをあけた。アームチェアがいくつかと、狩りの風景を描いた絵と、本棚があった。

「図書室です」と言って、ミセス・ドレイクは軽く身を震わせた。「バケツはここに置いてありました。もちろん、ビニールシートを敷いて」

ミセス・オリヴァーは一緒に部屋に入るのを避けた。外のホールに立っていた。

「わたし、入れないわ」ポアロに言った。「つい想像してしまうんですもの」

「お見せするものは何もありません」ミセス・ドレイクは言った。「現場を見たいとおっしゃったから、ご案内したまでです」

「あのう」ポアロは言った。「水はあったんでしょうな——たっぷりと」

「バケツに入っていました、もちろん」ミセス・ドレイクは答えた。

ミセス・ドレイクは、おかしな人間を見るような目でポアロを見た。

「それに、シートにも水がこぼれたことと思います。少女の頭が無理やりバケツに沈められたのなら、ずいぶん水が飛び散ったでしょうな」

「ええ、もちろん。アップルボビングの最中にも、一回か二回、バケツに水を足さなくてはなりませんでした」

「すると、犯行に及んだ人物も？　やはりびしょ濡れになったことと思いますが」

「ええ、ええ、そうでしょうね」

「それに気づいた人はいなかったのですか？」

「ええ、誰も。警部さんにもその点を尋ねられたのですが。なにしろ、パーティの終わりごろには、ほぼ全員がひどい格好になったり、水に濡れたり、粉だらけになったりしていました。その点を調べても、有力な手がかりは見つからないでしょう。とにかく、警察はそう考えています」

「そうですね」ポアロは言った。「手がかりになるのは、その子自身だけでしょう。少女についてご存じのことを残らず伺いたいのですが」

「ジョイスのことを？」

ミセス・ドレイクは意外そうな顔をした。まるで、ジョイスのことはすでに心の奥に消えてしまっていたため、名前を出されてひどく驚いたかのようだった。

「被害者はつねに重要です」ポアロは言った。「被害者が犯罪の動機となることは、けっこう多いですからね」

「はあ、なるほど。おっしゃる意味はわかります」ミセス・ドレイクはそう言ったが、じつはまったくわかっていなかった。「客間に戻りましょうか？」

「では、そちらでジョイスのことを伺いましょう」

一同はふたたび客間に腰を落ち着けた。

ミセス・ドレイクは居心地が悪そうだった。

「何からお話しすればいいのか、よくわからないのですが、ムッシュー・ポアロ。警察やジョイスのお母さんにお尋ねになれば、どんな情報でも簡単に得られると思います。お母さんもお気の毒に。どんなに辛いことでしょう。でも――」

「いや、わたしが知りたいのは、亡くなった娘に対する母親の思いではありません。人間の本質をよくご存じの方の明快で公平な意見なのです。マダム、あなたはこの地域社会の福祉や社交面で活躍してこられた方だ。知り合いの人びとの性格や気質をあなたほど巧みに説明できる人は、ほかにいないと思います」

「そう言われても――ちょっとむずかしいですね。だって、あの年ごろの子どもって――ジョイスはたしか十三だったかしら。十二か十三ね――みんな、よく似てますもの」

「いやいや、そんなことはありません。性格も、気質も、その子によってずいぶん違いますよ。あなたはジョイスがお好きでしたか？」

ミセス・ドレイクはこの質問にいささか困惑した様子だった。

「あの、もちろん、す――好きでしたよ。つまり、そのう、どの子も好きですもの。たいていの人は子ども好きです」

「いや、そこのところは同意できませんね。まったく可愛げのない子もいますから」

「ええ、そのとおりだと思います。いまの時代は親の育て方に問題があるんでしょうね。すべて学校まかせで、子どもたちはもちろん、わがままのし放題。友達だって自分で勝手に選んで――あら――すみません、ムッシュー・ポアロ」

「ジョイスは感じのいい子でしたか？　それとも、よくなかった？」ポアロは執拗に尋ねた。

ミセス・ドレイクはポアロに目を向け、非難がましい口調になった。

「お忘れにならないで、ムッシュー・ポアロ、あの子はかわいそうに、亡くなったのですよ」

「生死にかかわらず、これは大事なことなのです。ジョイスが感じのいい子であれば、誰もあの子を殺そうとは思わなかったでしょう。しかし、そうでなければ、誰かがあの子を殺したくなって、実行したのかもしれない――」

「あのう、お言葉ですけど――感じがいいかどうかという問題ではありませんでしょ？」

「いや、そういう問題かもしれません。あの子は殺人現場を見たと言い張っていたそうですね」

「まあ、そのこと？」ミセス・ドレイクは軽蔑したように言った。

「本気になさらなかったのですね？」

「ええ、するわけがありません。そんなくだらないこと」

「ジョイスはなぜそんな話をしたのでしょう？」

「そうですね、ミセス・オリヴァーがいらしたため、誰もがかなり興奮していたのだと思います。あなたはすごく有名な人なのよ。そのことを忘れないでね、あなた(ディア)」ミセス・ドレイクはミセス・オリヴァーに向かって言った。

〝ディア〟という親密さを示す言葉は、とってつけたように添えられた感じだった。

「そうでなければ、殺人が話題にのぼることはなかったと思います。でも、子どもたちったら、有名作家に会って舞い上がってしまい――」

「そこで、ジョイスが殺人現場を見たと言いだしたわけですね」ポアロは考えこみながら言った。

「ええ、そんなようなことを言っていました。わたしはうわの空で聞いていただけですけど」

「しかし、ジョイスがそう言ったことは覚えておいでですね？」

「ええ、覚えています。言いましたとも。でも、わたしは信じませんでした。あの子の姉がすぐに否定しました。当然です」

「ジョイスはそれにも腹を立てたんですね？」

「ええ、何度も〝ほんとよ〟と言っていました」

「というより、得意そうに話したわけだ」

「そう言われれば、ええ、そうでした」

「もしかしたら、嘘ではなかったのかもしれない」ポアロは言った。

「まさか！　わたしはたった一分だって信じませんよ。よくそういう愚かなことを言う子でした」

「当人も愚かだったのでしょうか？」

「そうね、自慢するのが好きでした。いつも、ほかの女の子たちよりよけいに何かを見ようとし、よけいに何かをしようとする子でした」

「あまりいい性格ではなかったのですね」

「ええ、たしかに。いつだって〝お黙りなさい〟と注意しなきゃいけないような子でした」

「パーティに来ていたほかの子たちはどう言っていたのでしょう？　感心していました

か？」

「バカにして笑っていました。そのせいで、ジョイスはよけいムキになったのです」

「なるほど」ポアロは立ち上がった。「はっきりしたご意見をいただけて助かりました」ミセス・ドレイクの手をとり、礼儀正しく頭を下げた。「これで失礼します、マダム。きわめて不愉快な事件の現場を見せてくださったことに、心からお礼を申しあげます。不愉快な記憶が鮮明によみがえることのないよう、願っております」

「こうしたことを思いだすのは、もちろん、とても辛いことです。ささやかなパーティが大成功に終わるよう、心から願っていたのですが。パーティは大成功で、誰もが楽しんでくれたのに、最後にあんな恐ろしいことになってしまって……。でも、すべて忘れるしかありませんわね。もちろん、ジョイスが殺人を目撃したなどと愚かなことを言いだしたのが、とても不運なことだったのです」

「ウッドリー・コモンで殺人事件が起きたことはありますか？」

「わたしが覚えているかぎりではありません」ミセス・ドレイクはきっぱりと言った。

「犯罪が増えるいっぽうのこの時代に、なんとも珍しいことですな」

「そう言えば、トラック運転手が仲間を殺したとか――そんなような事件がありました――また、ここから二十キロほど離れた砂利採取場に幼い女の子が埋められていた事件もありました。でも、ずいぶん昔のことです。どちらも卑劣でくだらない犯罪でした。きっとお酒のせいだと思います」

「じっさい、十二か十三の少女が目撃しそうな犯罪ではありませんね」

「とうてい考えられません。それに、はっきり申し上げておきますけど、ムッシュー・ポアロ、ジョイスがあんなことを言ったのは、友達を感心させたかったから、そして、たぶん、有名作家の注意を惹きたかったからでしょう」ミセス・ドレイクはミセス・オリヴァーにいささか冷たい目を向けた。

「ほんとにね」ミセス・オリヴァーは言った。「そもそも、わたしがあのパーティに出たのがいけなかったんだわ」

「あら、そんなことありませんよ。もちろん、そんな意味で言ったんじゃないのよ」

ミセス・オリヴァーと並んで家を出るときに、ポアロはため息をついた。

「殺人など起きそうもない家ですね」門へ通じる小道をふたりで歩きながら、ポアロは言った。「そういう雰囲気はない。悲劇の気配もない。殺すだけの価値のある人間もいない。いや、ミセス・ドレイクを殺してやりたいと思う者なら、たまにいるかもしれませんが」

「おっしゃる意味はよくわかるわ。ときどき、周囲をひどく苛立たせる人ですもの。自信満々で、いい気になっている」

「ご主人はどういう人ですか？」

「いえ、あの方、いまはおひとりなのよ。ご主人が一年か二年前に亡くなって。ポリオにかかって何年も前から脚が不自由だったとか。もとは銀行にお勤めだったの。狩猟やスポーツが大好きな方だったから、何もできずに病人の暮らしを送るのがとても苦痛だったそうよ」

「無理もない」ポアロはジョイスという少女のことに話を戻した。「ひとつだけ教えてほしいのですが。ジョイスの話を聞いた人びとのなかに、殺人のことを本気にした者がいましたか？」

「さあ、わかりません。いたとは思えないけど」

「例えば、ほかの子たちは？」

「そうね、その子たちのことも考えてみたんだけど……。いえ、ジョイスの言葉を信じた子がいたとは思えないわ。みんな、ジョイスの作り話だと思ったみたい」

「あなたもそう思いましたか？」

「ええ、やはりそうね。もちろん、ミセス・ドレイクは殺人なんか起きなかったと思いたいだろうけど、まさか、そこまでは言えないでしょ？」

「今回の事件はあの人にとって、じつに辛いことだと思いますよ」

「多少はね」ミセス・オリヴァーは言った。「でも、いまでは事件の話をするのが楽しみでもあるみたい。ずっと隠しておこうなんて気はなさそうよ」

「あなたはミセス・ドレイクに好意を持っていますか？」ポアロは尋ねた。「感じのいい人だと思いますか？」

「ほんとに意地悪な質問をなさる方ね。答えにくい質問だわ。あなたが興味をお持ちなのは、感じのいい人か、よくない人かということだけのようね。ロウィーナ・ドレイクはボスになりたいタイプよ——物事や人を動かすのが好きな人。この地域社会もロウィーナが動かしている。ただ、とても効率的にやれる人ね。ボスになりたがる女が好みかどうかによるけど、わたしはあまり——」

「いまからジョイスの母親に会いに行くわけですが、そちらはどんな人でしょう？」

「すごくいい人よ。頭はあまりよくない感じだけど。気の毒よね。わが子を殺されるなんて、ほんとに悲惨だと思わない？　しかも、このあたりの人はみんな、性犯罪だと思いこんでるから、よけい辛いでしょうね」

「しかし、性犯罪の証拠は何もなかった。そう聞いていますが？」

「ええ。でも、世間の人はそういうふうに思いたがるものなの。そのほうが刺激的だから。人間というのがどういうものか、あなたもご存じでしょ」

「知っているつもりではありますが——ときどき——そうですね——本当は何もわかっていないのかもしれないと思うことがあります」

「ミセス・レナルズのところへは、わたしの友達のジュディス・バトラーに連れてってもらうほうがいいいんじゃないかしら。ジュディスならミセス・レナルズをよく知ってるけど、わたしは話したこともないのよ」

「最初の計画どおりにしましょう」

「コンピューターのプログラムは動き続ける」ミセス・オリヴァーは反抗的につぶやいた。

第七章

ミセス・レナルズはミセス・ドレイクとは正反対のタイプだった。冷静な有能さはどこにもない。今後も望めそうにない。

黒の喪服に身を包み、涙に濡れたハンカチを握りしめたまま、いまにも泣き崩れそうだった。

「本当にご親切に」と、ミセス・オリヴァーに言った。「わたしどもの力になるためにお友達をお連れくださるなんて」じっとり湿った手でポアロの手を握り、疑わしそうな目を向けた。「この方が何か力になってくださるなら、心から感謝いたします、ただ、誰にも何もできないと思います。どんなことをしたって、あの子はもう戻ってきませんもの。哀れな子。考えるのも辛すぎます。あんな年齢の子をどうして殺したりできるの？　ジョイスが悲鳴を上げてさえいれば――でも、犯人はたぶん、あの子の頭を水中に沈めて、そのまま押さえつけたんでしょうね。ああ、考えただけで耐えられない。ほんとにもう、耐えられません」

「お察しします、マダム。辛い思いをさせるつもりはないのですよ。どうかもう考えないでください。いくつか質問したいだけですから。そうすれば、ひょっとすると――お嬢さんを殺した犯人を見つける役に立つかもしれません。犯人に関して、マダムご自身に何かお心あたりはないでしょうか？」

「あるわけないでしょ？　そんな人間がいるなんて、このあたりに住んでるなんて、思ったこともありません。ここはとてもいいところです。住民もいい人ばかりです。たぶん、誰かが――誰か悪い男が窓から忍びこんだのでしょう。麻薬か何かやっていたのかもしれません。明かりが見え、パーティだとわかったので、勝手に入ってきたんだわ」

「犯人は男に違いないと思っておられるのですね？」

「ええ、ぜったい男ですよ」ミセス・レナルズは意外そうな声になった。「そうに決まってます。女だなんてありえないわ。そうでしょう？」

「腕力のある女だっていますよ」

「まあ、おっしゃる意味はわかるような気もします。最近の女は昔に比べるとスポーツでもなんでも熱心ですものね。でも、あんなことをするはずはありません。ジョイスはほんの子どもだったのに――十三歳でした」

「お宅に長々と居すわったり、無神経な質問をしたりして、辛い思いをさせるつもりはないのですよ、マダム。そういうことは警察がすでによそでやっているはずなので、悲惨な出来事を蒸し返してマダムを苦しめようとは思っておりません。ただ、お嬢さんがパーティでなさった話についてお尋ねしたかったのです。マダムはたしか、パーティの場にはおられませんでしたね？」

「ええ、そうです、出ておりません。このところ体調がすぐれなくて……。子どもたちのパーティってすごく疲れるんですもの。うちの子たちを車で送っていき、あとでまた迎えに行きました。出かけるときは三人一緒でした。アンというのが長女で十六歳。レオポルドはもうじき十一歳になります。ジョイスがした話についてお尋ねになりたいそうですが、あの子、どんな話をしたのでしょう？」

「ミセス・オリヴァーがパーティに出ていましたので、お嬢さんがどんな話をされたかは、そちらから詳しくお聞きになれるでしょう。前に殺人現場を見たことがあると言ったそうです」

「ジョイスが？　まさか。そんなことを言うはずはありません。殺人現場なんて、見るわけないじゃありませんか」

「たしかにね。誰もがありえないと思ったようです。マダムも同じご意見でしょうか？

お嬢さんからそうした話をお聞きになったことはありませんか？」

「殺人現場を見たという話を？　ジョイスから？」

「ひとつ心に留めておいてほしいのですが、ジョイスの年代の子どもは、殺人という言葉をかなり漠然とした形で使うものです。誰かが車にひかれた場合もあるでしょうし、子どもたちが喧嘩を始めて、ひとりがほかの子を小川に投げこんだり、橋から突き落としたりした場合もあるでしょう。冗談半分でやっただけなのに、不幸な結果になったというような」

「そうですねえ……ジョイスが目撃しそうな事件がこのあたりで起きた覚えはありませんし、もちろん、ジョイスからそんな話を聞いたこともありません。あの子、きっと冗談で言ったのでしょう」

「でも、ひどく真剣でしたよ」ミセス・オリヴァーが言った。「〝ほんとよ。わたし、見たのよ〟って何度も言ってましたもの」

「それを信じた人はいました？」ミセス・レナルズが訊いた。

「さあ、わかりません」ポアロは答えた。

「たぶん、いなかったと思います」ミセス・オリヴァーは言った。「というより、信じたなんて言ってジョイスをいい気にさせたくなかったのでしょう」

「みんなでお嬢さんを笑いものにして、作り話だと言ったようです」ポアロは言った。ミセス・オリヴァーのような思いやりはなかった。

「まあ、みんな、なんて意地悪なの。まるで、ジョイスがひどい嘘つきだったみたいじゃないですか」ミセス・レナルズは頬を紅潮させ、憤慨していた。

「わかっています。作り話とは思えません」ポアロは言った。「むしろ、お嬢さんの勘違いだったのかもしれません。何かを目撃して、殺人だと思いこんだのかもしれない。たぶん、事故か何かを」

「でしたら、わたしに何か言ったはずです。そうでしょう？」ミセス・レナルズは言った。いまも憤慨していた。

「普通はそうでしょうね。お嬢さんが前にそんな話をしたことはなかったですか？マダムが忘れておられるのかもしれない。たいして重要なことでなかったとすれば、とくに」

「どういう意味でしょう？」

「わかりません」ポアロは言った。「そこが厄介な点のひとつでしてね。三週間前のことかもしれない——もしくは、三年前のことかもしれない。ジョイスは〝あたしはまだほんの子どもだった〟と言ったそうです。十三歳の子が〝ほんの子ども〟と言う場合は、何歳ぐらいを意味するのでしょう？　このあたりで世間を騒がせる事件が何か起きたのを、ご記憶ではありませんか？」

「さあ、覚えておりませんけど。ただ、いろんな噂は耳にします。新聞で読むこともあります。女性が襲われたとか、若いカップルが襲われたとか、そんなようなことが。でも、それほど大きな事件は記憶しておりません。ジョイスが興味を持つようなことは何も」

「しかし、殺人現場を見たとはっきり言ったのなら、お嬢さんは本当にそう信じていたのだとお思いになりませんか？」

「心から信じていなければ、そんなことは言わないでしょうね」ミセス・レナルズは言った。「きっと何かとごっちゃにしてたんだと思います」

「ふむ、その可能性はありますな。あのう……パーティに出ていた、あとふたりのお子さんと話をさせてもらってもいいでしょうか？」

「ええ、どうぞ。もっとも、あのふたりから何を聞きだそうと思っておられるのか、わたしにはわかりませんけど。アンはAレベルの試験を受けるために二階で勉強中ですし、レオポルドは庭で模型飛行機を作っています」

レオポルドは丸々とした顔に頑丈そうな体格の少年で、模型作りに夢中だった。しばらくしてようやく、ポアロの質問に注意を向けた。

「きみもパーティに出ていたね、レオポルド？　ジョイスが言ったことを聞いたはずだ。なんて言ったのかな？」

「ああ、あの殺人の話？」うんざりした口調だった。

「そう、その件なんだ。ジョイスは前に殺人を見たことがあると言った。本当に見たのだろうか？」

「まさか。見るわけないよ。いったい誰が殺されるのを見たっていうの？　ジョイスらしいよな。そんなこと言うなんて」

「どういう意味だね？　ジョイスらしいというのは？」

「目立ちたがり屋だから」レオポルドは模型のパーツに針金を巻きつけ、作業に集中するあまり、鼻で大きく呼吸しながら言った。「めちゃバカだったんだよ。まわりがびっくりして話を聞いてくれるなら、どんなことでも言うやつだった」

「すると、きみはすべてジョイスの作り話だったと言うんだね？」

レオポルドはミセス・オリヴァーのほうへ視線を移した。

「おばさんを感心させたかったんだと思う。おばさん、探偵小説を書いてる人でしょ？

ジョイスがあんな話をしたのは、自分がほかの子より注目されたかったからだと思うよ」

「それもやはり、ジョイスのやりそうなことだというんだね？」

「うん、ジョイスならなんだって言うさ。けど、誰も信じなかったと思う」

「きみも話を聞いてただろ？　信じた者がいたとは思わないかい？」

「うーん、ジョイスの話が聞こえてはいたけど、真剣に聴いてたわけじゃないしさ。ビアトリスがジョイスのことバカにして笑ってたし、キャシーもそうだった。〝嘘ばっかり〟とかなんとか言ってた」

レオポルドから聞きだせることとは、もうほとんどなさそうだった。ポアロとミセス・オリヴァーが二階のアンの部屋へ行くと、十六歳という年齢より大人びて見えるアンが、参考書を何冊もまわりに広げて机にかじりついていた。

「ええ、あたしもパーティに出てました」アンは言った。

「殺人の現場を見たことがあるとかジョイスが言うのを、きみも聞いたのかな？」

「ええ、聞いてました。でも、まともに相手をする気にもなれなかった」

「本当のことだとは思わなかったんだね？」

「本当のわけないでしょ。殺人なんて、このあたりではもう何年も起きてないんですもの。殺人事件と呼べるようなものは何も」

「では、妹さんはなぜそんな話をしたんだろう？」

「そうね、目立つのが好きな子だから。いえ、目立つのが好きな子だったって意味よ。一度、インドに旅行したなんていう夢みたいな話をしたことがあったわ。親戚のおじさんが船でインドへ出かけたものだから、ジョイスったら、自分も一緒に行ったなんて作り話をしたの。学校の女の子のなかには、話を信じた子がずいぶんいたわ」

「それでは、ここ三年か四年のあいだに殺人と呼べるような事件が起きたという記憶はないんだね？」

「ええ、ありふれた事件ばかり。ほら、新聞に毎日出てるような事件。しかも、このウッドリー・コモンで起きたものじゃないのよ。ほとんどがメドチェスターだったと思うわ」

「誰がジョイスを殺したと思う、アン？　きみはジョイスの友達を知っているはずだし、誰がジョイスを嫌ってたかも知ってるだろう？」

「ジョイスを殺したいほど嫌ってた人がいたなんて、あたしには想像できない。どっかの異常者じゃないかしら。ほかに誰がそんなことするっていうの？」

「誰かいなかったかな——妹さんと喧嘩をしたり、気が合わなかったりした人が？」

「ジョイスに敵がいなかったかってこと？　そんなの、意味ないと思う。普通の人間には敵なんかいないもん。好きになれない相手がいるだけ」

ポアロたちが部屋を出ようとしたとき、アンが言った。

「ジョイスのこと、ほんとは悪く言いたくないのよ。だって、死んじゃったんだし、悪く言うのはかわいそうだもん。でも、はっきり言って、とんでもない嘘つきだった。自分の妹のことをそんなふうに言うのはいやだけど、ほんとのことだしね」

「進展はありました？」ふたりでレナルズ家をあとにしながら、ミセス・オリヴァーが尋ねた。

「何ひとつなし」エルキュール・ポアロは答えた。「その点が興味深い」と、考えこみながら言った。

ミセス・オリヴァーは賛成できないという表情だった。

第八章

〈パイン・クレスト荘〉に戻ったときは六時になっていた。エルキュール・ポアロはソーセージをひと切れ口に放りこみ、続いてお茶をひと口飲んだ。お茶は濃すぎて、ポアロの好みには合わなかった。しかし、ソーセージはおいしかった。火の通し具合が完璧だ。テーブルの向かいにすわって大きな茶色のティーポットを前にしたエルスペス・マッケイのほうへ、ポアロは称賛の視線を向けた。

エルスペスは、兄のスペンス元警視とはまるで違うタイプだった。横幅のある兄に対して、妹は骨ばっている。とがった感じのほっそりした顔が鋭い表情で世間を見ている。針金のように細いエルスペスだが、どことなく兄に似ている。たぶん、目の感じと、くっきりした顎の輪郭が似ているのだろう。ポアロが見たところ、ふたりとも判断力と良識を豊かに備えているようだ。意見を述べるときの態度はそれぞれ違うが、それはそれでかまわない。スペンス元警視は深く考え、検討したうえで、ゆっくりと慎重に自分の考えを述べるタイプだ。エルスペスはネズミに飛びかかる猫のように早口で鋭くまくし立てる。

「重要な鍵となるのは」ポアロは言った。「あの子の性格ですね。ジョイス・レナルズという子の。わたしがいちばん頭を悩ませているのはそこです」

問いかけるようにスペンスを見た。

「わたしをあてにしてもだめですよ」スペンスは言った。「こっちに越してきてそれほどたっていませんから。尋ねるなら、エルスペスにどうぞ」

ポアロは物問いたげに眉を上げ、テーブルの向かいを見た。エルスペスの返事は例によって鋭かった。

「嘘ばかりつく子どもだったと言っていいでしょう」

「信頼できる子ではなく、口にする言葉を信じていいような子でもなかったのですね」

エルスペスはきっぱりとうなずいた。

「ええ、そのとおりです。ほら話をする子で、しかもそれが上手でしてね。でも、わたしはあの子の話なんて信じません」

「嘘をつくのは注目を集めたいからでしょうか？」

「おっしゃるとおりです。インド旅行の話はもうお聞きになったでしょう？　あれを信じた人はけっこういるんですよ。学校の休みに家族で旅行に出かけるって言ったんです。どこか外国へ。両親と一緒なのか、それとも、親戚のおじさんとおばさんに連れてってもらうのかは知りませんけど、休みが終わって学校に出てくると、インドへ出かけたとか言って旅行のことをおおげさに話して聞かせました。ひどいほら吹きですよ。マハラジャだの、トラ狩りだの、ゾウの話だの――まあ、聞いてる分にはけっこう楽しくて、すっかり信じてしまった人もずいぶんいました。でも、わたしはみんなにはっきり言ってやりました。あの子の話はおおげさだって。最初のうちは、誇張してるだけだろうと思ってました。ところが、話をするたびにいろんなものが増えていくんです。トラの数が増えたりしてね。そんなバカなというぐらい、ものすごい数のトラが出てくるんですよ。ついでに言うと、ゾウもずいぶん出てきました。昔からとんでもない作り話をする子でした」

「注目を集めたいから？」

「ええ、そうなんです。注目の的になるのが大好きな子でした」

「行ったこともない旅行の話をでっちあげた子がいたとしても」スペンス警視が言った。「その子のおおげさな話がすべて嘘とはかぎらんだろう」

「そりゃそうかもしれないけど」エルスペスが言った。「たいてい嘘だと思っておいたほうがいいわ」

「つまり、殺人の現場を見たとジョイス・レナルズが言った場合、その話はたぶん嘘で、信じる気になれんというんだね？」

「ええ、わたしはそう思ってますよ」エルスペスは言った。

「おまえが間違ってるかもしれんぞ」

「ええ。誰にだって間違いはあるものよ。オオカミ少年の昔話に似てるわね。〝オオカミが来た、オオカミが来た〟って叫びすぎたものだから、いざ本物のオオカミが現れたときには誰も信じてくれなくて、少年はオオカミに食べられてしまったという話」

「すると、おまえの結論としては――」

「やっぱり、あの子の嘘だった可能性が大きいでしょうね。でも、わたしはフェアな判断をする人間よ。ひょっとすると、嘘じゃなかったのかもしれない。何かを見たのかもしれない。あの子が言ったとおりの殺人ではないとしても、何か重大な場面を」

「そして、そのせいで殺されてしまった」スペンス警視は言った。「それを忘れてはいけないよ、エルスペス。あの子は殺されたんだ」

「たしかにそうね。だから、わたし、嘘じゃなかったのかもしれないって言ってるの。もしそうなら、あの子に謝らなきゃ。でも、誰でもいいから、あの子を知ってた人に訊いてごらんなさい。平気で嘘がつける子だったと言うはずだわ。いいこと、ジョイスはあの夜、パーティに出て興奮してたのよ。みんなの注目を集めたかったのよ」

「ところが、誰もあの子の話を信じなかったわけですね」ポアロは言った。

エルスペス・マッケイは疑わしそうに首をふった。

「ジョイスはいったい、誰が殺されるところを見たのでしょう？」ポアロは問いかけた。

兄から妹へ視線を移した。

「殺された人なんていませんよ」エルスペスはきっぱりと言った。

「亡くなった人はいるはずです。そうですな、ここ三年ほどのあいだに」

「そりゃ、いますとも」スペンスが言った。「ごく平凡ですが——お年寄りとか、病人とか、ありふれたケースです——たしか、ひき逃げ事件もありました——」

「平凡とは言えない死や、思いがけない死は？」

「そうですね——」エルスペスは返事に詰まった。「ええと——」

スペンスがかわりに答えた。

「ここに名前をいくつか書いておきました」その紙片をポアロのほうへ押しやった。「これで少し省けますよ。聞きこみをしてまわる手間が」

「被害者かもしれない人びとですね？」

「そこまでは言いきれませんが。まあ、可能性の範囲内といったところでしょうか」

　ポアロは声に出して読み上げた。

「ミセス・ルウェリン＝スマイス。シャーロット・ベンフィールド。レスリー・フェリア。ジャネット・ホワイト――」そこで言葉を切り、テーブルの向かいに目をやって、最初の名前をもう一度読み上げた。ミセス・ルウェリン＝スマイス。

「もしかしたらね」エルスペスが言った。「ええ、そのあたりを調べてみてはどうでしょう？」そして、〝オペラ〟というような響きの言葉をつけくわえた。

「オペラ？」ポアロは困惑の表情になった。オペラのことなど聞いていないが……。

「ある晩、いなくなったんです。その女が」エルスペスは言った。「それきり消息がわからなくて」

「ミセス・ルウェリン＝スマイスが？」

「いえ、いえ。オペラの女が。あの女なら、ミセス・ルウェリン＝スマイスにのませる薬のなかに、なんでも簡単に入れられたはずです。しかも、全財産をもらうことになっていた――そのときは、女もそのつもりだったでしょうね」

　ポアロは〝なんのことです？〟と問いたげにスペンスを見た。

「そして、それきり消息不明なんです」エルスペスが言った。「ああいう外国の女はみんな同じですよ」

〝オペラ〟という言葉の意味がポアロにもピンと来た。

「オペアガール、つまり、住みこみで働く外国の女のことですな」

「そうです。老齢の婦人の屋敷に住みこんでいたのですが、老婦人が亡くなって一週間か二週間たったとき、そのオペアとかいう女が姿を消してしまったんです」

「たぶん、どこかの男と逃げたんだろう」スペンスが言った。

「でも、そんな男がいたなんて誰も知らなかったわ。この村ではたいてい、あっというまに噂になるのに。誰と誰がつきあってるのか、すぐ知られてしまうのよ」

「ミセス・ルウェリン＝スマイスの死について、どこか怪しい点があると思った人はいなかったのですか？」ポアロは尋ねた。

「いいえ、誰も。心臓が悪かったんです。医者が定期的に診察していました」

「だが、あなたは被害者の可能性がある人びとのリストを作ったとき、真っ先にその夫人の名前を挙げていますね、わが友」

「ええ、夫人は金持ちでした。大金持ちだったのです。亡くなったのは意外なことではないが、あまりにも突然でした。医者のファーガソン先生も驚かれたことでしょう。ほんのわずかな驚きだとしてもね。もう少し長生きするものと、先生は思っておられたはずです。しかし、医者をしていれば、そういう予想外のことにも出会うものです。ミセス・ルウェリン＝スマイスは医者の言いつけを守るような人ではなかった。無理をしてはいけないと言われていたのに、自分の好きなようにやっていました。例えば、ガーデニングに熱中するタイプでしたが、これが心臓によくないんですよ」

エルスペス・マッケイがあとを続けた。

「ミセス・ルウェリン＝スマイスがこちらに越してきたのは、体調が悪化してからでした。それまでは外国に住んでいたのです。甥夫婦――ドレイクとその奥さん――の近くで暮らすためにこちらに来て、〈石切り場の館〉を買いました。ヴィクトリア様式の大きなお屋敷で、もう使われなくなった石切り場が付属しているのが魅力だったみたいです。何かに利用できそうですものね。夫人は何千ポンドものお金を注ぎこんで、その石切り場を沈床庭園というのか、何かそんなふうに呼ばれているものに造り変えました。まわりより一段低いところに庭園を造るんです。ウィズリーだかどこかから造園家を呼び寄せたんですよ。ええ、そりゃもう、一見の価値がありますとも」

「見に行くとしましょうか」ポアロは言った「もしかしたら――何かの参考になるかもしれない」

「ええ、わたしがあなただったら、ぜったい見に行きます。みごとな庭園ですよ」

「ところで、その夫人は金持ちだったと言われましたね？」ポアロは言った。

「亡くなったご主人が大きな造船会社の社長さんだったんです。お金がどっさりありました」

「夫人はもともと心臓が悪かったから、亡くなったのは意外ではないものの、あまりにも急でした」スペンスが言った。「死因に不審な点があるのではという疑いを持った者は誰もいませんでした。心不全だったか、医者が使う長たらしい名前の何かだったか。ええと、冠状なんとかだ」

「検死審問を開く必要はなかったのですか？」

スペンスはうなずいた。

「かつて似たようなケースがありました」ポアロは言った。「老齢の女性がいましてね、くれぐれも気をつけるように言われていたのです。階段を走ってのぼりおりしてはいけない、ガーデニングに熱中してはいけない、などなど。しかし、その人が精力的なタイプで、ガーデニングを生き甲斐にし、自由気ままに暮らしてきたとすれば、こうした注意におとなしく従うことはまずないでしょう」

「まさにそのとおりです。ミセス・ルウェリン＝スマイスは石切り場をすばらしい庭園に造り変えました――いや、造園家がと言うべきですな。三年か四年かけて、造園家とミセス・ルウェリン＝スマイスは庭園造りを進めました。たしかアイルランドだと思いますが、夫人がそういう庭園を見たそうです。ナショナル・トラスト主催の庭園見学ツアーに参加したときに。ふたりはそれを念頭に置いて、石切り場を造り変えました。ええ、そうです、ぜひご覧にならなくては」

「では、自然死だったわけですね」ポアロは言った。「地元の医者もそう診断を下した。いまもここで開業しているという医者ですね？　このあと、会いに行こうと思っています」

「ファーガソン先生ですね――そうです。六十歳ぐらいの腕のいい先生で、評判もいい」

「だが、あなたはミセス・ルウェリン＝スマイスの死が殺人だったかもしれないと疑っておられるのですね？　すでに話してくださったことのほかに、何か理由があるのでしょうか？」

「例えば、オペラガールの件とか」エルスペスが口をはさんだ。

「なぜです？」

「だって、その女が遺言書を偽造したに違いないから。ほかに誰がそんなことをするというんです？」

「もっと詳しく話してください」ポアロは言った。「遺言書の偽造というのは？」

「じつは、老夫人の遺言書の検認っていうんですか、正式な呼び方は知りませんけど、とにかくその段階でちょっとゴタゴタしたんです」

「新しい遺言書だったのですか？」

「ええと、魚みたいな呼び方で――タラ（コッド）に似てて――そうそう、遺言補足書（コディシル）とかいう」

エルスペスがポアロを見ると、ポアロはうなずいた。

「老婦人はそれまでも何度か遺言書を作っていました」スペンスが言った。「ほぼ似たような内容です。慈善団体に寄付、古くからの使用人たちに遺贈といった感じですが、どの遺言書でも、遺産の大半は甥夫婦へ行くことになっていました。いちばんの近親者なので」

「それで、その補足書というのは？」

「全財産をオペラガールに遺すというものでした」エルスペスが言った。「〝彼女の献身的な世話と優しさに感謝して〟というようなことが書かれていました」

「では、そのオペアガールのことをもう少し話してください」

「中央ヨーロッパのどこかの国の出身でした。長ったらしい名前の国」

「老婦人のところにはどれぐらい住みこんでいたのでしょう？」

「一年とちょっとです」

「あなたはミセス・ルウェリン＝スマイスのことをつねに老婦人と呼んでおられますね。夫人の年齢は？」

「六十をかなり過ぎていました。六十五か六ぐらいかしら」

「さほど高齢ではありませんね」ポアロは実感をこめて言った。

「何回か遺言書を作り直していたようです」エルスペスは言った。「さきほど兄が申しましたように、どれもほぼ同じ内容でした。ひとつかふたつの慈善団体に寄付する旨を記し、あとの遺言書では慈善団体を変更したり、古くからの使用人への遺贈に変更を加えたりしていました。でも、どの遺言書でも、遺産の大半は、甥夫婦と、たしか、老齢のいとこが相続することになっていました。もっとも、老婦人よりいとこのほうが先に亡くなりましたけど。老婦人が建てた平屋住宅は造園家に遺贈され、その男が好きなだけ住んでいいことになりました。また、男にはある程度のお金が定期的に入るようになっていて、それを〈石切り場庭園〉の維持管理に充てて一般公開するように、という条件がついていました。まあ、そんなところでしょうか」

「遺族から文句が出たんじゃないですか？　老婦人が精神のバランスを崩していたとか、不当な圧力をかけられたとか言って」

「そうなっていた可能性もありますが」スペンスが言った。「その前に、偽造であることを弁護士たちが鋭く見破りました。さほど精巧な偽造ではなかったようで、すぐ露見してしまったのです」

「調べたところ、そのオペラガールなら楽々と偽造できる立場にいたことがわかりました」エルスペスが言った。「なにしろ、ミセス・ルウェリン＝スマイスの手紙をずいぶん代筆していましたから。ミセス・ルウェリン＝スマイスは友達への手紙や何かをタイプして送るのが大嫌いだったそうです。ビジネスレター以外のものを出すときは、いつも〝手書きにしてちょうだい。なるべくわたしの字に似せて。それから、わたしの名前もサインしておいてね〟と言っていました。掃除に通っていたミセス・ミンデンも、ある日、老夫人がそう言っているのを耳にしたそうです。オペラガールはたぶん、しじゅう代筆を頼まれ、雇い主の字をまねるのに慣れていたため、不意に、遺言書を偽造してもばれずにすむと考えたのでしょう。そして、行動に移したわけです。でも、さっきも申しましたように、弁護士さんたちに鋭く見破られてしまいました」

「ミセス・ルウェリン＝スマイスの顧問弁護士のことですね？」

「はい。〈フラートン、ハリソン＆レドベター法律事務所〉の方々です。メドチェスターではとても評判のいい事務所でしてね。老婦人の法律関係のことはいつもこの事務所で疑問が生じたので、自分の荷物が扱っていました。とにかく、事務所が専門家に筆跡鑑定を依頼し、疑問が生じたので女にいろいろ質問したところ、女はすっかり怯えてしまいました。ある日、自分の荷物を半分ほど置き去りにして、急にいなくなったのです。法律事務所のほうでは女を訴えようとして準備中だったのですが、女もぐずぐずしてはいませんでした。姿を消してしまったのです。急いで行動すれば、この国から逃げだすのはそうむずかしくありません。だって、日帰りだったらパスポートなしで大陸へ行けますし、向こうにいる誰かに連絡をとっておけば、警察が追ってくる前に行方をくらますことができますもの。たぶん、自分の国に帰ったか、名前を変えたか、もしくは、友達を頼っていったのでしょう」

「しかし、ミセス・ルウェリン＝スマイスの死については、誰もが自然死だと思ったわけですね？」ポアロは尋ねた。

「ええ、その点にはなんの疑いもなかったと思います。ただ、自然死に見せかけることもできなくはないでしょう。お医者さまがまったく疑いを持たないそういう事件は、以前にもありましたから。仮に、あのジョイスという子が何かを耳にしていたとしたらどうでしょう？　オペラガールがミセス・ルウェリン＝スマイスにお薬をのませ、老婦人が〝このお薬、いつもと味が違うわ〟と言うのを聞いたとか。あるいは、〝苦いわね〟とか〝変な味ね〟とか」

「それじゃまるで、おまえがその場にいて聞いてたみたいじゃないか、エルスペス」スペンス元警視が言った。「すべておまえの勝手な憶測だ」

「ミセス・ルウェリン＝スマイスはいつどこで亡くなったのですか？」ポアロは尋ねた。「午前中か、夕方か、屋内か、屋外か、自宅なのか、自宅から離れた場所だったのか？」

「ああ、自宅ですよ。ある日、庭いじりの途中で屋敷に帰ったのです。呼吸が苦しそうで、ひどく疲れたと言って、しばらく横になるため寝室へ行ったそうです。そして、ひとことで言うなら、それきり目をさまさなかったのです。医学的に見れば、まったくの自然死と思われました」

ポアロは小さな手帳をとりだした。開いたページにはすでに〝被害者〟と書いてある。その下に〝ひとりめ、可能性あり、ミセス・ルウェリン＝スマイス〟と書いた。手帳の次のページに、スペンスが教えてくれたその他の名前をメモした。そして質問した。

「シャーロット・ベンフィールドというのは？」

スペンスがすぐさま答えた。「十六歳、店員。頭部に複数の傷。〈石切り場の森〉の近くで発見。容疑者として若い男がふたり浮かんだ。どちらも被害者とときどき出かけていた。証拠は何もなし」

「どちらの男も捜査に協力したわけですね？」ポアロは尋ねた。

「おっしゃるとおりです。お決まりの言い方ですな。ふたりともたいして協力できなかった。怯えていました。つまらん嘘をついて、それがすぐばれてしまう。人殺しをするほどの度胸はなさそうだった。だが、もしかしたら、どちらかが犯人だったかもしれません」

「どんな連中ですか？」

「片方はピーター・ゴードン、二十一歳。無職。一度か二度、就職したことがあるが、長続きしなかった。怠け者なんですよ。すばらしくハンサム。コソ泥か何かの罪で執行猶予つきの有罪判決を受けたことが一、二度あります。暴行事件の前科はありません。たちの悪い不良グループに入っていましたが、大きないざこざには巻きこまれずにすんだようです」

「では、もうひとりは？」

「トマス・ハッド。二十歳。口下手。内向的で神経質。教師になるのが夢だったが、成績が悪かった。母親は夫を亡くしたシングルマザー。わが子を溺愛するタイプ。息子が女の子とつきあうのをいやがった。自分の思いどおりにしようとした。息子は文具店で働いていた。前科はないが、心理学的に見ると、犯罪に走る可能性はありそうです。殺された女はハッドをずいぶん焦らしていたらしい。嫉妬が動機とも考えられますが、起訴できるだけの証拠はなかった。両名ともアリバイがあります。ハッドのアリバイを申し立てたのは母親です。息子はその夜ずっと家にいた、と神にかけて誓いました。家にいたなんて嘘だとか、よそで、もしくは殺人現場の近くで姿を見かけた、などと言える者もいませんでした。ゴードンについては、不良仲間の何人かがアリバイを証言しました。信用できそうにないが、嘘だとも言い切れない」

「事件が起きたのはいつでしたか？」

「一年半前です」

「場所は？」

「野原のなかの小道です。ウッドリー・コモンからそう遠くありません」

「一キロちょっとですね」エルスペスが言った。

「ジョイスの家の――レナルズ家の近くですか？」

「いえ、村の反対側です」

「だとすると、ジョイスの言っていた殺人ではなさそうだ」ポアロは考えこみながら言った。「若い男が女の頭を殴りつけているのを見たら、誰だってすぐに殺人だと思うでしょう。一年もたってから、あれは殺人だったんだと気づいたりすることはありえない」

ポアロは次の名前を読み上げた。

「レスリー・フェリア」

スペンスがふたたび説明した。「法律事務所の事務員、二十八歳、メドチェスターのマーケット通りにある〈フラートン、ハリソン&レドベター法律事務所〉に勤めていました」

「さきほどおっしゃった、ミセス・ルウェリン＝スマイスの顧問をしていた事務所ですね」

「ええ、そうです」

「それで、レスリー・フェリアの身に何が起きたんです？」

「背中を刺されたのです。〈グリーン・スワン〉というパブからそう遠くないところで。パブを経営しているハリー・グリフィンの妻と深い仲だったそうです。なかなかの美人だった。いや、いまも美人です。少し年をとってますがね。フェリアより五つか六つ上だが、若い男が好きだった」

「凶器は？」

「ナイフです。いまだに発見されていません。レスリーは彼女と別れて新しい女とくっついたという噂でしたが、どこの女だったかはわかりません」

「なるほど。で、その事件の容疑者は誰だったんです？　パブの経営者？　その妻？」

「ご推察どおりです」スペンスは言った。「どちらかでしょう。疑わしいのは妻のほうですな。ロマの血を半分ひいていて、激しい性格だったから。しかし、可能性はほかにもあります。レスリーは清廉潔白な人生を送ってきたわけではなかった。二十代の初めに問題を起こしています。帳簿をごまかしたのです。文書を偽造して。崩壊した家庭で育ったとか、そういう噂がいろいろありましてね。当時の雇い主たちがレスリーをかばってくれました。短い懲役刑ですみ、刑務所を出ると、〈フラートン、ハリソン＆レドベター法律事務所〉で働くことになりました」

「その後はまっとうな人生を送ったのですか？」

「いや、はっきりとはわかりません。法律事務所では真面目に働いていたようですが、友人たちと組んで、怪しげな取引に何回か関わっています。いわゆる〝悪党ではあるが、用心深いタイプ〟というやつですね」

「では、ほかの可能性があるとしたら？」

「評判のよくない仲間の誰かに刺し殺されたのかもしれない。いったん悪いグループに入ったら、仲間を裏切った者はナイフを突き立てられることになりますからね」

「ほかには？」

「そうですね、レスリーの銀行口座にかなりの金が入っていました。現金で預けたものです。出所はわかりません。それだけでも胡散臭い」

「〈フラートン、ハリソン&レドベター法律事務所〉の金を横領したのではないでしょうか？」ポアロは訊いてみた。

「事務所は否定しています。勅許会計士に頼んで調査したそうです」

「すると、どこから出た金か、警察にもわからなかったのですね？」

「ええ」

「これも」ポアロは言った。「ジョイスの言っていた殺人ではなさそうだ」

最後の名前を読み上げた。「ジャネット・ホワイト」

「学校から近道をして家に帰る途中、小道で絞殺死体となって発見されました。教師仲間のノラ・アンブローズと共同でフラットを借りていたのです。ノラ・アンブローズの話によると、ジャネット・ホワイトは一年前に別れた男のことで怯えていたとか。その男からたびたび、脅迫状めいたものが届いていたそうです。男については、結局、何もわからずじまいです。名前も、どこに住んでいるのかも、ノラ・アンブローズは知りませんでした」

「ほほう」ポアロは言った。「こちらのほうが有望そうだ」

ジャネット・ホワイトの名前のところに太くて黒いレ点をつけた。

「どういう理由で？」スペンスは尋ねた。

「ジョイスぐらいの年齢の少女が目撃しそうな事件じゃないですか。被害者を見て、誰だかわかったのかもしれない。ジョイスが知っている学校の先生で、ひょっとしたら教わっていた可能性もある。襲った男はたぶん、ジョイスの知らない人物だったのでしょう。自分が知っている女と見たこともない男が揉みあうのを目にし、口論を耳にしたのかもしれない。ただ、そのときはそれ以上何も考えなかった。ジャネット・ホワイトが殺されたのはいつでした？」

「二年半前です」

「それも時期的にあてはまりますね。ジャネットの首に両手をかけた男を見ても、殺そうとしていたことに、ジョイスはおそらく気づかなかったでしょう。しかし、成長するにつれて、じつは殺人であったことがわかってきたのです」

ポアロはエルスペスのほうを見た。「わたしの説に同意していただけますか？」

「おっしゃる意味はわかります」エルスペスは言った。「でも、あなたのやり方は違うんじゃありません？　わずか三日前にウッドリー・コモンで少女を殺した犯人を捜すかわりに、過去の殺人事件の被害者を捜そうとするなんて」

「人の世は過去から未来へ続いていきます。二年半前からスタートして三日前まで来るのです。そこで考えなくてはなりません——あなたはきっと、すでにお考えになったでしょうが——パーティに出ていたウッドリー・コモンの住人のなかで、昔の事件と関係がありそうなのは誰なのか？」

「その範囲はもう少し狭めることができるでしょう」スペンスが言った。「ジョイスが殺されたのは〝殺人の現場を見たことがある〟とあの子が言ったからだという、あなたの推理が正しければ。ジョイスがそう言ったのは、パーティの準備の最中でした。それを殺しの動機とみなすのは、もしかしたら誤りかもしれませんが、わたしには誤りだとは思えません。ですから、次のように考えることにしましょう——殺人を見たとジョイスが言い張り、午後からパーティの準備に参加していた誰かがそれを聞き、大あわてで行動に出たのだ、と」

「その場にいたのは誰ですか？」ポアロは言った。「あなたならご存じだと思いますが」

「はい、ポアロさんのためにリストを作っておきました」

「慎重にチェックなさったのでしょうね？」

「ええ、何度もチェックしました。かなり手間のかかる作業でしたよ。ここに十八人の名前があります」

ハロウィーン・パーティの準備に参加した人びとのリスト

ミセス・ドレイク（家の持ち主）
ミセス・バトラー
ミセス・オリヴァー
ミス・ホイッティカー（学校教師）
チャールズ・コットレル師（牧師）
サイモン・ランプトン（副牧師）
ミス・リー（ファーガソン医院の薬剤師）
アン・レナルズ
ジョイス・レナルズ
レオポルド・レナルズ
ニコラス・ランサム
デズモンド・ホランド

ビアトリス・アードリー
キャシー・グラント
ダイアナ・ブレント
ミセス・ガールトン（手伝い）
ミセス・ミンデン（清掃員）
ミセス・グッドボディ（魔女役で協力）

「これで全部ですね。間違いないですか？」

「いえ……」スペンスは言った。「ないとは言いきれません。確認はちょっと無理です。誰にもできないでしょう。なにしろ、いろんな人が品物を届けに来ましたからね。色つきの電球を持ってきた人。鏡を持ってきた人。追加の皿を届けに来た人。プラスチックの桶を貸してくれた人もいます。みんながさまざまな品を届けに来て、ひとことかふたこと言葉を交わして帰っていきました。そのまま残って手伝った人はいません。ですから、そういう人びとは見落とされ、誰の記憶にも残っていません。しかし、玄関ホールにバケツを置きに来ただけの人にも、居間でジョイスが言っていたことは聞こえたはずです。大声でわめいていたのですから。このリストに限定するわけにはいきませんが、これが精一杯のところです。さあ、どうぞ。ご覧になってください。それぞれの名前のところに簡単な説明がつけてあります」

「助かります。ひとつだけ質問させてください。あなたはこのなかの何人かに、例えば準備だけでなくパーティにも出た人たちに、いろいろお尋ねになったことと思います。殺人現場を見たというジョイスの話に触れた人が、誰かいましたか？　誰でもいいですから」

「いなかったと思います。正式な捜査記録には出ていませんし。あなたから聞いたのが最初でした」

「それは興味深い」ポアロは言った。「注目すべきことと言えるかもしれない」

「誰も真剣に受けとらなかったわけですね」

ポアロはじっと考えながらうなずいた。

「さて、そろそろ行かなくては。ファーガソン先生の診療時間が終わったら会う約束なので」

スペンスにもらったリストを折りたたんでポケットに入れた。

第九章

ファーガソン医師というのは、年齢六十歳、スコットランド系の不愛想な男性だった。げじげじ眉毛の下の鋭い目でポアロを上から下まで眺めてから言った。

「はて、どんなご用ですかな？　おかけください。椅子の脚に気をつけて。キャスターが緩んでますから」

「まず、わたしから説明を――」ポアロは言った。

「説明の必要はありません」ファーガソン医師は言った。「こういう土地では、あらゆる者があらゆることを知っております。あの女性作家が偉大なる探偵のあんたをここに連れてきて、警察の連中を困らせておる。だいたいそんなところでしょう？」

「部分的にはあたっています」ポアロは言った。「わたしがこちらに来たのは旧友に会うためでした。元警視のスペンスに。妹さんとこちらで暮らしています」

「スペンス？　ふむ。あれは善良な男だ。犬に喩(たと)えるならブルドッグだな。昔ながらの正直な警官。賄賂はとらん。暴力には無縁。捜査でヘマをしでかすこともない。まっ正直な男だ」

「スペンスを正しく評価しておられますね」

「さて」ファーガソンは言った。「あんたはスペンスに何を話し、スペンスはあんたに何を話したのかな?」

「わたしはスペンスにも、ラグラン警部にも、大いに協力してもらいました。先生にも同じようにご協力いただけると助かります」

「協力したくとも、わたしには何もできん。何が起きたかも知らんのだから。パーティの最中に子どもがバケツに頭を押しこまれて溺死する。いやな話だ。まあ、子どもが殺されるのは、いまの時代、そう驚くことでもないが。わたしはこの七年から十年ほどのあいだに、殺された子どもの検死に何度も呼びだされた――うんざりするほど何度もな。言葉遣いも立派だし、身なりも立派で、ごく普通の人間に見えるものの、殺す相手はいないかと探しまわるやつがいる。そういうやつは、殺しを楽しむのだ。もっとも、パーティで犯行に及ぶというのは珍しいケースだな。つかまる危険が大きすぎる。だが、珍しさがかえって魅力となるのだろう」

「誰があの子を殺したのか、お心あたりはありませんか?」

「わたしがそんな質問に答えられると、あんた、本気で考えているのかね？　答えるためには証拠が必要だ。そうだろう？　明白な証拠がなくてはならん」

「推測はつきませんか？」ポアロは言った。

「推測ぐらい、誰にでもできるさ。わたしが往診を頼まれたとすると、患者は麻疹なのか、それとも、貝か羽根枕のアレルギーなのかを推測しなきゃならん。患者が何を飲み食いしたのか、睡眠時間はどれぐらいだったのか、どんな子たちと顔を合わせたのかを知るために、いろいろと質問せねばならん。すでに全員が麻疹をやっているスミス家の子どもたちとか、ロビンソン家の子どもたちと一緒に、混んだバスに乗らなかったかとか、ほかにもいくつか質問することになる。次に、さまざまな可能性のある仮説を立ててみる。いいかね、それが診断するということだ。急いではならん。確認しながら進むのだ」

「先生はあの子をご存じでしたか？」

「もちろん。うちの患者のひとりだった。この土地には医者がふたりいる。わたしとウォーラルという医者だ。たまたま、わたしがレナルズ家の家庭医をしておる。ジョイスは健康そのものの子どもだった。子どもによくある軽い病気にかかったことはあるが、特別な病気や変わった病気になったことはない。よく食べ、よくしゃべる子だった。しゃべりすぎても別に害はなかったがね。食べすぎるせいで、ときどき、昔なら胆汁症と呼ばれていた症状を起こすことがあった。おたふくかぜと水疱瘡をやっておる。あとは何もない」

「ところが、一度だけしゃべりすぎてしまったようです。先生が〝よくしゃべる子だった〟と言われたように」

「すると、やはりその件で来られたのか？　そういう噂を耳にしましたぞ。〝執事は見た〟という線だな――ただし、喜劇ではなく悲劇になってしまった。そうだろう？」

「動機にはなりえます。犯行の理由に」

「うん、そうだ。それは認めよう。だが、動機ならほかにも考えられる。〝精神的に不安定〟というのが、いまの時代の一般的な答えのように思われる。いずれにしろ、治安判事の法廷ではいつもそれが使われる。あの子の死によって得をした者はいないし、あの子を憎んでいた者もいない。だが、最近は、子どもがからむ事件に動機を探す必要などないような気もする。動機はほかのところにある。犯人の心のなかにあるのだ。不安定な心、邪悪な心、異常な心。好きなように呼ぶがいい。わたしは精神科医ではないのでな。若い男がどこかに押し入ったり、鏡を割ったり、ウィスキーのボトルをくすねたり、銀器を盗んだり、老婦人の頭を殴りつけたりしたあとで、〝精神科医の鑑定が出るまで再勾留〟などという言葉を聞かされると、うんざりしてしまう。現時点での状況はどうでもいいわけだ。精神科医の鑑定が出るまで再勾留だからな」

「では、この事件の場合、精神科医の鑑定が出るまで、誰を再勾留しておけばいいのでしょう？」

「はい」

「先日のパーティに出ていた者のなかで、という意味かね？」

「犯人はあの場にいた者のはずだ。でなければ、殺人は起きなかっただろう。違うかね？　犯人はパーティの客のなかにいたか、手伝いの者のなかにいたか、もしくは、殺意を抱いて窓から忍びこんだか。おそらく、あの家の戸締りの方法を知っていたのだろう。前にこっそり入りこんで、家のなかを見てまわったのかもしれない。大人でも子どもでもいい。そいつは誰かを殺したがっている。けっして珍しいことではない。メドチェスターのほうでもそんな事件があった。六、七年たってから明るみに出た。犯人は十三歳の少年だった。殺しの衝動に駆られて九歳の少女を殺し、車を盗むと、十キロほど走ったところで雑木林に入った。少女をそこに埋めて逃げ去り、二十一か二になるまで、非の打ちどころのない人生を送っていた。だが、いいかね、本人がそう言っておるだけで、もしかしたら殺しを続けていたかもしれん。おそらくそうだろう。人殺しが好きな自分に気がついたのだから。ただ、大量殺人鬼ではないし、警察につかまりそうになったこともないと思う。しかし、ときおり衝動に駆られるのだ。精神科医の鑑定によると、〝精神不安定な状態で犯した殺人〟だったそうだ。わたしが言いたいのは、先日の事件もそれと同じだということだ。とにかく、そういう種類の事件なんだ。わたし自身は、ありがたいことに精神科医ではないが、友達に精神科医が何人かいる。一部は思慮分別のある連中だ。だが、なかには——はっきり言わせてもらうと、精神科医の鑑定結果が出るまで再勾留したほうがよさそうな連中もいる。ジョイスを殺した男は、たぶん、立派な両親を持ち、礼儀作法を心得ていて、身なりも整っていることだろう。問題のありそうな男だとは、誰も夢にも思わないだろう。汁気たっぷりの真っ赤なリンゴをかじり、芯のところまで食べると、薄気味悪い虫が出てきて、あんたに向かって頭をふる——そんな目にあったことはないかね？　人間の世界にも、それに似たやつがずいぶん生息しておる。最近はその数がかなり増えているようだ」

「先生ご自身は誰を疑っておられます？」

「証拠もないのに、危険をあえて冒して、犯人は誰それだなどと決めつけるわけにはいかん」

「それでも、パーティに出ていた者に違いないということは認めておいでですね。殺人犯のいない殺人事件などありませんから」

「探偵小説の世界なら、そんなケースも簡単に見つかりますぞ。たぶん、あんたの仲良しの女性作家もそういうやつを書いておるだろう。だが、今回の事件については、あんたの意見に賛成だ。犯人はパーティの場にいたに違いない。招待客、手伝いの者、窓から忍びこんだ者。窓の掛け金をあらかじめ調べておけば、忍びこむのは簡単だ。異常者がふと思ったのかもしれん――ハロウィーン・パーティで人殺しをするのは奇抜なアイディアで、なかなか楽しそうだ、と。そこから捜査をスタートするしかないのではないかね？　パーティの場にいた誰かが犯人だ」

げじげじ眉毛の下で、ふたつの目がポアロに向かってきらめいた。

「わたし自身もあの場におった。遅くなってから顔を出したのだ。どんな様子か見てみようと思って」

医師は勢いよくうなずいた。

「うん、そこが問題だ。違うかね？　新聞に広告を出すようなものだ」

〃パーティに出た者のなかに
殺人犯がいます〃

第十章

ポアロはエルムズ校の校舎を見上げて、立派な建物だと思った。

校内に通され、事務員と思われる女性にすぐさま校長室へ案内された。校長のミス・エムリンがデスクの椅子から立ち上がってポアロを迎えた。

「お目にかかれて光栄です、ムッシュー・ポアロ。お噂はかねがね伺っておりました」

「身に余るお言葉です」ポアロは言った。

「とても古い友人のミス・バルストロードから聞きましたのよ。以前、メドウバンク校の校長をしていた女性です。ミス・バルストロードのことは、たぶん、覚えてらっしゃるでしょう?」

「忘れられそうもない方です。すばらしい人格者ですね」

「ええ」エムリン校長は言った。「ミス・バルストロードのおかげで、メドウバンクはあれだけの学校になりました」軽くため息をついてから続けた。「最近は少し変わってきましたけど。教育目的が変わり、授業の方法も変わりました。でも、進歩をめざしつつ伝統も大切にする名門校としての地位は、いまも揺るぎなきものです。あら、すみません。昔のことばかり言っていてはだめですね。ここにいらしたのはきっと、ジョイス・レナルズの死についてお調べになるためだと思います。あの事件に特別の興味をお持ちなのかどうか、わたしは存じません。でも、ふだん手がけてらっしゃる事件とは違うような気がします。ジョイスを、もしくは、あの一家を個人的にご存じでしたの？」

「いいえ」ポアロは答えた。「古い友達のミセス・アリアドニ・オリヴァーに頼まれてやってきました。ミセス・オリヴァーはしばらく前からこちらで知人の家に泊まっていて、あのパーティにも出ていたのです」

「すばらしい本をお書きになる方ですね」エムリン校長は言った。「一度か二度、お目にかかったことがあります。それでしたら、事件について楽にお話しできると思います。個人的な感情がからんでいなければ、率直に話を進めることができますもの。あんなことが起きるなんて、ほんとにぞっとしました。こういう言い方をしてはなんですけど、普通なら起きるはずのない事件です。パーティに来ていた子どもたちは、まだ大人びる年齢ではなく、幼すぎることもなく、ああいう異常な事件を起こすとは思えません。異常心理的な犯罪ではないかと言われています。あなたもそうお思いになります？」

「いいえ。大部分の殺人と同じく、なんらかの動機からおこなわれた犯罪だと思います。おそらく、卑劣な動機でしょう」

「たしかにね。で、その動機というのは？」

「ジョイスが口にした言葉です。パーティのときではなく、あの日の午後、年上の子たちと手伝いの人びとが準備をしていたときのことです。前に殺人の現場を見たことがあると言ったのです」

「みんな、それを信じました？」

「信じた者はほとんどいなかったようです」

「それがごく普通の反応でしょうね。ジョイスというのは――率直に申し上げますね、ムッシュー・ポアロ。だって、よけいな感傷のせいで理性の働きが曇らされては困りますもの――ごく平凡な子でした。頭は悪くないが、とくにいいわけでもない。また、遠慮なく申しますと、嘘をつかずにはいられない子でした。ただ、人をだまそうとするのではありません。嘘をついたことを叱られても、ちょっとした嘘がばれても平気でした。自慢話をしたかったのです。ありもしないことを自慢して、それを聞いた友達を感心させたかった。その結果、当然ながら、あの子のホラ話を誰も信じなくなってしまいました」

「殺人現場を見たとジョイスが得意そうに言ったのは、自分が目立ちたかったから、誰かに注目してほしかったからだとおっしゃるのですね？」

「ええ。そして、あの子が注目を惹きたかった相手は、アリアドニ・オリヴァーだったのでしょう」

「すると、ジョイスは殺人現場など見ていないとお思いですか？」

「おそらく見ていないでしょう」

「すべてあの子の作り話だと？」

「いえ、そうは言っておりません。交通事故の現場や、もしくはゴルフ場で誰かにボールがあたって怪我をする場面などを目にしたのではないでしょうか。それにおおげさな尾ひれをつけて、殺人と言っても通りそうな話に仕立て上げたのだと思います」

「では、われわれがここで自信を持って言えるのは、ジョイスを殺した犯人があのハロウィーン・パーティに出ていたということだけですね」

「そのとおり」グレイの髪を揺らすこともなく、エムリン校長は言った。「そのとおりです。論理的に考えれば、そうなりますでしょ？」

「誰が犯人なのか、目星をつけておられますか？」

「なかなかいいご質問ですね。パーティに出ていた子どもたちは、大部分が九歳から十五歳までで、ほぼ全員がわたしの学校の卒業生か在校生です。わたしはその子たちのことをよく知っています。家族についても、家庭環境についても」

「たしか一年か二年前に、おたくの学校の先生のひとりが絞殺され、犯人は結局わからなかったと聞いていますが」

「ジャネット・ホワイトのことですね？　年齢は二十四歳ぐらい。感情的な女性でした。ひとりで散歩に出ていたそうです。もちろん、どこかの若い男と会う約束だったのでしょう。男たちの目には、控えめな感じがとても魅力的に映っていたようです。犯人はまだ見つかっておりません。警察は何人かの若者を事情聴取したり、〝捜査への協力〟——これは警察内部の用語ですけど——を求めたりしましたが、逮捕できるだけの証拠は見つかりませんでした。警察にとっては不満の残る結果だったわけです。ついでに言うなら、わたしも不満でした」

「先生とわたしには共通の原則がありますね。殺人はぜったいに認めない」

エムリン校長はしばらくのあいだポアロを見つめた。その表情にはなんの変化もなかったが、ポアロのほうは、自分がとても慎重に値踏みされているのを感じた。

「いまのお言葉、気に入りました」校長は言った。「最近は何かを読んだり聞いたりするたびに、殺人というものが、ある条件のもとでは徐々に、でも確実に、社会の大きな部分で認められるようになってきたことを感じております」

エムリン校長がしばらく沈黙したので、ポアロも同じく黙りこんだ。校長が何かしようとしているのを察した。

校長が立ち上がってベルを押した。

「ホイッティカー先生と話をなさったほうがいいと思います」校長は言った。

エムリン校長が部屋を出ていって五分ほどたったころ、ドアが開き、四十歳ぐらいの女性が姿を見せた。赤褐色の髪を短くカットした女性で、きびきびした足どりで入ってきた。

「ムッシュー・ポアロですね？　わたしで何かお役に立てることがありまして？　校長先生はそうお考えのようですが」

「エムリン校長がそのようにお考えなら、役に立っていただけるのはほぼ間違いありません。わたしは校長先生の言葉を信じます」

「校長先生のことをよくご存じですか？」

「今日の午後、お日にかかったばかりです」

「でも、すぐに校長先生を信頼なさったのですね」

「正しい判断だと言っていただけるといいのですが」

エリザベス・ホイッティカーは短くため息をついた。

「ええ、大丈夫です。あなたの判断に誤りはありません。ジョイス・レナルズが亡くなった件でいらしたのですね。どういうわけでこの件に関わっておられるのか、よくわからないのですが。警察から依頼を受けたとか？」ミス・ホイッティカーは納得がいかないという様子で首を軽く横にふった。

「いや、警察ではありません。友達から個人的に頼まれたのです」

ミス・ホイッティカーは椅子にすわり、その椅子をうしろに軽くひいてポアロと向かいあった。

「わかりました。何をお話しすればいいのでしょう？」

「こちらから申し上げる必要はないと思います。どうでもいいような質問をして時間を無駄にする必要もありません。あの晩のパーティで何かが起きたはずです。わたしが知っておいたほうがいいと思われることが。そうですね？」

「はい」

「あなたもあのパーティに？」

「出ていました」ミス・ホイッティカーは一分か二分ほど考えこんだ。「とても楽しいパーティでした。スムーズに進みましたし、準備も完璧でした。準備の場にいたのは二十五人から三十人ぐらいでしょうか。いろいろな手伝いの人も含めた人数です。幼い子――十代の子――大人――そして、掃除やお料理をしてくれた人たち」

「あの日の午後早くか午前中にみなさんがパーティの準備をしていたとき、あなたも参加されたのですね？」

「することはたいしてありませんでした。ミセス・ドレイクというのは、手伝いの人が少しいれば、どんどん準備を進めていけるタイプですもの。人手が必要だったのは、掃除やお料理の準備のほうでした」

「なるほど。だが、パーティのときは、招待客のひとりとしておいでになったわけですね？」

「そうです」

「そこで何が起きたのでしょう？」

「パーティの進行順序については、すでにご存じのことと思います。お尋ねになりたいのは、わたしのほうでとくに気づいた点はないか、重要な意味がありそうだと思った点はないか、ということでしょうか？　でも、お時間を無駄にさせては申し訳ない気がするのですが」

「無駄だなんて、そんなことはありません。ねえ、ミス・ホイッティカー、簡単に話してくださればいいのですよ」

「いくつかのゲームが予定どおりの順序でおこなわれました。最後のゲームはハロウィーンというより、クリスマスのお祭り騒ぎに近いものでした。スナップドラゴンといって、レーズンを盛ったお皿にブランデーをかけて火をつけ、みんながそれを囲んでレーズンをとるんです——甲高い笑い声や興奮の叫びが上がっていました。でも、炎を上げるお皿のせいで室内がとても暑くなってきたので、わたしはホールに出ました。で、そこに立っていたとき、二階の踊り場にある化粧室からミセス・ドレイクが出てくるのが見えたのです。ミセス・ドレイクは秋の木の枝葉や花を活けた大きな花瓶を抱えていました。階段の曲がり角でしばらく立ち止まり、それから階段を下りてきました。吹き抜けを見下ろしてらっしゃいました。わたしが立っているほうではなく、ホールの反対側のほうを。そちらには図書室のドアがあり、ホールをはさんでダイニングルームのドアと向かいあっています。いまも申し上げたように、ミセス・ドレイクはそちらに目を向け、しばらく足を止めてから階段を下りてきました。花瓶の角度を少しずつ変えながら持ち替えていました。なにしろ、運びにくいものですし、わたしが想像したように水がいっぱい入っていれば、かなり重かったでしょうから。階段の手すりに手をかけようとして、用心しながら花瓶を片腕に持ち替え、反対の腕を階段の手すりにかけて、少し丸みを帯びた階段の角を曲がりました。そこでしばらく足を止めましたが、視線はあいかわらず、抱えた花瓶ではなく、下のホールのほうに向いていました。そして、不意にビクッとしたのです——飛び上がったというような感じで——ええ、きっと何かに驚いたのでしょう。驚いた拍子に手がすべって花瓶を放してしまったため、逆さまになった花瓶の水がミセス・ドレイクにはねかかり、花瓶は下のホールに落ちて、床にぶつかって粉々に割れてしまいました」

「そうでしたか」ポアロは言った。一分か二分ほど黙りこみ、ミス・ホイッティカーを見つめた。鋭く利口そうな目をしていると思った。いまの話をどう思うかと、その目がポアロに問いかけていた。「ミセス・ドレイクは何に驚いたと思われます？」

「あとで考えてみて思ったのですが、何かを目になさったのかもしれません」

「ミセス・ドレイクが何かを目にしたのだと、あなたは思われた」ポアロはじっと考えながらくりかえした。「例えば？」

「いまも申しあげたように、ミセス・ドレイクの目は図書室のドアのほうに向いていました。ドアが開くところか、取っ手がまわるところを見たのかもしれません。あるいは、そのあとの場面を見た可能性もあります。例えば、誰かがあのドアをあけて出てこようとするところとか。思いがけない人の姿を目にしたとか」

「あなたご自身もそのドアを見ておられたのですか?」

「いいえ。わたしは反対側の階段を見上げていました。ミセス・ドレイクがいるほうを」

「だから、ミセス・ドレイクが何かを見てギクッとしたに違いない、と思われたのですね?」

「ええ。たぶん、それだけのことだと思います。ドアが開く。ある人物が、たぶん意外な人物が顔を覗かせる。水と花でいっぱいのずっしりと重い花瓶を抱えていた手がすべって、ミセス・ドレイクが花瓶を落としてしまったのも無理ありませんよね」

「ドアから誰か出てくるのをご覧になりましたか?」

「いいえ、わたし、そちらのほうは見ていなかったので。ホールには誰も出てこなかったと思います。部屋にいたのが誰かはわかりませんが、おそらく、室内にひっこんだのでしょう」

「そのあと、ミセス・ドレイクはどうしました?」

「腹立たしそうに大声で叫び、階段を下りてきてわたしに言いました。〝見て。わたしったらほんとにドジね! 花瓶が粉々!〟と。ガラスの破片の一部を足で払いのけました。わたしはミセス・ドレイクを手伝って割れたガラスをホウキで掃き、片隅に集めました。その場ですぐきれいに片づけるのは無理だったんです。スナップドラゴンの部屋から子どもたちが出てくるところだったので。ガラス器を拭くのに使う布巾をとってきて、ミセス・ドレイクの服を拭いてあげ、それからしばらくして、パーティはお開きになりました」

「ミセス・ドレイクが驚いたことについて何か言ったり、何を見て驚いたかを説明したりすることはなかったのですか？」

「ええ。そのようなことは何も」

「しかし、あなたはミセス・ドレイクがたしかに驚いたと思っておられる」

「あのう、ムッシュー・ポアロ、なんでもないことをわたしが無駄に騒ぎ立てているとお思いなのでしょうか？」

「いえいえ、思ってもおりません。わたしがミセス・ドレイクに会ったのは一度だけです」ポアロは考えこみながら話を続けた。「友人のミセス・オリヴァーと一緒にあの家を訪ねたときでした——芝居がかった雰囲気にしたいとき、人はたぶん、次のように言うのでしょうが——犯行の舞台を見に出かけたのです。ごく短時間だけミセス・ドレイクを観察したときの印象では、そう簡単に驚くような女性には見えませんでした。わたしのこの印象に同意してくださいますか？」

「もちろんです。だから、わたし自身、あれからずっと不思議に思っていたのです」

「そのときは、とくに何も質問なさらなかったんですね？」

「理由もないのに質問なんてできませんもの。その家の女主人が上等のガラスの花瓶をうっかり落として、粉々に割ってしまったとき、客のほうから〝まあ、どうしてそんなことに？〟などと言うわけにはいきませんでしょ？　不器用だと非難するようなものですし、はっきり申し上げておきますけど、ミセス・ドレイクには、不器用なところはまったくありません」

「そして、さきほどのお話によると、そのあとでパーティはお開きになったわけですね。子どもたちや、母親たちや、友人たちは帰っていった。ジョイスの姿はどこにもなかった。いまなら、われわれにもわかります――ジョイスは図書室のドアの奥にいて、すでに死んでいた。だとすると、その少し前に図書室のドアから出ようとしたが、ホールで声がするのを聞いてふたたびドアを閉めてしまったのは、いったい誰だったのでしょう？　あとになって、みんなが玄関ホールをうろうろして別れの挨拶をしたり、コートを着たりしていたときに、その人物は出ていったのだと思います。ミス・ホイッティカー、あなたは遺体が発見されたあとでようやく、ご自分が見たものについてじっくりお考えになったことと思いますが」

「ええ、そうです」ミス・ホイッティカーは立ち上がった。「これ以上お話しできることはないようです。いまの話にしても、なんの意味もない小さな出来事かもしれません」

「しかし、それがあなたの心にひっかかっている。心にひっかかったものはすべて記憶しておく価値があります。ところで、ひとつお尋ねしたいのですが。いや、正確に言うと、ふたつです」

エリザベス・ホイッティカーはふたたび腰を下ろした。「わかりました。なんでもお尋ねください」

「パーティのときにいくつかのゲームがどんな順序でおこなわれたか、正確に覚えておられますか？」

「ええ、たぶん」エリザベス・ホイッティカーはしばらく考えた。「最初がホウキの柄コンテスト。柄に飾りをつけたホウキの審査をするのです。ささやかな賞品が三個か四個、用意してありました。次に風船を使った競技のようなものがありました。風船を叩いたり払ったりしてまわるゲームで、子どもたちのウォームアップみたいな軽い遊びですね。それから、鏡を使ったゲームがあって、女の子たちが小さな部屋に入って手鏡を持つと、そこに少年や若者の顔が映る仕掛けになっていました」

「どうすればそんなことができるんです？」

「あら、とても簡単なことです。ドアの上の横木をはずしておいて、そこからいろんな顔を覗かせると、女の子が持っている手鏡に映るというわけです」

「鏡のなかに見えるのが誰の顔なのか、少女たちにはわかるのですか？」

「わかる子もいれば、わからない子もいたと思います。男性の側がちょっと変装するんです。ほら、マスク、かつら、頬髭、顎鬚なんかをつけて。ドーランを塗ることもあります。男の子はたいてい、女の子に顔を知られているので、よその子をひとりかふたり交ぜておいたりします。とにかく、誰もが楽しそうに笑いころげていました」ミス・ホイッティカーは一瞬、こういう遊びに対する教育者らしい軽蔑を示した。「そのあとは障害物競走。次に小麦粉削りというゲーム。タンブラーに小麦粉を入れて押し固め、逆さまに置いて中身を出してから、てっぺんに六ペンス硬貨をのせ、ひとりひとりが小麦粉を削りとっていきます。誰かが硬貨を落としたら、その人はアウト。あとの者がゲームを続け、最後に残ったひとりが六ペンス硬貨をもらうのです。小麦粉削りのあとはアップルボビング。次にダンス。それから夕食。食事のあとで、最後のお楽しみのスナップドラゴンをやりました」

「ジョイスという少女をあなたご自身が最後にご覧になったのはいつでした？」

「さあ、覚えておりません。わたしが担任する生徒ではないので、あの子のことはよく知らないんです。さほど目立つ子でもないため、わたしの目がそちらへ向くことはありませんでした。ただ、小麦粉を削るあの子の姿はよく覚えています。とても不器用で、削りはじめたとたん、六ペンス硬貨を落としてしまいました。あのときはまだ生きていたのですね——でも、それはパーティの最初のころでした」

「ジョイスが誰かと図書室に入るところをご覧になっていませんか？」

「まさか。もし見ていれば、とっくに申し上げていますよ。少なくとも、意味のある重要なことだったかもしれませんもの」

「それでは、二番目の質問に移りましょう。いや、いくつかお尋ねするかもしれません。この学校に来られてどれぐらいになりますか？」

「この秋で六年になります」

「教えておられる科目は——？」

「算数とラテン語です」

「二年前にここで教えていた女性をご記憶ですか——名前はジャネット・ホワイト」

エリザベス・ホイッティカーは身をこわばらせた。椅子から腰を浮かしかけ、ふたたびすわった。

「でも、それは――今回の事件となんの関係もないことでしょう?」

「あるかもしれないのです」ポアロは言った。

「でも、どうして? どんなふうに?」

ポアロは思った――村人たちに比べると、教師の世界ではあまり噂話をしないようだ。

「ジョイスはパーティに出た人びとの前で、何年か前に人が殺されるところを見たと言い張りました。ひょっとすると、ジャネット・ホワイト殺しを目撃したのかもしれません。どう思われます? ジャネット・ホワイトはどんなふうに殺されたのです?」

「首を絞められたのです。ある晩、学校から歩いて帰宅する途中で」

「ひとりで?」

「たぶん、ひとりではなかったと思います」

「だが、一緒にいたのはノラ・アンブローズではなかった?」

「ノラ・アンブローズについて、どんなことをご存じでしょう?」

「まだ何も知りません。だが、知りたいと思っています。どんな人たちでしたか? ジャネット・ホワイトとノラ・アンブローズは」

「男性関係が派手でした。ただ、それぞれに違った形で。でも、ジョイスがそんなところを見たり、その意味を理解したりするなんて、とうてい考えられません。事件は〈石切り場の森〉の近くで起きました。ジョイスは当時、せいぜい十歳か十一歳ぐらいだったはずです」

「交際中の男性がいたのはどちらです？」ポアロは尋ねた。「ノラ？　それともジャネット？」

「すべて過去の話です」

「〝古い罪は長い影をひく〟と言います」ポアロは諺を引用した。「人生経験を重ねるうちに、この言葉が真実だとわかってくるものです。ノラ・アンブローズは現在どこにいるのでしょう？」

「この学校をやめて、イングランド北部にある別の学校で教職につきました――無理もありません。ノラにはひどいショックでしたから。ふたりは――とても仲がよかったので」

「警察は事件を解決できないままでしたね？」

ミス・ホイッティカーはうなずいた。立ち上がり、腕時計を見た。

「このへんで失礼しなくては」

「いろいろお話しいただいて感謝します」

第十一章

エルキュール・ポアロは〈石切り場の館〉の正面部分を見上げた。堅固な造り、中期ヴィクトリア様式の典型ともいうべき館だ。邸内の様子を想像してみた——重厚なマホガニー製のサイドボード、中央に置かれた長方形のテーブルも同じく重厚なマホガニー製、ビリヤード室、広い台所、となりに食器洗い場、石敷きの床、石炭を燃料にする巨大なかまど。いまはもう、電気調理器かガスレンジに変わっているだろうが。

上の階の窓を見ると、ほとんどカーテンが閉まっていた。玄関ドアのベルを押した。グレイの髪の痩せた女性が出てきて、ウェストン大佐夫妻はロンドンへ出かけていて、来週にならないと戻ってこないと言った。

〈石切り場の森〉のことを尋ねたところ、無料で一般公開されているとの返事だった。道路を五分ほど歩いたところに入口があり、鉄の門に掲示板がかかっているという。

森へ行く道は簡単に見つかった。門を通りすぎると道は下り坂になり、木立や雑木林のあいだを縫うように続いていた。

やがてポアロは足を止め、そこに立ったまま考えこんだ。ポアロの心を占めていたのは、目に映ったものや、その周囲にあるものだけではなかった。かわりに、ひとつかふたつの発言についてじっくり考え、ひとつかふたつの事実を思い返した。前にその事実を知ったときは、猛烈な勢いで考えたものだった。偽造された遺言書、偽造された遺言書と若い女。姿を消した若い女。遺言書を偽造して遺産相続を企んだ女。自然のままの石がごろごろしている見捨てられた石切り場を庭園に――それも沈床庭園に――生まれ変わらせるため、プロの造園家としてここにやってきた若い男。ポアロはふたたびあたりを見まわし、沈床庭園という言葉が気に入った様子でうなずいた。〈石切り場庭園〉とは風情のない呼び方だ。岩を爆破する轟音や、道路工事のために大量の岩石を運ぶ何台ものトラックが連想される。産業発展のためというイメージがある。しかし、沈床庭園となれば――雰囲気が変わる。この言葉をきっかけに、ポアロの心に漠然とした記憶がよみがえった。ミセス・ルウェリン＝スマイスはナショナル・トラスト主催のアイルランド庭園見学ツアーに参加している。ポアロ自身も五年か六年前にアイルランドへ出かけたことがあった。ある旧家で起きた銀器盗難事件を調べるためだった。その事件には興味深い点がいくつかあって、ポアロは好奇心を刺激され、（いつものように）みごとに事件を解決した。そのあと、何日かかけてアイルランドをまわり、観光を楽しむことにした。

どこかの庭園を見学したはずだが、どこだったかは思いだせない。アイルランド南西部のコークからそう遠くないところだった。キラーニー？　違う、キラーニーではない。バントリー湾からたいして離れていないところ。その庭園が記憶に残っているのは、ポアロがその時代の偉大な成功例として称えてきた庭園――例えば、フランスの城館の庭園や、幾何学的な美を誇るヴェルサイユ宮殿の庭園――とはまったく異質のものだったからだ。少人数のグループに入って舟でツアーに出かけたことを思いだした。とても乗りこみにくい舟で、がっしりした腕のいい船頭ふたりがポアロを抱えるようにして乗せてくれた。このふたりが舟を漕いで、一行は小さな島へ向かった。ろくに見物するところもなさそうな島だとポアロは思い、来なければよかったと後悔しはじめた。足が濡れて冷たくなり、レインコートの隙間から風が吹きこんだ。木々がまばらに生えているだけの岩だらけのこの島に、どんな本式の庭園が、幾何学的に配置された偉大な美があるというのだ？　来たのが間違いだった――とんでもない間違いだ。

一行は小さな波止場で舟を降りた。船頭たちがさっきと同じく器用にポアロを降ろしてくれた。ツアーに参加したほかの客は、笑いさざめきながらすでに先へ行っていた。

ポアロはレインコートをちゃんと着なおして、靴紐を結びなおすと、人びとのあとを追って、低木や、茂みや、わずかな木が左右に続く殺風景な小道を歩きはじめた。こんなにぱっとしない庭園はどこにもあるまいと思った。

やがて、突然という感じで、一行は雑木林を抜けて高台に出た。そこから下へ向かって石段が続いていた。下のほうを見ると、魔法の国のような風景が広がっていた。アイルランドの詩でおなじみの自然界の妖精たちが丘の洞穴から出てきて、せっせと働くかわりに魔法の杖をひとふりして庭を造ったら、きっとこんな庭園が生まれるだろう。眼下に広がる庭園。その美観、花と茂み、人工の泉、泉をとりまく小道。どれも魔法のように美しく、想像もつかないものばかりだった。もとはどんなところだったのだろう。あまりにも均整がとれているため、かつて石切り場だったとはとても思えなかった。島の高台には深い窪地があったが、その向こうにバントリー湾の海面が、反対側には小高い丘のつらなりが見え、靄(もや)に煙る丘の頂きはうっとりする美しさだった。ポアロはふと思った。もしかしたら、ミセス・ルウェリン＝スマイスもあの庭園を見たことがあり、自分だけのそういう庭がほしいと思ったのかもしれない。小ぎれいで、単純で、基本的に伝統を重んじるイングランドの田舎で、そこに残されていた荒れ放題の石切り場を手に入れたくなったのかもしれない。

そこで、ミセス・ルウェリン＝スマイスは、高い賃金とひきかえに彼女の命令どおりに働く腕のいい奴隷を探すことにした。そして、造園家の資格を持つマイクル・ガーフィールドという青年を見つけだし、この土地に連れてきて、もちろん高い賃金を払い、やがて家まで建ててやった。マイクル・ガーフィールドは雇い主の期待を裏切らなかったわけだ、とポアロは思った。

庭を少し歩いてベンチに腰を下ろした。巧みに計算された場所に置いてあるベンチだった。沈床庭園が春にはどんな景色を披露するかを想像してみた。ブナやカバの若木が茂り、白い樹皮を風に震わせる。サンザシと白バラの茂み、小さなネズの木々。しかし、いまは秋だ。秋には秋のすばらしい風景が用意されている。金色と赤に染まったカエデ、ペルシャパロティアが一本か二本、曲がりくねって新たな美しさを見せてくれる小道。花をつけたハリエニシダの茂み――ポアロは花や木々の名前にはあまり詳しくない――見分けられるのはバラとチューリップぐらいだ。

しかし、ここに生えている植物はすべて、自分で好き勝手に成長してきたみたいに見える。人の手で配置されておとなしく従っているのではない。いや――ポアロは思った――じつは違う。すべてが計画的に配置されている。こちらに生えている小さな植物も、あちらで高くそびえて金色や赤の葉をつけた大きな木も。ああ。そうとも。ここではすべてが計算され、配置されている。さらに言うなら、おとなしく従っている。

誰に従ってきたのだろう、とポアロは考えた。ミセス・ルウェリン＝スマイスに？それともマイクル・ガーフィールドに？　重要なことだ――自分に言い聞かせた――そう、重要なことだ。ミセス・ルウェリン＝スマイスにガーデニングの豊かな知識があったのはたしかだ。長年、庭造りをしてきたし、きっと王立園芸協会の会員だろうし、展示会に行ったり、カタログに目を通したり、あちこちの庭園を見学したりしていたはずだ。植物を見るために海外へ出かけていたのも間違いない。自分の求めるものを知り、自分の求めるものを言葉にしてきた。しかし、それで充分だろうか？　充分とは言えないとポアロは思った。庭師たちに指示を出し、その指示どおりに庭造りをさせることはできただろう。しかし、庭ができたときに自分の指示がどんな形をとるか、わかっていただろうか――本当にわかっていただろうか――心の目でそれを見ることができただろうか？　庭造りにとりかかった年は無理だし、その次の年も無理。しかし、二年後、三年後、六年か七年後に見るはずの光景が、彼女にはたぶんわかっていなかっただろう。だが――ポアロは思った――マイクル・ガーフィールドは彼女の求めるものを理解していた。当人の希望を聞かされていたからだ。そして、砂漠に花を咲かせるように、石と岩だらけの荒廃した石切り場に花を咲かせる方法も、彼は心得ていた。計画を立て、それを実現させた。うなるほど金のあるパトロンから絵を依頼された画家が感じる強烈な喜びを、彼もまた胸に抱いていたに違いない。ありきたりでどちらかといえば地味な丘の斜面に、彼が夢見るお伽の国が誕生し、成長していくのだ。高額の小切手を渡して購入した貴重な灌木、友人の厚意にすがってようやく手に入れた珍しい植物、そして、この庭園にどうしても必要な、ただ同然の値段で購入できる名もなき草花。春になれば、すぐ左側の斜面にサクラソウが咲くだろう——斜面を覆っている地味な緑の葉を見て、ポアロは思った。

「イングランドでは」ポアロはつぶやいた。「人びとが自宅の花壇を見せびらかし、自分が育てたバラを自慢し、アイリスが咲く庭のことをうんざりするほど長々と話し、イングランドの偉大な美のひとつを自分がいかに称賛しているかを示そうとして、太陽が輝き、ブナの葉が茂り、その下にブルーベルが咲き乱れているような日に、人を散歩に誘いだす。そう、すばらしく美しい眺めだ。だが、わたしはそういう眺めをうんざりするほど見せられたような気がする。わたし自身の好みとしては、むしろ——」自分が何を好んでいるかを思いだそうとして、ポアロの考えはここで途切れてしまった。彼が好きなのはデヴォン州の細い道路を車で走ること。曲がりくねった道路の両側が高い土手になっていて、土手は緑の絨毯に覆われ、サクラソウの花盛りだ。とても淡い色をしていて、繊細で、恥ずかしそうに咲く黄色い花。ぎっしり集まって咲いたサクラソウから漂ってくる甘いかすかな香り。まさにこれこそが春を告げる香りだ。この庭園に植えられているのは珍しい灌木ばかりではなさそうだ。春が過ぎ、秋になれば、小さな野生のシクラメンや秋のクロッカスも見ることができる。美しい庭園だ。

ポアロは〈石切り場の館〉の現在の住人について考えた。名前はわかっている。退役した老大佐とその妻だが、スペンスに訊けばもっと詳しく教えてくれるだろう。現在、誰がこの土地を所有しているのか知らないが、亡くなったミセス・ルウェリン＝スマイスほど大きな愛情をここに寄せているとは、ポアロには思えなかった。ベンチから立ち上がり、小道を少し歩いた。歩きやすい道で、凹凸をなくしてあり、高齢者でも安心して歩けるように設計されている。急な石段がやたらと多いわけではないし、素朴に見えるもののじつは見た目ほど素朴ではないベンチが、ちょうどいい場所に、ちょうどいい間隔で置いてある。背もたれの角度も、足を伸ばす角度も、とても快適だ。マイクル・ガーフィールドという造園家に会ってみたくなった。みごとな庭を造り上げている。自分の仕事を心得ていて、庭園の設計に秀でていて、経験豊かな庭師たちを使って設計どおりに庭造りを進め、雇い主の案には彼のほうで手を加えて、すべて雇い主の設計だと思わせるようにしたのだろう。しかし、ミセス・ルウェリン＝スマイスがひとりで設計したものだとは思えない。ほとんどが造園家の案だ。うん、その人物に会ってみたい。コテージに――いや、平屋住宅に――いまも住んでいるのなら――たしか、その人物のために建てられたはずだ――ポアロの思いはそこでとぎれた。

目を凝らした。足元の窪地の向こうをじっと見た。窪地の縁に沿って小道が延び、向こう側まで続いている。ポアロが見つめているのは一本の低木で、金色がかった赤に染まった枝を広げていた。木の手前に何かが見えるが、本当にそこにあるのか、それとも、影と日差しと緑の葉が織りなす幻影に過ぎないのか、ポアロにはどうしてもわからなかった。

わたしは何を見ているのだ？　魔法から生まれたものか？　そうかもしれない。この場所ならありうることだ。あれは人間なのか、それとも――なんだろう？　何年も前に遭遇して〝ヘラクレスの冒険〟と名づけた事件のことが思いだされた。どういうわけか、自分がいまいるのはイングランドの庭園ではないような気がした。雰囲気のある場所だ。どんな雰囲気かを考えてみた。魔法のようなもの、人を魅了するもの。もちろん、美も存在する。恥じらいのなかに激しさを秘めた美。ここで芝居を上演するなら、美しいニンフや半獣神を登場させ、古代ギリシャの美をとりいれ、同時に恐怖もとりいれたいものだ。そう――ポアロは思った――この沈床庭園には恐怖がある。スペンスの妹はなんと言っていた？　何年も前、ここが石切り場だったころに殺人事件が起きたとか？　岩が血に染まり、その後、死は忘れ去られ、すべてが覆い隠され、やがてマイクル・ガーフィールドがやってきて設計をおこない、すばらしく美しい庭園を造り上げ、何年かあとに亡くなる運命だった老婦人がその費用を負担したのだ。

金色がかった赤に染まった木の葉を背にして、窪地の向こうに立っているのが若い男であることに、ポアロは気がついた。しかも、信じられないような美青年だ。いまの時代、人びとが若い男をこう呼ぶことはなくなった。〝セクシー〟とか、〝たまらなく魅力的〟などと言うようになっていて、最近の若い男たちにはこうした褒め言葉のほうが合う。いかつい顔の男、グリースで固めたワイルドな髪形に、端整とは言いがたい顔立ちの男。若い男のことを〝美しい〟とは言わなくなった。そう言うときは、申し訳なさそうな口調になるものだ。世の中から消えてしまった資質を称賛するかのように。セクシーな女たちが求めるのは竪琴を手にしたギリシャ神話のオルフェウスではない。耳ざわりな声と、思わせぶりな目と、ワイルドな髪をしたポップシンガーだ。

ポアロは立ち上がり、小道を歩いた。窪地の向こう側へまわると、若い男が木々のあいだから出てきて彼を迎えた。若さが何より印象的だが、よく見てみると、思ったほど若くはなかった。すでに三十代。たぶん四十歳のほうに近いだろう。顔に浮かんだ笑みはとても淡いものだった。歓迎の笑みにはほど遠く、無言の挨拶がわりの笑みだった。背が高く、ほっそりしていて、顔立ちは古典的な彫刻にありそうな非の打ちどころのないものだ。目の色は濃く、髪は黒々としていて、細い鎖を編んで作った兜か帽子のごとく頭にぴったり合っている。ポアロは一瞬、自分が若い男とふたりで野外劇のリハーサルをしているような錯覚に陥った。もしそうなら――自分のオーバーシューズを見下ろして考えた――衣装係の女性のところへ行って、もっとましな衣装を用意してもらわなくては。

「どうやら、わたしは不法侵入をしたようですな。だとしたら、お詫びせねばなりません。このあたりに来たのは初めてで、昨日着いたばかりなのです」

「不法侵入にはあたらないと思います」とても静かな声だった。礼儀正しい口調だが、そのくせ妙に無関心で、心がどこか遠くにあるような感じだ。「正式に一般公開しているわけではありませんが、みなさん、自由に歩きまわっています。ウェストン老大佐も夫人も気にしておられません。何か被害があれば気にされるでしょうが、そんなことは起きそうもありませんし」

「破壊されたものはないようですね」あたりを見まわして、ポアロは言った。「ゴミも落ちていない。ゴミ箱も置いていない。なんとも珍しいことではありませんか？　それに、人もほとんどいない——不思議ですね。こういう場所なら、恋人どうしで散歩に来てもよさそうなものですが」

「恋人たちがここに来ることはありません」若い男は言った。「どういうわけか、不幸になると言われています」

「あなたがこの庭を設計された方でしょうか？　いや、わたしの勘違いかもしれませんが」

「マイクル・ガーフィールドといいます」若い男は言った。

「やはりそうでしたか」ポアロは片手でまわりを差し示した。「あなたが造られたのですね？」

「ええ」マイクル・ガーフィールドは言った。

「とても美しい。なんだか不思議な気がします。こんなに美しいものが——率直に申しまして、イングランドの地味な風景のなかに誕生したのですから。すばらしい仕事をされましたね。これほどみごとな庭園を造り上げたことに、さぞ満足しておいででしょう」

「人が何かに満足することなどあるのでしょうか？」

「あなたはミセス・ルウェリン＝スマイスのためにこの庭園を造った。夫人はすでに亡くなられたそうですね。夫人の屋敷には現在たしか、ウェストン大佐ご夫妻が住んでおられるとか。その夫妻が屋敷の所有者ですか？」

「そうです。ぼくが安い値段で売りました。大きい不格好な屋敷で――維持管理が大変ですから――ほしがる人なんて、あまりいません。ミセス・ルウェリン＝スマイスが遺言でぼくに遺してくれたんです」

「そして、あなたは屋敷を売却した」

「屋敷だけね」

「〈石切り場庭園〉は売らなかったのですか？」

「いや、売りましたよ。〈石切り場庭園〉もつけたのです。おまけといったところでしょうか」

「ほう、なぜです？　興味が湧いてきました。しつこくお尋ねしたりして、気を悪くなさらないでください」

「ずいぶん変わった質問をする方ですね」マイクル・ガーフィールドは言った。

「わたしは事実よりも理由を知りたがる人間でして。Aはなぜこれこれこういうことをしたのか？　Bはなぜそれとは違うことをしたのか？　Cの行動はなぜAやBと大きく違っていたのか？」

「科学者と話をなさったほうがよさそうだ。要するに、遺伝子とか染色体の問題なのです——まあ、最近の説ですけどね。配列とか、パターンとか、そういったものです」

「あなたはさきほどおっしゃった——人が何かに満足することなどあるのか、と。では、あなたの雇い主というか、パトロンというか、どう呼んでおられたか知りませんが——その人は満足していましたか？　この美しい庭園に」

「ある程度は」マイクルは答えた。「ぼくがそのように設計しましたから。夫人を満足させるのは簡単でした」

「どうにも信じられないお言葉ですな。わたしが聞いた話だと、夫人は六十歳を超えていたとか。少なくとも六十五歳にはなっていた。そんな年代の人が簡単に満足するものでしょうか？」

「ぼくが夫人に断言したのです——この庭園を造るにあたっては、夫人の指示と想像力と思いつきを忠実に実行に移したのだ、と」

「じっさい、そうだったのですか？」

「本気でそのような質問を？」

「いえ」ポアロは言った。「率直に申し上げますと、本気ではありません」

「世の中で成功しようと思ったら」マイクル・ガーフィールドは言った。「自分が希望する道へ進み、自分に与えられた芸術的才能を開花させる必要がありますが、同時に、商売上手でなくてはなりません。自分の作品を売らなくてはならない。売れない場合は、人の思いつきを実行に移して生きていくしかない。自分の好みに合わない思いつきだとしてもね。ぼくはたいてい、自分の思いつきを実行に移し、ぼくを雇った相手に〝あなたの計画と設計をそのまま実現しました〟と言って、それを売ってきました。いや、市場に出したと言ったほうがいいかもしれない。そうむずかしいことではありません。子どもに白い卵じゃなくて茶色い卵を売りつけるようなものです。〝最高ランクの卵だよ、卵を買うならぜったいこれだ〟と、客に強く勧めなくてはなりません。〝これぞ田舎の味。メンドリご自慢の卵。農家直送の茶色い田舎の卵〟ってね。〝どれもただの卵さ。卵の違いはただひとつ。産みたてか、そうでないかというだけだ〟なんて言ったら、卵なんて売れませんよ」

「あなたは珍しいタイプの方ですね」ポアロは言った。「傲慢だ」考えこみながら続けた。

「かもしれません」

「あなたはここですばらしく美しいものを造り上げた。産業発展のために美のことなど考えもせずに石が切りだされ、粗削りな岩肌だけが残されて廃墟となったこの場所に、あなたの夢と設計を注ぎこんだ。想像力を注ぎこみ、心の目に映ったものを現実に変えた。夢を叶えるための資金を手に入れた。おめでとう。賛辞を贈ります。自分の仕事の終わりを迎えるときが近くなってきた老人からの賛辞です」

「しかし、いまも現役で仕事をしておられるのでしょう?」

「ほう、わたしが誰だかご存じでしたか」

ポアロは大いに気をよくした。相手が自分のことを知っていればご満悦だ。最近はそういう相手がめったにいないのが不満だった。

「あなたは血の跡を追っている……このあたりの人は誰もがもう知っています。狭い世界ですからね、あっというまに噂が広がる。もうひとりの有名人があなたをこちらに呼んだのでしょう?」

「ああ、ミセス・オリヴァーのことですな」

「アリアドニ・オリヴァー。ベストセラー作家。彼女にインタビューしたがっている人がたくさんいます。学生運動、社会主義、若い女のファッション、性は解放されるべきかなど、ご本人にはなんの興味もない問題について意見を聞こうとする人びとが」

「ええ、ええ、嘆かわしいことです。ミセス・オリヴァーにインタビューしたところで、たいしたことは聞けないと思いますよ。リンゴが好きということぐらいしかわからないでしょう。少なくとも二十年前から世間に広く知られている事実だと思いますが、当人はいまでも楽しそうな笑顔でそう語っています。もっとも、残念ながら、いまはもうリンゴが嫌いになっているかもしれない」

「あなたをこちらに呼び寄せたのはリンゴだった。そうでしょう？」

「ハロウィーン・パーティのリンゴです。あなたもあのパーティに？」

「いいえ」

「幸運な人だ」

「幸運？」マイクル・ガーフィールドはポアロの言葉をくりかえした。その声には驚きのようなものがかすかに滲んでいた。

「殺人事件が起きたパーティに顔を出していたなんて、愉快な経験ではありませんからな。たぶん、そういうご経験はないのでしょうが、あなたはやはり幸運な人です。なぜなら――」ポアロは外国人っぽさを少しだけ強調して、フランス語で言った。「――いやなものですからね（イリャデザンニュイ）、おわかりでしょう（ヴ・コンプルネ）？　警察の連中から、時刻や日付のことで無礼な質問をされたりします」さらに続けて尋ねた。「あの子をご存じでしたか？」

「ええ、もちろん。レナルズ一家は、ここではよく知られています。この村に住む人のことなら、ぼくはたいてい知っています。ウッドリー・コモンでは、誰もが知り合いです。程度の差はありますけどね。とても親しい相手、ただの友達、ほんの顔見知りなど、いろいろです」

「どんな子でしたか？　ジョイスというのは」

「そうですね――どう言えばいいのかな――目立つ子ではなかった。耳ざわりな声をしていた。キンキン響くんです。まあ、記憶に残っているのはそれぐらいですね。ぼくはとくに子ども好きでもないので。子どもにはうんざりします。ジョイスにもうんざりでした。あの子が話をするときは、自分のことしか話さなかった」

「人の関心を惹くような子ではなかったのですね？」

マイクル・ガーフィールドはいささか驚いた様子だった。

「ええ、まあ。そうでなきゃいけないんですか？」

「わたしに言わせれば、人の関心を惹くことのない人間というのは、殺される可能性が低いと思うのです。殺人の動機には、金銭、怨恨、愛情のもつれなどがあります。そのあたりは人さまざまでしょうが、出発点というものがあるはずで――」

ポアロは急に黙りこみ、腕時計に目をやった。

「そろそろ行かなくては。約束がありましてね。もう一度、賛辞を贈らせてください」

ポアロは小道をたどり、足元に注意しながら坂を下っていった。このときばかりは、窮屈なエナメル革の靴にしなくてよかったと思った。

彼がこの日に沈床庭園で出会った相手は、マイクル・ガーフィールドだけではなかった。窪地のいちばん下まで行くと、三本の小道が少しずつ違った方向へ延びていた。真ん中の小道の入口で、少女がひとり、倒木の幹に腰かけてポアロを待っていた。すぐに向こうから声をかけてきた。

「エルキュール・ポアロさんでしょ？」

その声は澄んでいて、鈴をふるような響きだった。華奢な子だった。沈床庭園にぴったりの雰囲気だ。森の精とか、何かの妖精という感じ。

「いかにもわたしはポアロという者だが」

「お迎えに来たのよ」少女は言った。「うちへお茶にいらっしゃる約束でしょう？」

「ミセス・バトラーとミセス・オリヴァーのところ？　そうだよ」

「やっぱり。ママとアリアドニおばさまのことね」少女は軽く非難するようにつけくわえた。「少しだけ遅刻よ」

「ごめん、ごめん。途中で人と立ち話をしていたのでね」

「ええ、見てたわ。マイクルと話してたんでしょ？」

「あの人を知ってるのかい？」

「もちろん。ここに越してきてから長いんですもの。みんなのことを知ってるわ」

この子は何歳ぐらいだろうとポアロは思った。尋ねてみた。

「十二よ。来年、寄宿学校に入るの」

「悲しい？　それとも、うれしい？」

「入学してみないと、よくわかんない。この村も昔ほど好きじゃなくなってきたし。そろそろうちに来てもらったほうがいいかも。ねっ？」

「うん、わかった、わかった。遅刻してすまなかったね」

「ううん、別に気にしてないから」

「きみの名前は？」

「ミランダ」

「ぴったりの名前だね」

「シェイクスピアの登場人物のことを考えてるの？」

「そう。学校で習ったのかい？」

「ええ。エムリン先生が一部を朗読してくれたわ。わたし、ママにもっと読んでって頼んだのよ。気に入ったから。言葉の響きがすてきでしょ。〝すばらしき新世界〟（『テンペスト』五幕一場）。そんなの、ほんとはどこにもないけど。そうよね？」

「きみは信じないのかね？」

「おじさんは？」

「〝すばらしき新世界〟はいつだって存在する。ただ、特別な人のために存在するんだ。幸運な人。自分のなかにその世界の要素を持っている人」

「ええ、わかるわ」ミランダは〝簡単にわかることよ〟と言いたげに答えた。もっとも、この子に何がわかっているのかと、ポアロは疑問に思った。

ミランダは向きを変え、小道を歩きはじめた。

「この道を行くのよ。そんなに遠くないわ。うちの庭の生け垣をくぐり抜ければいいいの」

それからうしろを向き、指をさして言った。

「あそこの真ん中のところにね、あそこに井戸があったのよ」

「井戸？」

「ええ、何年も前に。いまも残ってるはずよ。茂みやツツジなんかの下に。こわされてしまったの。井戸の破片をみんなが少しずつ持ち去ったけど、新しい井戸を作ろうとする人はいなかった」

「残念だね」

「そうなのかな。よくわかんない。おじさん、井戸って好き？」

「サ・デポン」ポアロは言った。

「あたし、フランス語を少しだけ知ってる。いまのは〝場合によりけり〟って意味でしょ？」

「そのとおり。勉強がよくできるようだね」

「エムリン先生はすごく立派な人だって、みんなが言ってるわ。うちの学校の校長先生なの。とっても厳しくて、ちょっと怖いけど、たまにお話をしてくれることがあって、そんなときはとっても楽しい先生なの」

「うん、たしかにいい先生だ。きみはこのあたりに詳しいんだね――小道をひとつ残らず知ってるようだし。ここにはよく来るのかい？」

「ええ、そうよ。お気に入りの散歩道のひとつなの。ここに来てると、どこにいるのか誰にも知られずにすむのよ。木にのぼって、枝に腰かけて、いろんなものを観察するの。楽しいわよ。何かが起きるのを観察するのって」

「どんなこと？」

「たいてい、小鳥とリスね。小鳥は喧嘩好き。そうでしょ？〝小さな巣のなかの小鳥は仲良し〟って詩があるけど、そんなの嘘だわ。ほんとは仲良しじゃないもん。でしょ？　それから、あたし、リスも観察するのよ」

「人間を観察することは？」

「ときどきね。でも、ここに来る人はそんなにいないから」

「どうして？」

「怖がってるんじゃないかしら」

「なぜ怖がるのかな？」

「ずっと昔、ここで誰かが殺されたの。庭園ができる前のことよ。昔は石切り場だったところで、そのころは、砂利の山だか砂の山だかがあって、そこで女の人が見つかったんだって。砂利のなかから。ねえ、昔からのあの言い伝えって、ほんとだと思います？——縛り首になるとか、溺れ死ぬとかっていう運命は、生まれたときから決まってるっていうでしょ」

「いまじゃ、縛り首になる人はいないよ。この国ではもう縛り首をやめたからね」

「でも、よその国ではいまもやってるわ。外の通りで縛り首にするんだって。新聞で読んだことがある」

「ほう。いいことだと思う？　それとも悪いことだと思う？」

ミランダの返事は厳密にいうと、ポアロの質問に対する答えではなかったが、本人はそのつもりなのだろうとポアロは思った。

「ジョイスは溺れ死んだのよね。ママはあたしに話したくなかったみたい。でも、そんなの変だと思わない？　あたし、もう十二なのよ」

「ジョイスとは仲良しだった？」

「ええ。大の仲良しって感じかな。ときどき、すごくおもしろい話をしてくれた。ゾウの話とか、インドの王さまの話とか。インドへ行ったことがあるんですって。あたしもインドへ行ってみたい。ジョイスとあたし、いろんな秘密を打ち明けあってたのよ。ママに比べると、あたしって話すことがあんまりないのよね。ママはギリシャへ行ったことがあるのに。そこでアリアドニおばさまと出会ったの。でも、あたしは連れてってもらえなかった」

「ジョイスのことは誰に聞いたんだね？」

「ミセス・ペリングよ。うちの料理番なの。うちに掃除に来るミセス・ミンデンと話してるのを聞いちゃった。誰かがバケツの水にジョイスの頭を沈めたんだって」

「それが誰なのか、きみ、心あたりはない？」

「さあ……。あのふたりも知らないみたいだったけど、どっちも頭が悪いしね」

「きみにはわかってるんじゃないかな、ミランダ？」

「あたし、パーティに行ってないのよ。喉が痛くて、熱があったから、ママがパーティに連れてってくれなかったの。でも、もし行ってたら、わかったかもしれない。だって、ジョイスは溺れ死んだんだもの。だからさっき、おじさんに質問したのよ——溺れ死ぬとかっていう運命は生まれたときから決まってるのかどうかって。この生け垣を抜けましょう。服に気をつけてね」

ポアロはミランダのあとに続いた。〈石切り場庭園〉から生け垣を抜けるための入口は、彼の案内役を務める妖精のようにほっそりした少女の体型に向いていた——ミランダにとっては、たしかに便利な近道だ。それでも、ミランダはポアロを気遣って、そばにイバラの茂みがあることを注意したり、生け垣の一部になっているトゲだらけの枝を押さえてくれたりした。ふたりが生け垣をくぐり抜けると、そこはもうミランダの家の庭で、すぐ横に堆肥の山があった。打ち捨てられたキュウリ栽培用の棚のところで角を曲がり、ゴミ箱がふたつ並んでいる場所まで行った。バラがどっさり植えてあるきれいな狭い庭を通り抜けると、こぢんまりした平屋住宅まではすぐだった。ミランダが先に立って、開け放たれたフレンチドアから家に入り、珍しいカブトムシをつかまえたばかりの収集家みたいに、控えめながらも自慢そうな声で告げた。

「ポアロさんを迎えに行ってきたわよ」

「ミランダ、まさか生け垣を抜けてお連れしたんじゃないでしょうね？　小道をまわって横手の門のほうにまわってほしかったわ」

「こっちのほうが便利だもん」ミランダは言った。「時間がかからないし、距離も短いし」

「ついでに、かなり痛い目にあいますがね」

「よく覚えてないんだけど」ここでミセス・オリヴァーが言った。「わたし、友達のミセス・バトラーにあなたを紹介したわよね？」

「もちろんです。前に郵便局でお会いしました」

そうは言っても、郵便局の窓口にできた列のところで、ごく簡単に紹介されただけだった。いまようやく、ミセス・オリヴァーの友達をすぐ近くで観察できることになった。前のときは、スカーフとレインコートに包まれたスリムな女性という印象しかなかった。三十代半ばの女性で、彼女の娘が木の精か森の精に似ているとすれば、ジュディスのほうは水の精のような印象だった。ライン川の乙女と言ってもいいほどだ。金色の長い髪が肩にしなやかにかかり、面長な顔、かすかにくぼんだ頰、長いまつげに縁どられた海緑色の大きな目という、繊細な顔立ちだった。

「ちゃんとお礼を申しあげることができて、とても喜んでおります、ムッシュー・ポアロ」ミセス・バトラーは言った。「アリアドニの頼みに応じてわざわざ出向いてくださるとは、なんて親切な方なんでしょう」

「わが友ミセス・オリヴァーに何か頼まれたら、断ることができないのです」ポアロは言った。

「またふざけたことを」ミセス・オリヴァーは言った。

「アリアドニが自信たっぷりに言っていました――あなたに任せておけば、今回の痛ましい事件をすべて解決してもらえるって。ねえ、ミランダ、台所へ行ってきてくれない？　オーブンの上の金網トレイにスコーンが並べてあるから」

　ミランダは出ていった。出ていくときに、〝わかってるわよ〟と言いたげな笑みを母親に向けた。その笑みがはっきり告げていた。〝ママは少しのあいだ、あたしを追い払おうとしてるのよね〟と。

「あの子には知らせないようにしてきたんです」ミランダの母親は言った。「今回の――――今回の恐ろしい事件のことを。でも、そもそも無理なことでした」

「ええ、たしかに。どこの住宅地においても、悲劇の知らせ、それも特別に痛ましい悲劇の知らせほど迅速に広まるものはありません。いずれにしろ――」ポアロはつけくわえた。「周囲で何が起きているかを知らないまま、人生を歩んでいけるものではありません。しかも、痛ましい事件となると、子どもたちはとくに耳が早いようです」

「ロバート・バーンズだったか、サー・ウォルター・スコットだったか忘れたけど、〝あなたがたのあいだには、いつも目を皿のようにしている子どもがいる〟と言ってるわね」ミセス・オリヴァーが言った。「でも、たしかに真理だわ」

「ジョイス・レナルズはやはり、殺人と思われる場面を目撃したようですね」ミセス・バトラーは言った。「どうにも信じられませんけど」

「ジョイスが目撃したというのが？」

「いえ、そのような場面を目にしながら、これまでずっと黙っていたというのが、わたしには信じられないのです。ジョイスらしくありませんもの」

「わたしがこちらに来てから、誰からもまず聞かされるのが」ポアロは穏やかな声で言った。「あのジョイス・レナルズは嘘つきだったということです」

「もしかしたら」ジュディス・バトラーは言った。「ある子どもの話を聞いてみんなが嘘だと思っていたら、あとになって、事実だったことがわかるという場合もあるのではないでしょうか？」

「たしかに重要な点です。そこからスタートするとしましょう」ポアロは言った。「ジョイス・レナルズが殺されたのは間違いのないことですから」

「あなたはそこからもうスタートしたわけね。たぶん、すでに何もかもわかってるんでしょ？」ミセス・オリヴァーが言った。

「マダム、無茶を言ってはいけません。あいかわらずせっかちな人だ」

「かまわないでしょ。いまの世の中、急がないとなんにもできないんですもの」

ちょうどこのとき、スコーンをいっぱいのせた皿を持って、ミランダが戻ってきた。

「ここに置いていい？　もうお話がすんだころだと思ったの。それとも、ほかにもまだ、台所から持ってきてほしいものがある？」

ミランダの声には軽いトゲが含まれていた。ミセス・バトラーはジョージ王朝様式の銀のティーポットを暖炉の炉格子の上に置くと、沸騰直前に切っておいた電気ケトルのスイッチを入れなおしてから、ティーポットに丁寧に湯を注ぎ、みんなにお茶を出した。ミランダが思いきり気どって、焼き立てのスコーンとキュウリのサンドイッチを配った。

「アリアドニとわたしはギリシャで出会ったんです」ミセス・バトラーが言った。

「わたしが海に落ちてしまったの」ミセス・オリヴァーが言った。「島めぐりから戻ってきたときに。海がかなり荒れてて、船頭さんたちが毎回〝ジャンプ〟って声をかけてくれるんだけど、それがかならず、舟が岸からいちばん遠く離れたときなの。ジャンプするときには舟が近くに来てるわけだけど、舟の客にはそういう予測ができないから、ためらい、勇気をなくし、舟が近づいたと思った瞬間にジャンプする。もちろん、その瞬間に舟は遠ざかっていくのよね」ミセス・オリヴァーは言葉を切って息継ぎをした。「船頭さんたちがわたしを海からひきあげるのをジュディスが手伝ってくれて、それをきっかけに友情が芽生えたってわけ。そうだったわね？」

「ええ、そのとおりよ」ミセス・バトラーは言った。「それに、わたし、あなたのお名前が好きだったの。あのツアーにぴったりの感じでしょ」

「ええ、アリアドニはギリシャ系の名前よね」ミセス・オリヴァーは言った。「本名なの。ペンネーム用に考えたものではなくて。でも、神話のアリアドニが経験したようなことは、わたしの身には何ひとつ起きなかったわ。心から愛する人によってギリシャの島に置き去りにされる、なんてことはね」

ポアロは口髭に片手を持っていった。置き去りにされたギリシャの乙女というミセス・オリヴァーの姿を想像したとたん、思わずかすかな笑みが浮かんだので、それを隠すためだった。

「誰もが自分の名前にふさわしい人生を送れるわけではありませんもの」ミセス・バトラーが言った。

「そりゃそうよね。恋人の首を切り落とすあなたの姿なんて想像できないわ。たしかそうだったでしょ？　聖書の『ユディト記』に出てくるユディトとホロフェルネスの物語は。ユディトを英語読みすると〝ジュディス〟になるのよね」

「ユディトは愛国者としてそうするしかなかったのよ」ミセス・バトラーは言った。「わたしの記憶が正しければ、ユディトはその行為を称えられ、褒美までもらったはずだわ」

「わたし、ユディトとホロフェルネスの物語って、ほんとはよく知らないの。聖書の外典に出てるんじゃない？　それにしても考えてみれば、人間っていうのは、人に――わが子にという意味だけど――ずいぶん変わった名前をつけるものね。誰かの頭に釘を打ちこんだのは誰でしたっけ？　ヤエルかシセラだったわね。どっちが男で、どっちが女か、わたし、どうしても覚えられないのよ。女はたしか、ヤエルのほうだった？　わが子にヤエルって名前をつけるなんて話、聞いたこともないわ」

「ヤエルはシセラにミルクを飲ませたのよ」お茶のトレイを下げようとしたミランダが足を止め、思いがけなく言った。

「わたしを見ないで」ジュディス・バトラーがミセス・オリヴァーに言った。「ミランダに聖書外典を教えたのはわたしじゃないんだから。この子は学校で教わったの」

「いまどきの学校にしては珍しいわね」ミセス・オリヴァーは言った。「最近は聖書のかわりに倫理の授業をするんじゃない？」

「エムリン先生は違うわ」ミランダは言った。「いまは教会へ行っても、お祈りのときに聖書の現代語訳の朗読を聞かされるだけで、文学的価値なんか何もないっておっしゃるの。せめて、欽定訳聖書のすばらしい散文と無韻詩ぐらいは覚えておきなさい、って。ヤエルとシセラの話はすごくおもしろかった。ただ――」考えこみながら言った。「自分でそんなことしようなんて、ぜったい思わないけど。相手が眠ってるときに、その頭に釘を打ちこむなんて」

「お願いだからやめて」ミランダの母親が言った。

「では、きみならどうやって敵をやっつける？」ポアロは尋ねた。

「あたしだったら、すごく優しい方法をとるわ」瞑想に耽っているような穏やかな声で、ミランダは言った。「そのほうがむずかしいと思うけど、できればそうしたい。痛い思いをさせるのはいやだもん。人を安楽死させるような薬を使いたい。その人は眠りについて、美しい夢を見て、二度と目をさまさないの」ティーカップをいくつかと、バタートーストの皿を手にとった。「あたしが洗っておくわ。ママはムッシュー・ポアロにお庭を見せてあげたら？　花壇の奥に、クイーン・エリザベスってバラがまだいくつか咲いてるわよ」

ミランダはお茶のトレイを慎重に持って部屋を出ていった。

「よくできたお嬢さんね、ミランダは」ミセス・オリヴァーが言った。

「じつにきれいなお嬢さんをお持ちですな、マダム」ポアロは言った。

「ええ、いまはきれいだと思います。成長したときどんなふうになるかは、親にもわかりませんけど。ぽっちゃり肥ってしまうこともありますしね。でも、いまは――いまは森の精のようです」

「お宅のすぐそばにある〈石切り場庭園〉がお嬢さんのお気に入りなのも、驚くにはあたりませんな」

「ときどき、あんなに気に入らなくてもいいのにと思うことがあります。人目につかない場所をうろつく人間がいたら物騒ですもの。すぐ近くに人が住んでいたり、村があったりしても。じつは――このところ、四六時中怖くてたまらないんです。ですから――ジョイスの身にどうしてあんな悲惨なことが起きたのか、ぜひ突き止めていただきたいの、ムッシュー・ポアロ。だって、犯人がわからないうちは、いっときも安心できませんもの――子どもの身が心配で。ムッシュー・ポアロを庭へ案内してくださらない、アリアドニ？　わたしもあとですぐ行きますから」

ミセス・バトラーは残っていたティーカップ二個と皿一枚を持ち、台所のほうへ行った。ポアロとミセス・オリヴァーはフレンチドアから庭に出た。小さな庭はいかにも秋らしい雰囲気になっていた。花壇でアキノキリンソウやアスターが花をつけ、クイーン・エリザベス種のピンクのバラが堂々と咲き誇っている。ミセス・オリヴァーは石のベンチのところまでせかせかと歩いて腰を下ろし、ポアロを手招きして横にすわらせた。

「ミランダは森の精のようだという話になったでしょ。ジュディスのほうはどんな印象かしら?」

「あの人の名前を〝オンディーヌ〟にすべきですな」

「水の精ね、なるほど。ええ、たしかに、ライン川から、あるいは海から、あるいは森の泉かどこかから上がってきたばかりという感じね。水に濡れたような髪をしているし。でも、だらしがないとか、変だとか、そういう感じはまったくないでしょ?」

「すばらしく美しい女性です」ポアロは言った。

「ジュディスのことをどうお思いになる?」

「時間がなくて、そういうことはまだ考えておりません。ただ、美しくて魅力があり、何か大きな悩みを抱えているように見えますね」

「ええ、無理もないわ。そうでしょう?」

「このさいですから、マダム、ミセス・バトラーに関して何をご存じなのか、彼女のことをどう思っているのか、話していただきたいですな」

「そうね、あの人と親しくなったのはクルーズのときだったわ。船旅って、とても親しい友達ができるものでしょ。ひとりかふたりだけど。あとの人とは、まあ、おたがいに仲良くはするけど、わざわざもう一度会いたいとは思わない。でも、ひとりかふたりとは、また会いたくなるものよ。ええ、ジュディスはもう一度会いたいと心から思える人だった」

「クルーズのときが初対面だったのですか？」

「そうよ」

「だが、いまはミセス・バトラーに関してご存じのことがあるでしょう？」

「まあ、平凡なことばかりですけどね。夫は何年も前に亡くなって――パイロットだったの。交通事故で亡くなったそうよ。ある晩、この近くにある高速道路から一般道に出ようとして、玉突き事故を起こしたんですって。あとに残されたジュディスは生活に困ったみたい。ずいぶん苦労したんじゃないかしら。夫の話はあまりしたがらないから」

「子どもはミランダだけですか？」

「ええ。ジュディスはこの近くでパートタイムの秘書の仕事をしてるけど、正規雇用ではないの」

「〈石切り場の館〉の住人とは知り合いだったのでしょうか？」

「ウェストン大佐夫妻のこと？」

「いや、以前の所有者だったミセス・ルウェリン＝スマイスのことです」

「たぶん、知り合いだったでしょうね。ジュディスから名前を聞いたような気がするわ。でも、その人、二、三年前に亡くなったみたいで、噂を聞くことはあまりなかった。あなた、生きてる人たちを調べるだけでは満足できないの？」ミセス・オリヴァーは少し尖った声で尋ねた。

「もちろん、できませんよ」ポアロは言った。「ついでに、亡くなった人や、姿を消した人についても調べるつもりでいます」

「姿を消した人というと？」

「オペアガールです」

「なるほど。ああいう人たちって、しょっちゅう姿を消すと思わない？　この国に来て、お給料をもらい、やがて病院へ直行。妊娠から出産というコースね。そして、赤ちゃんにアウグステとか、ハンスとか、ボリスとか、そんなような名前をつけるの。あるいは、結婚相手を見つけるとか、恋仲になった青年を追いかけてこちらに来るとか。わたしも友達からいろいろ聞いてるけど、信じられないような話ばかりよ！　オペアガールってふたつのタイプに分かれるみたい。ひとつは子育てに追われる母親にとって天の恵みで、ぜったい手放したくないタイプ。もうひとつは、雇い主のストッキングを盗んだり――殺されたり――」ミセス・オリヴァーは言葉を切った。「あら……！」

「落ち着いてください、マダム。オペアガールが殺されたと信じる理由はなさそうです――その逆ですよ」

「逆ってどういう意味？　わけがわからない」

「でしょうね。だが、やはり――」

ポアロは手帳をとりだして何か書きこんだ。

「何を書いてらっしゃるの？」

「過去にあったいくつかのことについて」

「過去がずいぶん気になるご様子ね」

「過去は現在の父ですから」ポアロは諺めいたことを言った。

ミセス・オリヴァーに手帳を差しだした。

「わたしが書いたものをご覧になりたいですか？」

「ええ、もちろん。ただ、見たところで、わたしにはなんの意味もないでしょうけど。あなたが重要だと思ってメモなさっても、わたしにはたいして重要とも思えないし」

ポアロは小型の黒い手帳を差しだした。

〝死亡者。例えば、ミセス・ルウェリン＝スマイス（裕福）。ジャネット・ホワイト（教師）。法律事務所の事務員——刺殺、偽造事件で起訴されたことあり〟

その下に〝オペラガール失踪〟と書いてあった。

「オペラガールってなんのこと？」

「わが友スペンスの妹が使う言葉で、あなたやわたしが〝オペアガール〟と呼んでいるものです」

「どうしてそのオペアガールが失踪したの？」

「ある種の法的なトラブルに巻きこまれそうになったからです」

ポアロの指が次のところへ移った。〝偽造〟と、ひとことだけ書いてあり、そのあとに、クエスチョンマークがふたつついていた。

「偽造？」ミセス・オリヴァーが言った。「なぜ偽造など？」

「わたしも疑問に思いました。なぜ偽造などしたのか？」

「どういうタイプの偽造なの？」

「遺言書が偽造されたのです。いや、正確に言うと、遺言補足書が。オペアガールに財産を譲ると書かれていました」

「不当な圧力がかけられたということ？」

「不当な圧力より偽造のほうが重罪です」

「それがジョイス殺しとどう関係するのか、よくわからないんだけど」

「わたしもわかりません」ポアロは言った。「しかし、だからこそ興味があります」

「次はなんて書いてあるの？　読めないわ」

「ゾウ」

「いったいどんな関係があるというの？」

「あるかもしれません。いいですか、関係があるかもしれない」

ポアロは立ち上がった。

「そろそろ失礼しなくては。別れの挨拶もしなかったことを、ミセス・バトラーに謝っておいてください。ミセス・バトラーと愛らしいすてきなお嬢さんに会えて、とても楽しかったです。お嬢さんをくれぐれも大切にするよう、伝えていただきたい」

「〝お母さんが言いました。森で子どもたちと遊んじゃだめですよって〟」ミセス・オリヴァーは童謡を口にした。「では、これで。謎めいた態度をとるのがお好きな人だから、ずっと謎めいた態度で通すおつもりでしょうね。次に何をなさるのかも教えてもらえそうにないし」

「明日の午前中に、メドチェスターの法律事務所で、フラートン氏、ハリソン氏、レドベター氏と会う約束になっています」

「どうして？」

「偽造やその他の件について話をするためです」

「そのあとは？」

「参加していた何人かと話をしたいと思います」

「パーティに？」

「いいえ――パーティの準備に」

第十二章

〈フラートン、ハリソン&レドベター法律事務所〉の建物は、評判の高い由緒ある法律事務所にふさわしいものだった。歳月の流れが刻みこまれている。ハリソン家の者とレドベター家の者はもうひとりもいない。アトキンソン氏という弁護士と、コール氏という若い弁護士がいて、いちばん偉い共同経営者のジェレミー・フラートン氏がまだ残っていた。

フラートン氏はほっそりした初老の男性で、表情のない顔と、いかにも弁護士らしい淡々とした声と、予想外に鋭い目をしていた。手の下に一枚のメモ用紙が置かれ、そこに書いてあるメッセージを読んだところだった。もう一度読み返し、その意味を正確に理解した。次に、紹介状がわりのそのメモ用紙を持参した男性に目を向けた。

「ムッシュー・エルキュール・ポアロ?」この訪問客のことを彼なりに品定めしてみた。年配者、外国人、すばらしく粋な装い、足元はエナメル革の靴で、今日の服には合わない感じ。しかもフラートン氏の鋭い目で見たところ、サイズが小さすぎるようだ。男性の目尻にはすでに、苦痛を示すかすかなしわが刻まれている。気障で、めかし屋で、外国人で、こともあろうに、犯罪捜査部のティモシー・ラグラン警部からの紹介だ。また、以前ロンドン警視庁にいたスペンス警視（すでに退職）からも、よろしくと言ってきている。

「スペンス警視ですか？　ふむ」フラートン氏は言った。

フラートン氏はスペンスを知っていた。捜査の現場にいたところはみごとな活躍ぶりで、上司たちの評価も高かった。かすかな記憶が心をよぎった。けっこう有名な事件があった。最初はありふれた事件だと思われたが、予想がはずれ、ずいぶんと世間を騒がせたものだった。そうだ！　甥のロバートがこの事件に関係していたことを思いだした。甥は下級弁護士として法廷に出ていた。逮捕された男は精神病質者のようで、罪を逃れようという気はまったくなく、絞首刑になるのを本気で願っているように見えた（当時は人を殺せば絞首刑と決まっていた）。懲役十五年とか、終身刑などという判決はなかった。そう。死刑が待っていた。死刑制度が廃止されたのはまことに残念だ――フラートン氏は冷静に考えた。最近の若い悪党どもは、相手が死ぬまで暴力をふるったところでそうまずいことにはならないと思っている。殺してしまえば、相手はもう何も言えなくなる。

その事件で捜査の指揮をとったのがスペンスだった。物静かな粘り強い刑事で、警察の誤認逮捕だと言いつづけていた。事実、その男は真犯人ではなく、証拠を見つけたのは素人っぽい外国人だった。ベルギーの警察を退職した刑事だという。あのころすでにかなりの年齢だった。すると、いまはもう——よぼよぼだろう。それでもやはり慎重に対処しなくては、とフラートン氏は考えた。情報。この男が求めているのは情報だ。こちらからその情報を提供しても、別に問題はないだろう。なぜなら、今回の事件の参考になりそうな情報が自分の手元にあるとは思えないからだ。少女が殺された事件。

誰が少女を殺したかはほぼ見当がついている——フラートン氏としてはそう思いたいところだが、そこまで断言できる自信はなかった。彼が怪しんでいる相手は最低でも三人いる。三人のろくでもない若者のなかの誰が犯人であってもおかしくない。フラートン氏の頭にさまざまな言葉が浮かんだ。責任能力。精神鑑定。事件はこの線で解決するに違いない。それにしても、パーティの最中に子どもを溺死させるとは——知らない人の車に乗ってはいけないと口をすっぱくして言われている子どもたちが、誘われるままに犯人の車に乗ってしまい、家に帰り着くことなく、近くの雑木林か砂利の山のなかから発見されるという事件がいくつも起きているが、今回の事件は、それとはまったく異なるものだ。砂利の山……。あれはいつの事件だったか？　もう何年も前のことだ。

フラートン氏がここまで考えるのにかかった時間は四分ほどで、そのあと喘息気味の軽い咳をして、それから話に入った。

「ムッシュー・エルキュール・ポアロ」ふたたび名前を呼んだ。「どのようなご用件でいらしたのでしょう？　たぶん、あのジョイス・レナルズという少女の件だと思いますが。忌まわしい事件ですな。じつに忌まわしい事件です。はっきり申し上げますと、あなたのお役には立てそうもありません。あの事件のことを、わたしはほとんど知らないのです」

「しかし、たしか、ドレイク家の顧問弁護士をしておられますね？」

「ええ、そう。そうです。ヒューゴ・ドレイク、気の毒な人でした。とてもいい人だったのに。わたしがあの夫婦と知りあってもう何年にもなります。ふたりが〈リンゴの木荘〉を購入して越してきたころからのつきあいです。気の毒なことだ、ポリオとは——ある年、夫婦で海外へ出かけてバカンスを楽しんでいたとき、ヒューゴがポリオにかかったのです。もちろん、精神面の健康はまったく衰えていませんでした。ただ、子どものときからスポーツ好きで、スポーツの試合でも、その他どんなものでも得意だった男が病に倒れるというのは、悲しいものです。ええ。生涯不自由な暮らしが続くことを知るのは、やはり悲しいものです」

「こちらの事務所はたしか、ミセス・ルウェリン＝スマイスの法律業務も担当しておられましたね？」

「ヒューゴのおばさんにあたる人ですね、はい。すぐれた女性でした。体をこわしたため、甥夫婦の近くで暮らしたいと言って、こちらに越してきたのです。〈石切り場の館〉を買いとりました。住みにくい屋敷なのに、相場よりはるかに高い金を払いました——しかし、ミセス・ルウェリン＝スマイスにとっては、金など問題ではなかった。大金持ちでしたから。もっといい住まいがあったかもしれませんが、あの人は石切り場そのものに惚れこんだのです。造園家を雇って庭を造らせましてね。その男は庭造りの天才だったようです。髪を長く伸ばしたハンサムな男で、仕事の腕はたしかでした。その〈石切り場庭園〉をひとりでみごとに造りあげたのです。それが大評判になり、《ホームズ・アンド・ガーデンズ》やそのほかの雑誌に写真入りで紹介されたこともありました。そう、ミセス・ルウェリン＝スマイスには人を見る目があったのです。ハンサムな若い男だから庭造りをまかせたわけではありません。年配の女性のなかにはそういう愚かな人もいますが、この男にはすぐれた頭脳があり、造園業の世界ではトップクラスでした。おっと、話が脇へそれてしまった。ミセス・ルウェリン＝スマイスは二年近く前に亡くなりました」

「急死でしたね」

フラートン氏はポアロに鋭い目を向けた。

「いやいや、わたしなら急死とは言わないでしょう。前々から心臓が悪くて、無理をしないよう医者にうるさく言われていましたが、人の言うことを聞くような女性ではなかった。健康をやたらと気にするタイプではなかったのです」フラートン氏は咳をしてから言った。「しかし、あなたが話をしに来られた件から離れてしまったようですな」

「いえ、そうでもありません。ただ、お許しいただけるなら、まったく別の件に関していくつか質問させていただこうと思っています。おたくの事務所に勤めていたレスリー・フェリアという男のことを少し知りたいのです」

フラートン氏はいささか驚いた様子だった。「レスリー・フェリア？」と言った。「レスリー・フェリアね。ちょっと待ってください。そうか、名前を忘れかけていました。ええ、ええ、うちにいた男です。ナイフで刺された。そうでしたな？」

「ええ、その男のことです」

「うーん、フェリアに関してお話しできるようなことはさほどありませんが。何年か前に起きた事件です。ある夜、〈グリーン・スワン〉というパブの近くで何者かに刺し殺された。犯人はつかまっていません。誰の犯行なのか、警察にはたぶん見当がついていたと思いますが、まあ、証拠が必要ですからね」

「動機は感情的なものだったのでしょうか？」ポアロは尋ねた。

「ええ、もちろんそうだと思います。嫉妬ですよ。フェリアは夫のいる女と深い仲になっていた。夫はパブを経営していた。ウッドリー・コモンにある〈グリーン・スワン〉。くつろげる店です。やがて、フェリアは別の若い女と遊ぶようになった――しかも、相手はひとりではなかったという噂です。かなりの女たらしだったのですね。一度か二度、ちょっとしたトラブルもありました」

「フェリアの勤務態度に満足しておられましたか？」

「不満はなかったと申し上げておきましょう。あれはあれで感心な点もあったのですよ。依頼人への応対がちゃんとしていたし、法律の勉強もしていました。自分の立場をもっと大事にして、真面目な行動を心がけてほしかったです。ところが、次々と女を作りましてね。そのほとんどが、わたしのような昔気質の人間から見れば、フェリアよりはるかに身分が低いと思いたくなるような女たちでした。ある夜、〈グリーン・スワン〉で喧嘩騒ぎがあり、レスリー・フェリアはその帰り道に刺し殺されたのです」

「犯人はつきあっていた女のひとりでしょうか？　もしくは〈グリーン・スワン〉の亭

た。

「じつをいうと、この事件に関しては、はっきりしたことが何もわからないのです。警察は嫉妬による殺人と見ていたようですが――しかし――」フラートン氏は肩をすくめた。

「しかし、あなたはそこまで断定できないのですね？」

「まあ、よくある事件ですよ――〝恋人に裏切られた女の怒りはすさまじい〟法廷でいつも引用される言葉です。けっこう真実を突いています」

「しかし、その事件に関しては、そう思っておられないような気もしますが」

「そうですね。できればもっと証拠がほしかった。警察のほうも、さらに証拠があれば助かったことでしょう。検察はたしか、事件を投げだしたはずです」

「ひょっとすると、嫉妬とは無関係の事件だったかもしれない？」

「ええ、そうなんです。幾通りもの推測ができます。フェリアという青年はあまり真面目な性格ではありませんでした。大切に育てられたんですがね。母親というのがいい人で――夫に先立たれました。夫にはちょっと問題があり、危ない目にあって命からがら逃げだしたことも何度かありました。フェリアの母親は苦労したでしょうな。フェリアも父親に似たところがありました。怪しげな仲間とつきあっていたことも何度かあった。

わたしは大目に見てやりました。まだ若いのだから、と。しかし、悪い連中とのつきあいが深くなっていくのを見て、説教したこともあります。法律を無視した不正な案件にも深く関係していました。正直なところ、あの母親がいなければ、わたしはフェリアを解雇していたでしょう。ただ、若いし、能力もあった。一、二度警告して、なんとか立ち直ってもらいたいと思いました。しかし、いまの時代は腐敗した人間がずいぶんいます。この十年間、増えるいっぽうです」

「誰かがフェリアを恨んでいたとは考えられませんか?」

「大いにありうることです。例の仲間とか――ギャングなどと言うと芝居じみていますが――しかし、ああいう連中と関わりあえば、ある程度の危険はつきものです。連中を密告しようと考えただけで肩甲骨のあいだにナイフを突き立てられるのは、そう珍しいことではないですからね」

「目撃者はいなかったのですか?」

「ええ。ひとりもおりません。もちろん、連中がそんなヘマをするはずはない。誰が殺しの実行犯だったにせよ、すべての手筈をうまく整えておいたはずです。しっかりした場所と時刻に裏打ちされたアリバイを用意するとか、そういったことを」

「だが、もしかしたら、誰かが見ていたかもしれませんよ。思いもよらぬ人間が。例えば、子どもとか」

「夜遅くに？　〈グリーン・スワン〉の近くで？　およそありえない話です、ムッシュー・ポアロ」

「子どもの記憶に残るかもしれません」ポアロはさらに言った。「友達の家から帰る途中だった子ども。自分の家がパブの近くだったとか。小道を歩いてきたのかもしれないし、生け垣の陰から何かを見たのかもしれない」

「いやはや、ムッシュー・ポアロ、なんという想像力をお持ちでしょう。だが、そのようなことはありえないと思います」

「わたしには、ありえないとは思えません。子どもたちはさまざまなものを目にします。しばしば、大人には思いもつかないような場所にいるものです」

「しかし、家に帰ってから、自分が見たもののことを家族に話すはずでしょう？」

「いや、話さないかもしれません。自分が何を見たのか、本人にはよくわかっていないかもしれない。とくに、目にしたものにかすかな恐怖を覚えた場合は。家に帰った子が、通りで見た事故のことや、思いがけない暴力沙汰のことを、親に報告するとはかぎりません。子どもというのは自分の秘密を厳重に守るものです。心のなかにしまいこみ、それについて考える。ときには、秘密を持つことにわくわくする子もいるでしょう。自分だけの秘密だと思って」

「母親には話すんじゃないですか？」フラートン氏は言った。

「さあ、どうでしょう。わたしの経験から言いますと、子どもが母親に内緒にしていることはずいぶんあるものです」

「レスリー・フェリアのこの事件にひどく興味をお持ちのようですが、理由をお尋ねしてもいいですか？　若い男が暴力によって痛ましい死を迎えたから？　だが、最近は嘆かわしいことに、こうした暴力事件が頻発しております」

「フェリアという人のことを、わたしは何も知りません。だが、多少なりとも知りたいと思っています。なぜかというと、暴力事件によってそう遠くない過去に亡くなった人ですからね。わたしにとって重要なことかもしれないのです」

「あのう、ムッシュー・ポアロ」フラートン氏はややトゲを含んだ声で言った。「なぜわたしを訪ねてこられたのか、本当は何に興味を持っておられるのか、どうもよくわからないのですが。まさか、ジョイス・レナルズの死と、前途有望だったのに軽い犯罪に走り、何年か前に亡くなった青年の死につながりがあるなどとは、思っておられないでしょうね？」

「どんなものでも疑ってみることはできます。その場合、さらに多くの要素を見つけなくてはなりません」

「お言葉を返すようですが、犯罪を調べるにあたって必要なのは証拠ですぞ」

「たぶん、お聞き及びかと思いますが、亡くなったジョイスという少女が殺人現場を見たことがあると言ったのを、数人の証人が聞いています」

「こういう土地では」フラートン氏は言った。「噂が広まれば、たいていの者の耳に届きます。そして、ひとこと言い添えていいのなら、そうした噂はひどく誇張されていて、とうてい信用する気になれません」

「なるほど、たしかにそうですね。ジョイスは十三歳になっていたと思います。九歳の子どもだって、自分が見たもののことは覚えています——ひき逃げ事故とか、暗い夜にナイフをふりまわして喧嘩や格闘をする場面とか、学校教師が絞殺される光景とか——こうしたことはすべて子どもの心に強烈な印象を残しますが、子どもは自分の見たものが本当はなんなのかよくわからないため、誰にも話そうとせず、ひとりであれこれ悩みつづけるのです。忘れてしまうこともあるかもしれない。やがて何かがきっかけとなって記憶がよみがえる。そういう場合もあると思われませんか？」

「そりゃ思いますとも。だが、どうも——ひどく強引な推理のような気がします」

「この土地ではまた、外国の女が姿を消した事件もありましたね。名前は、ええと、オリガかソニア——名字はわかりませんが」

「オリガ・セミーノフですね。ええ、その女です」

「あまり信用できる人間ではなかったそうですが？」

「ええ」

「さっきの話に出てきたミセス・ルウェリン＝スマイスの家で、付き添いか世話係をしていたのではありませんか？　ミセス・ルウェリン＝スマイスはミセス・ドレイクのおばさんにあたり——」

「そうです。それ以前にも、付き添いとして何人か雇ってきました。そのうちふたりが外国人の女だったと思います。片方の女とは雇ったとたん喧嘩になってしまい、もうひとりはいい性格だったが、ひどく頭が悪かった。ミセス・ルウェリン＝スマイスは頭の悪い相手には我慢のならない人でした。最後に雇ったオリガのことがたいそう気に入ったようです。わたしの記憶が正確なら、さほど魅力のある女ではなかった。背が低く、どちらかといえばがっしり体型で、不愛想だったため、隣人たちの評判はあまりよくなかったようです」

「しかし、ミセス・ルウェリン＝スマイスはオリガが大のお気に入りだったのですね？」ポアロは言った。

「オリガをひどく頼りにしていました——愚かなことだと、当時は誰もが思ったものです」

「ふむ、まったくですな」

「わたしがいまお話ししていることは、あなたがすでに耳になさったことばかりだと思います。こういう噂はあっというまに広がりますから」

「ミセス・ルウェリン＝スマイスがその女に莫大な財産を遺したと聞いていますが」

「あんなに驚いたことはありません。長年のあいだ、ミセス・ルウェリン＝スマイスが遺言書の基本的な条項を変えたことはなく、新しい慈善団体を加えたり、相手の死亡によって無効となった遺贈先を変更したりした程度でした。あなたがこの件に興味をお持ちなら、そうしたこともすでにご存じだと思います。夫人の財産は甥のヒューゴ・ドレイクと、彼のいとこで、従ってミセス・ルウェリン＝スマイスの姪でもあるミセス・ドレイクとが共同で相続することに、前々から決まっていました。二人のどちらかが夫人より先に死んだ場合は、残ったほうが全財産をもらうことになっていました。複数の慈善団体と古くからの使用人たちに、かなりの金が遺贈される予定でした。ところが、最後の遺言書とみなされているものは、夫人が亡くなる三週間ほど前に作成されたのですが、それまでとは違って、わたしどもの事務所でお作りしたものではありませんでした。

夫人の手書きによる遺言補足書でした。そこに記された慈善団体の数は以前より大幅に減って、ひとつかふたつだけになり、昔からの使用人たちへの遺贈はなくなり、あとの莫大な財産はすべて、献身的な世話と優しさへの感謝のしるしとしてオリガ・セミーノフに遺されることになっていました。驚愕すべき内容です。ミセス・ルウェリン＝スマイスの生前のやり方からすると、どうにも考えられないことでした」

「それで？」

「その後のことは、いくらかお耳に入っていると思います。筆跡鑑定の専門家の証言により、遺言補足書がまったくの偽造だったことが明らかになったのです。ミセス・ルウェリン＝スマイスの筆跡にわずかに似ているだけでした。夫人はタイプライターが大嫌いで、個人的な手紙をオリガに代筆させることがよくありました。自分の筆跡になるべく似た字を書かせて――ときには、手紙の署名までさせることもありました。おかげで、オリガは筆跡をまねる練習をずいぶんやってきたわけです。ミセス・ルウェリン＝スマイスが亡くなったとき、オリガは欲を出し、これだけよく似た字が書ければ雇い主の字として充分に通用すると考えたのでしょう。しかし、専門家の目はごまかせません。無理に決まっています」

「遺言補足書に異議を唱えるため、訴訟を起こすことになさったのですね？」

「そのとおりです。もちろん、法的な手続きがいろいろあったため、じっさいに法廷で審理されるまでにずいぶん時間がかかりました。そのあいだに、オリガは怖気(おじけ)づいたのか——さきほどおっしゃったように——姿を消してしまったのです」

第十三章

エルキュール・ポアロが別れの挨拶をして部屋を出たとき、ジェレミー・フラートンは机の前にすわり、指先で軽く机を叩いていた。しかし、その目は遠くを見つめて――物思いにふけっている様子だった。

目の前の書類を手にとって視線を落としたが、どうにも集中できなかった。内線電話の控えめなブザーの音に顔を上げ、受話器をとった。

「なんだね、ミス・マイルズ？」

「ホールデンさまがおみえです」

「おお、そうそう。アポイントが入っていたが、約束の時刻はたしか、四十五分ほど前だったはず。大幅に遅刻した理由を何か言ったかね？……ふむふむ。よくわかった。先日と同じ言い訳だ。伝えてくれないか――別の依頼人が来ているため、いまは時間がとれない。あらためて来週のアポイントをとるように言ってほしい。いいね？　いつまでも甘い顔をしてはいられない」

「承知しました、フラートンさん」

フラートンは受話器を戻し、じっと考えこみながら目の前の書類に視線を落とした。いまも読んではいなかった。過去の出来事を思い返していた。二年——もうじき二年になる——そして、けさ、エナメル革の靴をはき、大きな口髭を生やした奇妙な小男にあれこれ質問されたのをきっかけに、記憶がよみがえった。

いま、二年近く前の会話を心のなかで思い返していた。

向かい側の椅子にすわった若い女の姿がふたたび浮かんできた。背の低い、がっしりした姿——オリーブ色の肌、ダークレッドの口紅をつけたふっくらした唇、高い頬骨、濃い眉の下から彼の目を見つめる青い目の猛々しさ。情熱的な顔、生命力にあふれ、苦労を経験してきた顔——今後も苦労は続くだろう——しかし、いつまでたっても苦労を受け入れることができない顔。最後まで戦い抜き、抵抗を続けるタイプの女だ。いまどこにいるのか？　やっとの思いで生きてきたのだろう——具体的にはどんな人生だったのか？　誰かに助けてもらったのか？　助けてくれる者がいたのか？　きっと、いたのだろう。

いまごろはもう、紛争の絶えない中央ヨーロッパのどこかに帰っているはずだ。そこが彼女の故郷、彼女がいるべき場所だ。自由を失うのがいやなら、そこに戻るしかない。

ジェレミー・フラートンは法の守り手だ。法律を信奉している。だから、弱気な判決を下し、形式的な要求を受け入れる多くの治安判事を軽蔑している。本を盗む学生、スーパーで万引きをする若い主婦、雇い主の金をくすねる女の子、電話ボックスをこわす少年。いずれも本当に金に困っているのではなく、自暴自棄になっているのでもなく、甘やかされて育ち、金がなくて買えない品は盗めばいいという強い思いこみのほかは何も持っていない連中だ。フラートン氏は法を正しく運用することの大切さを心から信じている人間だが、思いやりも備えている。人に哀れみをかけることができる。そのため、オリガ・セミーノフのことも哀れに思っていた。ただ、彼女が自分を守ろうとして熱っぽくまくしたてた意見に影響されることはけっしてなかった。

「助けてほしくてここに来ました。先生に頼めば助けてもらえると思って。去年、親切にしてもらったし。イングランドにもう一年滞在できるよう、書類を書いたとき、先生に助けてもらいました。あの人たちがわたしに言います。〝あなたは答えたくない質問には答えなくてよろしい。弁護士を雇うことができます〟と。だから、わたしはここに来ました」

「いくらそう言われても――」フラートン氏は自分の口調がどんなにそっけなく冷淡だ

ったかを思いだした。そっけない口調の陰で同情していたため、さらにそっけなく冷淡になっていた。「――今回は無理です。この件に関して、わたしはあなたの弁護士になれないのです。すでにドレイク家の代理人を務めていますから。ご存じのように、わたしはミセス・ルウェリン＝スマイスの顧問弁護士でした」

「でも、あの人は死んでいます。死んだ人に顧問弁護士はいらないと思います」

「ミセス・ルウェリン＝スマイスはあなたのことがお気に入りでしたね」

「はい、わたしを気に入ってくださいました。わたしはそのことを言いに来たのです。だから、奥さまはわたしに財産を譲りたかったのです」

「全財産を？」

「どうしてだめ？　どうしてだめ？　奥さまは身内のことが好きではなかった」

「それは違います。ドレイク夫妻のことがとてもお気に入りでした」

「そりゃまあ、ドレイクさんのことは好きだったかもしれないけど、ミセス・ドレイクのことは好きじゃなかったです。うんざりしてました。ミセス・ドレイクが口うるさい人だったから。奥さまがご自分の好きなことをしようとすると、ミセス・ドレイクが禁止します。奥さまが好きなものを食べようとすると、ミセス・ドレイクが邪魔します」

「ミセス・ドレイクはとても良心的な人だから、食生活のことや、激しい運動は禁止ということや、その他多くのことについて、医者の命令を自分のおばさんに守ってもらおうとしたのです」

「世の中は医者の命令に従う人ばかりではありません。身内に世話を焼かれるのをいやがる人もいます。そういう人は、好きなように暮らして、したいことをして、ほしいものを手に入れるほうが好きなんです。奥さまはお金をどっさり持っていました。ほしいものはなんでも買えました！　なんだって好きなだけ手に入れることができました。とても――とても――とてもお金持ちで、そのお金で好きなことができたんです。ドレイク夫妻にはもう、お金がたくさんあります。すてきな家と服と二台の車があります。とても贅沢に暮らしています。どうしてこれ以上お金がいります？」

「身内はあのご夫妻だけだったのですよ」

「奥さまはわたしに財産を譲りたかったのです。わたしのことを哀れに思って。わたしがどんな人生を送ってきたかをご存じでした。父が警察に逮捕されて連れていかれたことをご存じでした。母とわたしは二度と父に会えなかった。そして、奥さまは母のことも、母がどんなふうに死んだかもご存じでした。わたしの家族はみんな死にました。わたしが耐えてきた人生は恐ろしいものです。警察国家のなかで暮らすのがどういうことか、先生にはわかってもらえません。わたしはそういう国で生きてきました。いえ、いえ。先生は警察の側の人です。わたしの側じゃありません」

「そうですな」フラートン氏は言った。「わたしはあなたの側の人間ではない。これまで苦労されてきたことには深く同情しますが、今回のトラブルはあなたが自分で招いたことですよ」

「そんなの嘘です！　わたしが悪いことしたなんて嘘です。わたしが何をしたというんです？　奥さまに親切にしてあげました。優しくしてあげました。奥さまが食べてはいけないと言われているものをたくさん持ってってあげました。チョコレートとバター。食卓に出されるのはいつも植物性脂肪でした。奥さまは植物性脂肪が好きではありませんでした。バターをほしがりました。たくさんのバターを」

「バターがどうのこうのという問題ではありません」

「わたしは奥さまのお世話をし、優しくしてあげました！　だから、奥さまはわたしに感謝した。それで、奥さまが亡くなったとき、親切で愛情深かった奥さまが全財産をわたしに譲るという署名入りの書類を残してくれたことを知りました。ところが、あのドレイク夫妻が出てきて、わたしにお金は渡さないと言うんです。いろんなことを言います。わたしが奥さまをたぶらかしたと言います。それから、もっとひどいことを言います。とてもひどいことを。わたしが勝手に遺言書を書いたと言うんです。ばかばかしい。

奥さまが書いたのに。ほんとに奥さまが書いたんです。そして、書いたあとでわたしを部屋から出しました。掃除に来る女の人と庭師のジムを呼んでこさせました。書類に署名するようふたりに言いました。わたしではなくて。だって、わたしがお金をもらうのだから。どうしてわたしがお金をもらってはいけないの？　人生で少しだけ幸運に出会って、楽しい思いをしたっていいじゃないですか？　すてきだと思いました。遺言のことを知ったとき、自分のしたいことをいろいろ計画しました」

「そうでしょうな、ええ、そうでしょうとも」

「どうして計画を立ててはいけないんです？　どうして喜んではいけないんです？　幸せになって、お金持ちになって、ほしいものがなんでも買えるのに。わたしがどんな悪いことをしたというんです？　何もしてません。何も、本当です。何も」

「さっきからあなたに説明しようとしていたのです」フラートン氏は言った。

「そんなの嘘です。先生はわたしが嘘をついてると言う。わたしが自分で遺言書を書いたと言う。わたしは書いてません。奥さまが書いたんです。そうじゃないなんて、誰にも言えないはずです」

「いろいろ言う人がいますけどね」フラートン氏は言った。「とにかく聞いてください。文句をつけるのはやめて、黙って聞くんです。ミセス・ルウェリン＝スマイスがあなたに手紙を代筆させるとき、できるだけよく似た字で書くよう、あなたにしばしば頼んでいたのは事実ですね？　なぜなら、夫人は古風な考えの持ち主で、友達や個人的な知り合いにタイプライターで打った手紙を出すのは失礼なことだと思っていたからです。ヴィクトリア時代から続いている考え方です。いまはもう、届いた手紙が手書きであろうが、タイプライターで打ってあろうが、気にする者はおりません。しかし、ミセス・ルウェリン＝スマイスから見れば、失礼なことだったのです。わたしの言いたいことはわかりますね？」

「はい、わかります。それで奥さまがわたしに頼みます。〝さあ、オリガ〟と言います。〝この四通の手紙に返事を書いてちょうだい。わたしがさっきあなたに言って、あなたがそれを速記したとおりに。でも、手書きにするのよ。わたしの字になるべく似せてちょうだい〟と言います。そして、奥さまの字に似せて書く練習をするよう、わたしに言いました。aの書き方、bの書き方、1の書き方、そのほかすべての文字の書き方を説明してくれました。〝ほどほどに似ていればそれでいいのよ。それから、わたしの署名もかわりにお願い。わたしが手紙も書けなくなったなんて人に思われたくないから。ただ、あなたも知ってるとおり、手首のリューマチがひどくなってきて手紙を書くのが辛いけど、個人的な手紙をタイプライターで打つのはいやなの〟と言いました」

るものと認められれば、補足書は無効になっただろう。やれやれ。あの激しい性格の女は欲を出しすぎたのだ。ミセス・ルウェリン＝スマイスはオリガに優しく世話をされ、気遣ってもらううちに、自分の気まぐれを叶えてくれて、頼みをなんでも聞いてくれるこの女のことがすっかり気に入って、〝あなたにお金を少し遺してあげる〟と言ったのかもしれない。そこでオリガは人生に夢を抱いた。何もかも自分のものにしよう。老婦人がすべてを自分に遺してくれれば、お金は全部自分のものになる。お金も、家も、服も、宝石も。ひとつ残らず。強欲な女。そして、天罰が下ったのだ。

　フラートン氏は自分の意志に反し、法律家としての主義に反し、その他多くのものに反して、オリガのことを哀れに思った。深い哀れみを抱いた。子どものころから苦労ばかりしてきて、警察国家の残酷さを思い知らされ、両親を失い、兄弟姉妹を失い、不当な仕打ちと恐怖にさらされ、その結果、生まれたときからオリガのなかにあったに違いないが、それまでは発揮できなかったひとつの特徴が大きく育つことになった。それは子どもっぽい強烈な欲深さだった。

「みんながわたしを苛めます」オリガは言った。「みんなです。あなたたちみんながわたしを苛めます。わたしが外国人だから、この国の人間じゃないから、何を言えばいいのか、何をすればいいのかわからないから、意地悪をするんです。わたしに何ができるでしょう？　何をすればいいのか、どうして教えてくれないんです？」

「あなたにできることはそう多くないでしょうから」フラートン氏は言った。「何もかも白状してしまうのがいちばんです」

「先生が言わせようとしているとおりのことをわたしが言ったら、みんな嘘になります。本当のことじゃありません。遺言書を作ったのは奥さまです。ご自分で書いたんです。ほかの人が署名するあいだ、わたしに部屋から出るようにおっしゃいました」

「あなたに不利な証拠があるのですよ。ミセス・ルウェリン＝スマイスは何もわからないまま書類に署名することがよくあった、と証言する人びとがいるのです。違う種類の書類をいくつか渡されても、夫人が目の前の書類にあらためて目を通すことはあまりなかったそうです」

「あら、それじゃ、奥さまは自分が何を言ってるかもよくわからなかったというんですか？」

「いいですか」フラートン氏は言った。「あなたとしては、これが初犯であり、外国人で、簡単な英語しか理解できないということに望みをかけるしかないのですよ。それなら軽い判決ですむかもしれない。もしくは、執行猶予になるかもしれない」

「ふん、口がうまいのね。口先ばっかり。わたしは刑務所に入れられて、二度と出られなくなるんだわ」

「バカなことを言うものではありません」

「逃げたほうがいい。遠くへ逃げて、誰にも見つからないところに身を隠せばいい」

「逮捕状が出れば、逃げても見つかってしまいます」

「急いで逃げれば大丈夫よ。いますぐ逃げてしまえば大丈夫。助けてくれる人がいれば大丈夫。逃げられるわ。イングランドから逃げることができる。船か飛行機で。パスポートとか、ビザとか、必要なものがあれば、誰かに頼んで偽造してもらえばいい。わたしの頼みならなんでも聞いてくれる人に。わたし、友達がたくさんいます。わたしに好意を持ってくれる人たちがいます。姿を消そうとすれば、誰かが手伝ってくれるでしょう。ええ、逃げなきゃ。かつらをつけてもいい。松葉杖を突いてもいい」

「よく聞きなさい」フラートン氏は言った。このときの口調には威厳がこもっていた。「あなたのことは気の毒に思っています。全力であなたを弁護してくれる弁護士をつけてあげましょう。逃げるなんて無理ですよ。子どもみたいなことを言うのですね」

「お金ならたくさん持ってます。ちゃんと貯金してたから」それから、オリガはこう言った。「先生は親切にしようとしてくれました。ええ、それは信じます。でも、結局、何もしてくれないでしょう。法律を大事にする人ですもの――法律を。でも、誰かがわたしを助けてくれるはずです。誰かが。わたしは誰にも見つからないところへ逃げることにします」

フラートン氏は思った——これまで誰もオリガを見つけていない。いまどこにいるのか、どこに身を隠しているのか、知りたいものだ——そう、とても知りたい。

第十四章

〈リンゴの木荘〉を訪ねると、エルキュール・ポアロは客間に通され、「奥さまがすぐにまいります」と言われた。

ホールを通ったとき、ダイニングルームだろうと彼が見当をつけた部屋のドアの奥から、何人かの女性の話し声が聞こえてきた。

ポアロは客間の窓辺まで行き、優美な庭を眺めた。趣味よく設計され、手入れも行き届いている。よく茂ったアスターが支柱に支えられていまも花をつけているし、菊もまだ枯れていない。バラが一輪か二輪、近づく冬を軽蔑するかのように咲いている。

造園家の手が多少なりとも加わったことを示すものは、ポアロには見つけられなかった。丹念に手入れされた伝統的な雰囲気の庭だ。マイクル・ガーフィールドが造園家として売りこんでも、ミセス・ドレイクには相手にされなかったのかもしれない。餌をまいても無駄だったわけだ。どこから見ても、手入れの行き届いた郊外の邸宅の庭という感じだ。

ドアが開いた。

「お待たせして申し訳ありませんでした、ムッシュー・ポアロ」ミセス・ドレイクが言った。

部屋の外のホールでは、何人もの女性が暇を告げて出ていくにつれて、ざわざわと響く声が消えていった。

「教会のクリスマスイベントの相談をしておりました」ミセス・ドレイクは説明した。「イベントの準備や何かを担当する委員会の集まりだったのです。こういう集まりはかならず予定より長くなるものですね。いつだって誰かが何かに反対したり、いい案があると言いだしたりするので――いい案といっても、たいてい、実行は無理なものですけれど」

かすかにトゲのある言い方だった。ロウィーナ・ドレイクが人びとの提案をくだらないと言ってそっけなく却下してしまう様子が、ポアロには容易に想像できた。スペンスの妹から聞いたことや、村人たちがそれとなく言ったことや、その他の噂からすると、ロウィーナ・ドレイクが支配的なタイプであることが、ポアロにもよく理解できた。何かやろうとするときは、彼女が中心になってくれることを誰もが期待するが、彼女の奮闘に感謝する者は誰もいない。ポアロにはまた、彼女の誠意はミセス・ルウェリン＝スマイスにとってありがた迷惑だっただろうという想像もできた。向こうも似たような性格だったからだ。ポアロが推測するに、ミセス・ルウェリン＝スマイスが甥夫婦の近くで暮らそうと思ってこちらに越してくると、ミセス・ドレイクはすぐさま見守りと世話をひきうけ、同居はしないながらも精一杯がんばったのだろう。ミセス・ルウェリン＝スマイスも心のなかではたぶん、ミセス・ドレイクに深く感謝していたはずだが、そのいっぽうで、横暴な女だと思って気分を害していただろう。

「みなさん、お帰りになったようだわ」玄関ホールのドアが最後に閉まる音を聞いて、ロウィーナ・ドレイクは言った。「さて、どのようなご用件でしょう？　あのぞっとするパーティのことで、また何かありました？　うちでパーティなんかしなければよかった。でも、パーティが開けるようなお宅がほかにないものですから。ミセス・オリヴァーはいまもジュディス・バトラーのところにお泊まりですの？」

「はい。あと一日か二日したらロンドンに帰ると思いますが。ミセス・オリヴァーとは今回が初対面でしたか？」

「ええ。あの方の本はおもしろいですね」

「とても高い評価を受けています」

「ええ、そうね。たしかにすばらしい作家だわ。それは間違いありません。しかも、すごく楽しい方だし。あの方なりのお考えはあるのでしょうか――つまり、その、今回の恐ろしい事件の犯人は誰なのかについて」

「ないと思いますよ。では、あなたは、マダム？」

「すでに申し上げました。わたしには見当もつきません」

「そうおっしゃるだろうと思っていました。それでも――じつは、かなり鋭い推理をされているのではありませんか？　頭のなかだけの考えに過ぎないとしても。おぼろげな形をとりはじめた推理。脈のありそうな推理」

「なぜそうお思いになるのです？」

ミセス・ドレイクは不思議そうな顔でポアロを見た。

「何かをご覧になったかもしれない――とても小さなこと、どうでもよさそうなことなのに、あとで考えてみると、最初に思ったより大きな意味があるような気のすることを」

「きっと、目星をつけてらっしゃるのね、ムッシュー・ポアロ。何か具体的な出来事に」

「まあ、それは認めます。ある人から話を聞いたものですから」

「やっぱり！　どなたでしたの？」

「ホイッティカーとかいう人です。学校の先生」

「ああ、なるほど、そうでしたか。エリザベス・ホイッティカーね。エルムズ校の算数の先生でしょう？　パーティに来てらしたわ。あの方が何かご覧になったのかしら」

「自分で何かを見たというより、あなたが何かを見たのではないかと思っておられるようです」

　ミセス・ドレイクは意外そうな顔をして、首を横にふった。

「何も見た覚えはありませんけど。でも、自分で気がついてないだけかしら」

「花瓶に関係のあることです」ポアロは言った。「花でいっぱいの花瓶」

「花でいっぱいの花瓶？」ミセス・ドレイクは怪訝な顔をした。やがて、思いだしたようだった。「ああ、わかりました。ええ、階段の角のテーブルに、紅葉した枝葉と菊を活けた大きな花瓶が置いてあったんです。とても上等のガラスの花瓶。わたしの結婚のお祝いにいただいた品です。葉が萎れかけていて、菊も一輪か二輪、うなだれているように見えました。ホールを通りかかったときに気づいたのです――パーティが終わりに近づいたころだったと思いますが、たしかなことはわかりません――なぜ萎れかけているのかと不思議に思い、近寄って花瓶に指を入れてみたら、誰か不注意な人が花を活けたあとで水を入れ忘れていたのだとわかりました。腹が立ちました。そこで化粧室に花瓶を持って入り、水をいっぱい入れたのです。でも、あの化粧室で何を目にするというのです？　なかには誰もいませんでした。それは間違いありません。パーティのあいだに、年上の女の子と男の子が何人か、他愛のないおふざけを——アメリカ人が〝ネッキング〟と呼ぶものを——化粧室でやっていたとは思いますが、わたしが花瓶を持って入ったときは誰もいませんでした」

「いやいや、わたしが申し上げたのはそのことではありません」ポアロは言った。「ちょっとした事故があったそうですね。あなたが手をすべらせて、下のホールに花瓶を落とし、割ってしまったとか」

「ああ、あれね。もう粉々でした。わたし、うろたえてしまって。なにしろ、さっきも申し上げたように結婚祝いの品ですし、すばらしい花瓶でしたから。ずっしりと重くて、秋の花束や何かを入れるのにうってつけだったんです。わたしもほんとに不注意でした。指がすべったんです。それで花瓶が手から離れ、下のホールの床に落ちて割れてしまいました。エリザベス・ホイッティカーがそこに立っていました。誰かが踏みつけてはいけないので、ガラスの破片を拾ったり、邪魔にならないところへ破片の一部を掃き寄せたりするのを手伝ってくれました。グランドファーザー時計のそばの隅にまとめておき、あとで片づけることにしました」

ミセス・ドレイクは物問いたげにポアロを見た。

「それがあなたのおっしゃった事故でしょうか？」

「そうです。なぜあなたが花瓶を落としたのかと、ミス・ホイッッティカーが不思議がっていました。あなたが何かを見て驚いたのだろうと思ったそうです」

「驚いた？　わたしが？」ミセス・ドレイクはポアロに目を向け、次に眉を寄せて考えこんだ。「いえ、とくに驚いた覚えはありませんけど。持っていたものがすべり落ちるのは、よくあることです。洗いものをしているときなどに。疲れていたせいかもしれません。あのときはパーティの準備や進行などでかなり疲れていたのです。自分で言うのもなんですが、パーティは大成功でした。花瓶の件は——疲れるとつい動作が鈍くなりがちですから、たぶん、そのせいだったのでしょう」

「何かに驚いたということは——本当に——なかったんですね？　思いがけないものを見たといったことも？」

「見た？　どこで？　階下のホールで？　いえ、何も見ておりません。あのとき、ホールには誰もいませんでした。全員がスナップドラゴンのゲームに参加していましたから。もちろん、ミス・ホイッティカーを別にして。それに、階段を下りてきたわたしに、ミス・ホイッティカーが掃除を手伝おうと声をかけてくれるまで、わたし、彼女の姿に気づきもしませんでした」

「もしかして、誰かが図書室のドアから出てくるのをご覧になりませんでしたか？」

「図書室のドア……なるほど。そうね、誰かが出てくれば、わたしのところから見えたでしょう」ミセス・ドレイクは長いあいだ黙りこみ、やがて、ポアロにまっすぐな強い視線を向けた。「図書室から出てくる人の姿など見ておりません。そんな人はひとりも……」

ポアロは首をひねった。ミセス・ドレイクの口調から、正直な言葉ではないことを確信した。誰かを、もしくは何かを見たに違いない。たぶん、ドアがわずかに開いて、なかにいる人の姿がちらっと見えたのだろう。しかし、彼女はきっぱりと否定した。なぜそこまで否定するのか？　そこで目にした人物がドアの奥でおこなわれた犯罪に関わっているなどとは、ぜったいに信じたくないから？　彼女が気にかけている相手か、もしくは――ポアロが思うに、こちらのほうが可能性大だが――彼女が守ってやりたいと思っている相手。おそらく、ほんの子どもといってもいい年齢の者。ミセス・ドレイクから見ると、自分がしたことの恐ろしさがよくわかっていないように思われる者。

ポアロはミセス・ドレイクのことを、性格はきついが誠実な人物だと思っている。こういうタイプの女性はけっこういる。しばしば治安判事になったり、評議会や慈善団体の運営に関わったり、いわゆる〝慈善活動〟に関心を寄せたりする女性。情状酌量の大切さをやたらと信じこみ、若い犯罪者をかばおうとする女性。思春期の少年とか、まだ判断力に欠ける少女とか。すでに――ええと、どう言うのだった？――〝施設に入った〟ことがある子とか。図書室から出てくる姿をミセス・ドレイクが見たのがそういう子だったなら、彼女の保護本能が働きはじめたと考えてもよさそうだ。いまの時代、子どもたちが犯罪に走ることはけっこうある。幼い子どもたち。七歳や九歳ぐらいの子どもたち。こういう子どもが少年裁判所の法廷に立たされたとき、どう扱えばいいかと関係者は頭を悩ませる。子どものためにいろいろな言い訳が用意される。こわれた家庭。子育てを放棄した毒親。しかし、子どもたちをもっとも熱心に弁護し、あらゆる言い訳を持ちだそうとするのは、たいてい、ロウィーナ・ドレイクのようなタイプの人間だ。厳しくて口やかましい女だが、こういうときは別人のようになる。

ポアロ自身は、そのやり方には同意できない。彼はつねに正義を第一に考える人間だ。慈悲というものに――行きすぎた慈悲に――疑問を持っている。ベルギーとこの国の両方でかつて経験したことから学んだのだが、行きすぎた慈悲はしばしば、さらなる犯罪のもととなる。正義を第一に考え、慈悲を第二にしておけば被害者にならずにすんだはずの人間が、その犯罪のせいで命を落とすことになる。

「そうですか」ポアロは言った。「わかりました」

「誰かが図書室に入っていくのを、ミス・ホイッティカーが目にした可能性はないでしょうか？」ミセス・ドレイクは言った。

ポアロは興味を持った。

「ほう、その線もお考えなのですね？」

「もしかしたらというだけですけど。誰かが図書室に入っていくのをミス・ホイッティカーが、そうですね、五分ほど前に目にしていて、わたしが花瓶を落としたときに、その同じ人物をわたしも見たのではないか、その正体に気づいたのではないか、と思ったのかもしれません。自分がちらっと目にしただけで、誰なのか判然としない人物のことを告げ口したりするのはやはりまずいと思って、ミス・ホイッティカーは何も言わないことにしたのかもしれません。子どもの、もしくは、若い男の子のうしろ姿を見ただけでしょうから」

「では、マダム――子どもだったとお考えなのですか？　少年か少女、まだ幼い子どもか、もしくは思春期に入ったばかりの子？　具体的にそのなかの誰かが犯人だと思っておられるわけではなく、ここで話題にしている犯罪をおこなった可能性がいちばん高いのは子どもである、とお考えなのでしょうか？」

そう尋ねられて、ミセス・ドレイクは考えこんだ。心のなかで何度も考えている様子だった。

「ええ」ようやく答えた。「たぶんそうだと思います。じっくり考えたわけではありませんが。最近の犯罪というのは、若い子たちが関わっているケースがとても多いような気がします。自分が何をしているのかよくわかっていない子、くだらない仕返しをしたがる子、なんでもいいから破壊したがる子。電話ボックスをこわしたり、車のタイヤを切り裂いたり、人を傷つけるためなら手段を選ばなかったりする子。特定の誰かというのではなく、世間全体を憎んでいるせいで、そんなことをするのです。現代の困った風潮ですね。だから、子どもがパーティでなんの理由もなしに溺死させられるなどという事件が起きると、自分の行動にまだちゃんとした責任が持てない者の犯行だと思いたくなるのです。今回の事件ではそう考えるのがいちばん自然だというわたしの意見に、賛成してくださいません？」

「警察もあなたと同じ意見だと思います——というか、以前からそうでした」

「ええ、警察にはわかっているはずです。この地区にはとても優秀な警官がそろっていますから。これまでもいくつかの事件をみごとに解決してくれました。地道に捜査を続けて、けっしてあきらめない人たちです。今回の殺人事件もたぶん、そうした警官たちの努力によって解決するでしょう。すぐには無理かもしれませんけど。こういう事件の捜査は長くかかるものです。忍耐強く証拠を集めるのに長い時間が必要ですから」

「この事件の証拠集めは容易なことではなさそうですよ、マダム」

「ええ、わたしもそう思います。わたしの夫が亡くなったときは――体が不自由な人で、道路を渡ろうとしたとき、車にはねられて死んだのです。犯人はいまもつかまっていません。ご存じのように、夫は――いえ、ご存じではないかもしれませんが――ポリオ患者でした。病気のせいで、六年前から身体の一部が麻痺していました。少しよくなっていましたが、麻痺は残っていたので、猛スピードで走ってきた車をよけきれなかったのだと思います。わたしは責任を感じました。ただ、夫は出かけるときに、わたしやほかの人が付き添うのをいつもいやがったのです。看護師や、看護師がわりの妻の世話になるのが腹立たしかったのでしょうね。それに、道路を渡るときはいつも慎重でした。とはいえ、事故が起きれば、妻としてはやはり責任を感じるものです」

「おばさんが亡くなられてすぐのことだったのですか？」

「いいえ。おばが亡くなったのはその少しあとでした。でも、何もかもいっときに起きるものですね」

「まさに真理です」エルキュール・ポアロは言った。さらに続けた。「ご主人をはねた車を警察は見つけられなかったのですか？」

「車種はたしか、グラスホッパー・マーク7だったと思います。道路を走る車の三台に一台はグラスホッパー・マーク7で――というか、あのころはそうでした。いちばんポピュラーな車種だそうです。メドチェスターの市場の駐車場で盗難にあった車であることを、警察が突き止めました。車の持ち主はウォーターハウスとかいう人で、メドチェスターで種子の販売店をやっている年配者でした。スピードを出さず慎重に運転するタイプなので、ひき逃げ事故を起こしたのがその人でないことはたしかです。無責任な若者が勝手に人の車を乗りまわすという、世間によくあるケースのひとつに違いありません。ときどき思うんですよ――そういう軽率な、いえ、無神経と言うべきかしら、そういう若者にはもっと重い罰を与えるべきだって」

「長期の懲役刑にすべきでしょうな。罰金だけですんで、しかも、そいつを甘やかす身内が罰金を払ったりしたら、本人はほとんど反省しませんから」

「大人も覚えておかなくてはなりませんね」ミセス・ドレイクは言った。「人生で成功したいと願う若者たちは、勉強を続けることが何よりも大切な時期にいるのだ、ということを」

「教育という聖なる領域ですね」エルキュール・ポアロは言った。「前に人から聞いた言葉なんです」急いでつけくわえた。「ええと、識者と言われる人びとの口から。学問の世界の重鎮とされる人びとの口から」

「そういう人たちって、育ちの悪い若者をこころよく思わないでしょうね。崩壊した家庭のことも」

「すると、懲役刑以外のものが何か必要だとお考えですか？」

「更生させるためのちゃんとした指導が必要です」ミセス・ドレイクはきっぱりと言った。

「それは——またしても古い諺だが——ブタの耳から絹の財布を作るようなものではありませんか？　〝ひとりひとりの運命は当人の首に縛りつけられている〟という格言を信じておられないのですか？」

ミセス・ドレイクはひどく疑わしそうな、そして、かすかに不機嫌な顔になった。

「たしかイスラムの格言だったと思います」ポアロは言った。

ミセス・ドレイクが感銘を受けた様子はなかった。

「できれば、わたしたちの考えを——いえ、わたしたちの理想と言うべきでしょうか——中東からとりいれるのは避けたいものです」

「だが、事実は受け入れねばなりません」ポアロは言った。「そして、現代の生物学者のなかには――西欧の生物学者ですよ――」急いでつけくわえた。「――人間の行動の源はその人の遺伝子構造にあると強く主張する者もいるようです。幼い頃から特別な素質を持ち、数学者や音楽家になる者がいる。殺人者についても同じことが言える、と」

「殺人者の話をしているわけではありません」ミセス・ドレイクは言った。「夫は交通事故で亡くなりました。社会に適応できない不注意な人間が起こした事故です。車を運転していたのが少年か若い男かはわかりませんけど、いつかきっと、他人の身を気遣うことが人間としての義務であると悟り、受け入れるようになってくれると思います。自分では意識しないまま人の命を奪ってしまったときには、たとえそれが不注意による犯罪であり、殺意はなかったとみなされたとしても、当人がそのおぞましさに気づくように周囲の者が導いてやれば、更生できるのではないでしょうか？」

「では、その事故に殺意はなかったと確信しておられるのですね？」

「わざと車ではねたなどとは思っておりません」ミセス・ドレイクは少し驚いた様子だった。「警察が犯罪の線を本気で追及していたとも思えませんし。もちろん、わたし自身、そんなことは考えもしませんでした。あれは事故だったのです。とても悲劇的な事故で、わたしの人生も含めて多くの人の人生を変えてしまったのです」

「殺人者の話をしているわけではない、とさきほど言われましたね。しかし、ジョイスの事件に関しては、わたしたちは殺人者の話をしているのですよ。あれは事故ではありえない。殺意を抱いた犯人の手がジョイスの頭を水のなかに沈め、死に至るまで押さえつけていた。殺す意図があったのです」

「わかっています。わかっています。なんて恐ろしいこと。考えたくないし、思いだすのもいやです」

ミセス・ドレイクは立ち上がると、落ち着かない様子で歩きまわった。ポアロは容赦なく話を続けた。

「われわれはいまなお選択を迫られています。事件の動機を見つけなくてはなりません」

「ああいう事件には動機などないように思えますけど」

「つまり、精神的に不安定な人物が誰かを——おそらくは幼い未成熟な者を——殺すことに喜びを感じて、犯行に走ったと言われるのですか？」

「そういう事件をけっこう耳にするものです。殺意を抱いたそもそもの原因を突き止めるのはむずかしいでしょうね。精神科医のあいだですら意見が分かれています」

「もっと単純な説明を受け入れる気はありませんか？」

ミセス・ドレイクは困惑の表情になった。「もっと単純な？」

「精神的に不安定な人物ではないし、精神科医のあいだで意見が一致しないというケースでもない。たぶん、わが身の安全を考えただけの人物」

「身の安全？　あの、それはつまり――」

「あの日、パーティの何時間か前に、少女が得意げに言ったそうですね。誰かが人を殺すところを見たことがある、と」

「ジョイスというのは」ミセス・ドレイクは自信に満ちた冷静な口調で言った。「まったく困った子でした。あの子の言うことはどうにも信用できません」

「わたしもみなさんからそう聞かされました。みんなの意見がたぶん正しいのだろうと思いはじめたところです」ポアロはため息混じりにつけくわえた。「世の中、そういうものですよね」

立ち上がり、そこで態度を変えた。

「お詫びしなくてはなりません、マダム。あなたを苦しめるような話をしてしまいました。こちらは部外者だというのに。しかし、ミス・ホイッティカーから聞いた話によると――」

「もっと詳しくお聞きになったら？」

「とおっしゃると――？」

「あの人は教師です。自分が教えている生徒のなかにどんな素質が――これはあなたがさきほど使われた言葉ですが――潜んでいるかを、わたしなどよりずっとよくご存じです」

ミセス・ドレイクは言葉を切り、それから言った。

「ミス・エムリンもそうです」

「校長先生の？」ポアロは意外そうな顔をした。

「ええ。あの方はなんでもよくご存じです。生まれながらの心理学者ですね。あなたはさきほど、誰がジョイスを殺したかについて、わたしが何か推理を――おぼろげな形をとりはじめた推理を――しているのではないか、とおっしゃいましたね。わたしには見当もつきません。でも、ミス・エムリンなら何か推理してらっしゃるかもしれません」

「それは興味深い――」

「あの方が証拠をつかんでいるという意味ではないのですよ。何かご存じのはずだと申し上げているのです。ミス・エムリンがその気になれば、あなたに話してくださるかもしれませんが――たぶん無理でしょうね」

「なるほど、ようやくわかってきました。まだまだ遠い道のりだということが。みなさん、あれこれご存じです――だが、わたしには何も言ってくれません」ポアロは何やら考えこむ様子でミセス・ドレイクを見た。

「あなたのおばさんにあたるミセス・ルウェリン＝スマイスの屋敷には住みこみのオペアガールがいて、夫人の身のまわりの世話をしていましたね。外国人の女だった」

「地元のゴシップをいろいろとご存じのようね」ミセス・ドレイクは皮肉っぽく言った。「ええ、たしかにそういう女がおりました。おばの死後しばらくすると、急にいなくなってしまいました」

「理由があってのことと思いますが」

「こんなことを言うと名誉毀損になるかもしれませんけど――あの女がおばの遺言書の補足書を偽造したのは――あるいは、誰かが手を貸して偽造させたのは、疑いのないことだと思います」

「誰か？」

「あの女はメドチェスターの法律事務所に勤める青年と親しくしていました。青年は前にも偽造事件に関わったことがあります。遺言書の偽造が法廷で審理されることはありませんでした。女がいなくなったからです。女は遺言書の検認を受けるのは無理で、法廷で争われることになりそうだと気づいたのでしょう。姿を消してしまい、その後の消息は誰も知りません」

「わたしが聞いた噂だと、その女の実家も崩壊していたそうですね」ポアロは言った。

ミセス・ドレイクが彼に鋭い目を向けたが、ポアロは愛想のいい笑顔を見せた。

「いろいろとお話が伺えてよかったです、マダム」

ミセス・ドレイクの家を出たポアロは本通りから脇道に入り、〝ヘルプスリー墓地への道〟と記されたその道をしばらく歩いた。墓地まではそれほど遠くなかった。歩いてせいぜい十分ぐらい。できてからまだ十年もたっていないのは明らかで、たぶん、ウッドリー・コモンが住宅地として大きくなってきたので、それに合わせて造られたのだろう。手ごろな大きさの教会には二、三百年の歴史があり、周囲の小さな墓地はすでに墓でいっぱいだ。そこで新しい墓地が造られ、歩行者用の小道が野原をふたつ越えてこの墓地と教会を結ぶことになったわけだ。ポアロは思った——実用的な現代の墓地で、こういう場にふさわしい感傷的な言葉が大理石や花崗岩の墓石に刻まれている。装飾用の壺が置かれ、砂利が敷かれ、灌木や花々が少し植えてある。だが、趣きのある古い墓碑銘や碑文はどこにもない。古物研究家が興味を持ちそうなものもない。清潔で、こぎれいで、整然としていて、感傷的な雰囲気がほどよく添えてある。

ポアロはやがて足を止め、ある墓の上に立てられた銘板の文字を読んだ。周囲にあるいくつかの墓と同じころにできたもので、いずれもまだ二、三年しかたっていない。この銘板にはシンプルな墓碑銘が刻んであった。

〝神は愛する者に眠りを与えたまえり〟

ロウィーナ・アラベラ・ドレイクの愛する夫
ヒューゴ・エドマンド・ドレイクの思い出に捧げる
一九――年三月二十日逝去

エネルギーにあふれたロウィーナ・ドレイクに会ってきたばかりのポアロの胸に、亡くなったドレイク氏にとって眠りは歓迎すべきものだったかもしれない、という思いが浮かんだ。

半透明のアラバスターの壺がちょうどいい場所に置いてあり、枯れた花が入っていた。この世を去った善良な市民たちの墓を守るために雇われていると思われる年配の庭師が、ポアロのほうにやってきた。鍬とホウキを脇にどけて、しばらく世間話をしようというのだろう。

「このへんじゃ見かけねえ顔だね、旦那」

「そのとおり」ポアロは答えた。「わたしの祖先たちと同じく、わたしもあんたに会うのは初めてだ」

「おお、それそれ。よく似た碑文がどっかにありますぜ。あっちの角の墓だ」庭師は話を続けた。「この人は立派な紳士だったよ、ドレイクさんは。脚が悪かった。小児麻痺（ポリオの別名）とかいうやつさ。もっとも、あの病気にかかるのは子どもばっかじゃねえ。大人もかかる。男も女もかかる。うちの女房のおばさんってのがね、スペインでかかっちまった。ツアーで出かけて、どっかの川で泳いだらしい。あとになって人が言うには、水が汚染されてたって話だが、そいつらだってわかっちゃいねえと思うよ。わしに言わせりゃ、医者もおんなじさ。それでも、最近はずいぶん変わってきた。子どもたちに予防接種なんかするようになった。患者の数も昔に比べると減ってきた。そうさ、あの人は立派な紳士で、愚痴なんかこぼさなかった。けど、きっと辛かっただろうな。脚のことで。元気なころはスポーツ万能だった。村のクリケットチームでがんがん打ってくれた。場外までボールを飛ばして何回も六点打になったもんだ。うん、立派な紳士だった」

「交通事故で亡くなったんだったね？」

「そうでさ。道路を渡ろうとして。夕暮れどきだった。車が走ってきた。乗ってたのは、耳のとこまで髯を生やした若いちんぴらふたり。現場を目撃した連中はそう言ってる。車は止まりもしなかった。そのまま走り去った。様子を見ようともしねえで。三十キロほど離れた駐車場に乗り捨ててあった。おまけに、そいつらの車じゃなかった。別の駐車場から盗んできたものだった。ひでえ話だよ。近ごろはそういう事故が多くてな。しかも、警察はなんにもしてくれん。奥さんってのが夫によく尽くした人で、ずいぶん辛い思いをしたようだ。ほとんど毎週、墓参りに来ますぜ。花を供えてく。うん、深く愛しあってた夫婦だね。あの奥さん、ここにずっと住むつもりはなさそうだ」

「本当かね？　だが、ここに立派な家があるじゃないか」

「うん、そりゃそうだ。それに、村でいろんな役目をひきうけてる。いろいろとさ――婦人会、お茶の会、さまざまな社交行事、その他いろいろ。自分が中心になって、あれこれやってる。やりすぎだって言う者もいるぐらいだ。仕切りたがるタイプ。おまけにお節介――一部ではそう言われてる。けど、牧師さんはあの奥さんを頼りにしてなさる。新しいことに挑戦する奥さんだからね。女性運動とか、そういったことに。旅行や行楽の計画なんかも。まあ、そんな感じさ。わしゃ、よく思ったもんだ――うちの女房に言うつもりはないがね――奥さん方がそういうことを熱心にやったところで、人に好かれる人間になれるわけじゃねえ。いつだって、自分がいちばんよく知ってると思いたがる。いつだって、これをしなきゃならん、あれはしちゃいかんと命令する。そこに自由はねえ。もっとも、このごろはどこを探しても自由なんてねえけどな」

「だが、あんたはミセス・ドレイクがここを出ていくと思ってるんだね？」

「あの奥さんがここを離れて外国に住むことにしても、わしゃ、驚きゃしませんよ。あの夫婦は海外旅行が好きで、休暇にはよく出かけてたもんだ」

「ミセス・ドレイクはここを離れたがってると、あんたが思うのはなぜだね？」

老いた庭師の顔に、不意にいたずらっぽい笑みが浮かんだ。

「うん、まあ、あの奥さんはここでできることをみんなやっちまったからな。聖書ふうに言うなら、耕せるブドウ畑を必要としてるってことさ。あの奥さんは世のためにもっと活動したがってる。だが、このあたりでできることはなくなっちまった。全部やりつくした。よけいなことまでやってくれたと思ってる者もいる。ほんとだよ」

「耕す畑が新たに必要だってことか？」

「まさにそれだ。奥さんにしてみりゃ、どっかよそへ移るほうがいいわけさ。やることがどっさりあって、おおぜいの前で仕切ることができる土地へ。ここではさんざん仕切ってきたし、やることもたいして残ってねえからね」

「そうかもしれんな」

「介護しなきゃならん夫はもういない。ずいぶん長いあいだ介護してきた。それがまあ、奥さんの生き甲斐ってもんだった。夫の介護と外でのいろんな活動のおかげで、いつも忙しくしていられた。一日じゅう忙しくしてるのが好きな人だ。それに、気の毒なことに子どもがいない。だから、どこかよその土地へ越して新しくやりなおすつもりじゃないかと、わしゃ見てるんだ」

「もっともな意見かもしれん。越すとしたらどこだろう？」

「さあ、そいつはわからんが。リヴィエラみたいなとこかな――あるいは、スペインかポルトガルへ行く連中もいる。あるいは、ギリシャの島とか。奥さんがギリシャの話をするのを聞いたことがある。ツアーでギリシャへ行ったことがあるらしい。古代ギリシャのことを〝ヘレニック〟とか言うそうだね。わしに言わせりゃ、その言葉は地獄の業火ってイメージだが」

ポアロは笑みを浮かべた。

「ギリシャの島か」とつぶやいた。それから尋ねた。「あの奥さんのことは好きかね？」

「ドレイクの奥さん？　あんまり好きなタイプじゃねえな。まあ、いい人だよ。近所づきあいも、ほかのいろんなこととも、きちんとやってるし――ただ、いつも近所の連中に協力させようとする――わしが思うに、やるべきことをきちんとやる人間ってのは、人からあんまり好かれんもんだ。あの奥さん、わしにバラの剪定（せんてい）の仕方を教えたりするんだぜ。わしのほうがよく知ってるのに。それから、新種の野菜を育てるよう、わしにいつも言ってくる。わしゃ、キャベツだけでいい。キャベツしか作るつもりはない」

　ポアロは微笑した。「そろそろ行かなくては。ニコラス・ランサムとデズモンド・ホランドの家はどこか、教えてもらえないかな？」

「教会を通りすぎて左側の三軒目だ。ふたりともミセス・ブランドの家に下宿して、メドチェスター工業学校に通ってる。この時間ならもう帰っとるころだ」

　庭師はポアロに興味津々という目を向けた。

「つまり、あんたはそっちのほうを考えてるわけかい？　同じことを考えてる者がすでに何人かいるが」

「いや、まだ何も考えていない。しかし、あのふたりもパーティに出ていた――それだけのことさ」

　別れの挨拶をして歩き去りながら、ポアロはつぶやいた。「あのふたりもパーティに出ていた――リストも終わりに近くなってきたぞ」

第十五章

ふたりの目が心配そうにポアロに向けられた。

「ほかにどんな話ができるか、よくわからないのですが。ぼくたち、すでに警察からいろいろ訊かれていますし、ムッシュー・ポアロ」

ポアロは片方の男の子からもうひとりのほうへ視線を移した。ふたりとも自分たちを男の子とは思っていないだろう。努めて大人っぽい態度をとろうとしている。だから、目を閉じて聞いていれば、ふたりの会話はさながら年配のクラブ会員どうしのやりとりのようだ。ニコラスは十八歳。デズモンドは十六歳。

「わたしは友達に頼まれて、ある場所に集まっていた人びとに質問してまわっているところなんだ。ハロウィーンのパーティそのものではなく、パーティの準備に参加した人びとに。きみたちはふたりとも準備を手伝ったそうだね」

「ええ、そうです」

「わたしはこれまでに、掃除に来ていた女性たちに質問し、警察の意見を聞かせてもらい、医者――最初に遺体を調べた医者――と話をし、パーティの準備を手伝った学校の先生や、校長先生や、嘆き悲しんでいる被害者の親から話を聞き、村のゴシップをずいぶん仕入れた。ところで、この村には魔女がいるそうだね？」

ポアロと向かいあったふたりの若者は笑いだした。

「マザー・グッドボディのこと？　ええ、パーティに来て、魔女の役をやりましたよ」

「わたしはいまようやく、若い世代に出会うことができた」ポアロは言った。「鋭い目と耳を持ち、最新の科学知識を備え、冷静な判断ができる子たちに。今回の事件について、きみたちの意見を聞きたいと思っている。ぜひ聞かせてくれたまえ」

十八歳と十六歳――目の前のふたりを見ながら、ポアロは心のなかで考えた。警察から見れば青年、自分から見れば少年、新聞記者から見れば思春期の男子。まあ、呼び方はどうでもいい。この時代の若者だ。どちらもけっしてバカではない。ポアロが会話を始めるためにお世辞を並べて褒めたほどの高い知性は期待できないにしても。ふたりはパーティに出ていた。パーティの準備のときもミセス・ドレイクの手伝いをしていた。

脚立にのぼったり、黄色いカボチャをちょうどいい場所に置いてまわったり、色のついた電球をともすために簡単な電気工事をしたり、十代の少女たちの期待に応えるために、写真を巧みに加工して未来の夫のインチキ写真を作ったりした。ふたりはまた、ラグラン警部が考えている最有力容疑者の年齢層にたまたま該当するし、年老いた庭師もそう思っているようだ。ここ数年、この年齢層の若者による殺人の比率が高くなっている。もっとも、ポアロ自身には若い連中を疑ってかかるつもりはないが、この世の中、何が起きても不思議はない。二、三年前に起きた殺人事件だって、十二歳から十四歳ぐらいの少年か、青年か、思春期の男子が犯人かもしれない。最近の新聞には、そういう事件がよく出ている。

内心のこうした疑いを、ポアロはいわば〝カーテンの陰へ〟一時的に追いやり、かわりに、ふたりの顔立ち、服装、態度、声などのチェックに専念した。こちらからお世辞を並べ立て、外国人っぽい態度をうんと強調して、そういう隠れ蓑をまとっておけば、ふたりとも油断してポアロを見下すようになる。もっとも、そんな思いは丁寧な態度と礼儀作法の陰に隠しておくだろう。なにしろ、ふたりの礼儀作法は完璧だ。十八歳のニコラスはハンサムで、短い頬髭を生やし、髪は肩のあたりまで伸ばして、喪服のような黒をまとっている。ただし、先日殺された少女の喪に服しているのではなく、明らかに、最近のこういう流行が彼の好みなのだ。年下のデズモンドのほうは、ローズピンクのベルベットの上着、藤色のズボン、そして、フリルつきのシャツ。ふたりとも服装にずいぶん金をかけているようだ。もちろん、地元で買ったものではない。代金は両親や後見人に出してもらうのではなく、たぶん、自分で払っているのだろう。

デズモンドの髪は生姜色で、ふわふわしていて豊かだった。

「きみたち、パーティの日の午前中か午後にあの家へ行って準備を手伝ったそうだね？」

「昼過ぎでした」ニコラスがポアロの言葉を訂正した。

「どんな手伝いをしたのかな？　準備の様子を何人かから聞いてみたが、どうもはっきりしなくてね。人によって話が違うんだ」

「例えば、照明の準備なんかけっこう手伝いました」

「脚立にのぼって照明を高いところにとりつけたりもしました」

「写真の加工もけっこう上手にできましたよ」

デズモンドがすぐさまポケットに手を突っこんで、紙ばさみをとりだし、何枚かの写真を得意そうにひっぱりだした。

「こういうのを前もって作っておくんです。女の子たちの未来の夫の写真を。女の子って小鳥みたいなもので、どの子もよく似てます。みんな、いまふうの男が好きなんだ。どの写真も悪くないでしょう？」

デズモンドが何枚かの写真をポアロに渡すと、ポアロは少々ぼやけたその写真に、好奇心に満ちた目を向けた。一枚目は生姜色の顎鬚の若者、二枚目はつやつやした髪の若者、三枚目は髪が膝まで届きそうな若者。また、いろんな頰髭や、その他の変装材料をつけた写真もあった。

「全部違って見えるようにしたんです。悪くないでしょう？」

「モデルが何人かいたわけだね？」

「いや、みんなぼくたちですよ。ちょっと加工しただけです。ニコラスとふたりでやりました。ニコラスがぼくの特徴を少し混ぜ、ぼくもニコラスの特徴を少しもらう。髪形をいろいろ変える」

「たいしたものだ」ポアロは言った。

「ピントを少しぼかすんです。そうすれば、いわゆる心霊写真っぽい感じになるから」

デズモンドが言った。

「ミセス・ドレイクがすごく喜んでくれました。よくできてると言って。大笑いしてました。種明かしをすると、ぼくたちが照明にちょっと細工をした結果なんです。電球を一個か二個とりつけておき、女の子が椅子にすわって手鏡を持つと、ぼくたちのどっちかが位置につく。スクリーンの上に顔を出せば、女の子の手鏡に適当な髪形の男が映しだされるわけです。顎鬚や、頬髭や、そのほかの変装材料をつけて」

「それがきみたちだってことは、女の子にわかるのかね？」

「いや、まったくわからないと思います。パーティの場では誰も気づいてなかったし。ぼくたちがあの家で準備を手伝ってたのは、女の子たちも知ってたけど、鏡に映ったのがぼくたちだとは気づかなかったと思います。みんな、それほど鋭くないから。それに、ぼくたちのほうもイメージを変えるために簡単なメイクをしてました。最初はぼく、次にニコラス。女の子たちはキャーキャー、ワーワー、大騒ぎ。すごくおもしろかった」

「ところで、あの日の午後は誰が来ていたのかな？　パーティに出てた人びとの名前は思いださなくてもいいから」

「パーティには三十人ぐらい来て、みんな、うろうろしてました。午後の準備のときは、もちろんミセス・ドレイクがいたし、ミセス・バトラーも来てました。学校の先生もいたな。たしか、ホイッティカーって名前だった。ミセス・フラターバットとか、そんなような名前の人もいました。オルガン奏者の妹か奥さんです。それから、医者のファーガソン先生のとこで薬剤師をやってるミス・リー。午後から休みだったんで、手伝いに来てくれたんです。子どもたちも何人か、何か役に立とうとしてやってきました。ただし、そう役に立ったとは思えないけど。女の子はみんなでうろついて、キャーキャー笑ってるだけでした」

「なるほど。どんな女の子が来てたか、覚えてるかね？」

「ええと、レナルズ家の子たちがいました。もちろん、気の毒なジョイスも。殺された子です。それから、姉のアン。いやな子で、すごく偉そうにしてます。自分はめちゃめちゃ頭がいいって思ってるんだ。全科目でAをとってみせると言って自信満々。それから、弟のレオポルド。これがまたとんでもない子でね」デズモンドは言った。「こそこそうろつきまわる。盗み聞きをする。告げ口をする。まったくいやなガキだ。それから、ビアトリス・アードリーとキャシー・グラントもいました。ぜんぜん目立たない子たちです。もちろん、働き者の女の人もふたり来てました。掃除の人たちです。それから、女性作家もいましたね——あなたをここにひっぱってきた人です」

「男性は？」

「ええと、牧師さんがちょっと顔を出しました。あの人も勘定に入れるのなら。あんまり目立たないけど、いい人ですよ。それから、新任の副牧師さん。緊張すると言葉がつっかえる人です。こっちに来てまだそんなにたってません。いまのところ、思いだせるのはそれぐらいかな」

「すると、そのジョイス・レナルズという子が殺人現場を見たとかなんとか言うのを、きみも聞いたわけだね」

「いや、聞いてないです」デズモンドは言った。「ほんとに言ったんですか？」

「うん、みんながそう言ってるよ」ニコラスが言った。「ぼくも聞いてないけど。ジョイスがそう言ったとき、ぼくはたぶん、その部屋にいなかったんだと思う。ジョイスはどこにいたんだろう？──その話をしたとき」

「客間だ」ポアロは言った。

「あ、そうですね。何か特別の用がないかぎり、ほとんどの人が客間に集まってたから。もちろん、ニコラスとぼくは──」デズモンドが言った。「女の子たちの手鏡に本当の恋人の顔が映ることになってる部屋のほうにいました。ワイヤやなんかをとりつけてたんです。あとは階段に出て、色つきの電球を飾ってました。一度か二度、客間に入って、カボチャを高いところに置いたり、中身をくり抜いて照明が入れられるようにしてあるカボチャを吊るしたりしました。でも、客間にいたあいだ、そんな話は聞かなかったな。きみはどうだい、ニコラス？」

「聞いてない」ニコラスは言った。興味を持った様子でつけくわえた。「ジョイスはほんとに人殺しの現場を見たって言ったの？　だとしたら、めちゃめちゃ興味深い。そうだろ？」

「何がそんなに興味深いんだ？」デズモンドが尋ねた。

「だってさ、それってＥＳＰ、つまり超能力ってことだろ？　まさにそれだよ。ジョイスが殺人現場を見たと言って、それから一時間か二時間もしないうちに、そう言った本人が殺されてしまった。あの子、幻覚でも見たんじゃないか。ちょっと気になるな。最近おこなわれた実験によると、人の頸動脈に電極か何かをとりつけることで、その人に幻覚を見させることができるらしい。そんな記事を読んだことがある」

「ＥＳＰの実験って、あんまり成果が上がってないぜ」デズモンドが軽蔑するように言った。「別々の部屋に人をすわらせて、トランプの札とか、四角や幾何学模様を書いた紙を片方の部屋の人間に見せる。だけど、もういっぽうの部屋の人間がそれを正しく透視するなんて、いまのところ、ほとんど無理だね」

「いや、それをやるには、かなり若くないとだめなんだ。大人より思春期の子のほうがずっとうまくできる」

エルキュール・ポアロはこのようにレベルの高い科学的議論に耳を傾ける気などなかったので、話に割りこんだ。

「きみたちが覚えているかぎりでは、あの家にいたあいだ、不吉なことや、何か意味がありそうなことは何も起きなかったわけだね。ほかの人が気づかなくても、きみたちなら注目したかもしれないといったことは」

ニコラスとデズモンドは思いきり眉を寄せた。重大な出来事を思いだそうと必死に頭を働かせている様子だった。

「誰もがしゃべったり、準備をしたり、あれこれ作業したりしてただけです」

「きみ自身の推理はどうだね？」

ポアロはニコラスに問いかけた。

「あの……ジョイスを殺した犯人は誰かってことですか？」

「そう。純粋に心理学的な面から見て疑わしいと思われるような出来事に、きみが何か気づかなかったかと思ってね」

「ええ、おっしゃる意味はわかります。その点が重要かもしれないんですね」

「ぼくはホイッティカーが怪しいと思う」ニコラスが考えこんでいるあいだに、デズモンドが言った。

「学校の先生の？」ポアロは尋ねた。

「そう。独身で中年の先生です。刺激に飢えている。毎日授業をするだけ。まわりは女の先生ばっかり。そういえば、一年か二年前に先生が絞め殺された事件があったな。ノラ・アンブローズって覚えてるかい？　その先生と同居してた女。顔は悪くなかった。

つきあってた男がひとりかふたりいたみたいで、一緒に住んでた先生がそのことで頭に来てたらしい。誰かから聞いた話だけど、シングルマザーになったそうだ。病気ということで二学期間休職して、また戻ってきたとか。ゴシップ好きな土地柄だから、みんな、どんなことでも言うんだよな」

「それはともかく、ホイッティカーはあの日の午前中、ほとんど客間にいただろ。ジョイスの言葉をたぶん聞いてるはずだ。しっかり頭に刻みつけたかもしれない。そうだろ？」

「あのさ」ニコラスが言った。「もしホイッティカーだとすると——あの先生、いくつぐらいだと思う？　四十を過ぎてる？　もうじき五十ってとこかな——年をとると、女って性格が変わってくるらしいよ」

デズモンドはポアロを見た。主人の命令で何か役に立つ品をとってきて得意そうな顔をしている犬のようだった。

「だとしたら、エムリン校長が知ってるはずだよ。学校で起きてることで、あの校長先生が知らないことはほとんどないから」

「話してくれないんじゃないか？」

「もしかしたら、ミス・ホイッティカーを守らなきゃと思うかも」

「いや、そんなことはないと思う。エリザベス・ホイッティカーが変になったと校長先生が思ったとすれば。だって、学校の生徒がうんと殺されるかもしれないだろ」

「副牧師はどうだろう？」デズモンドが期待をこめて言った。「あいつ、やっぱりちょっと変かも。だってさ、原罪とかなんとか、それから水とか、リンゴとか、いろいろあるじゃないか――よし、いい考えが浮かんだ。あの男が少しおかしいと仮定しよう。この土地に来てから、まだそんなにたってない。あの男のことを詳しく知ってる者は誰もいない。スナップドラゴンのせいでおかしくなったとしたら？　地獄の火！　立ちのぼる炎！　やがて、副牧師はジョイスをつかまえて、〝一緒においで。いいものを見せてあげよう〟と言ってから、リンゴが置いてある部屋へ連れていき、〝膝を突いて〟と言う。〝これは洗礼だよ〟と言って、ジョイスの頭をバケツに沈める。どうだい？　ぴったり合うだろ。アダムとイブ、リンゴ、地獄の火、スナップドラゴン、そして、罪を清めるための洗礼のやりなおし」

「たぶん、その前に自分のものを露出してるぜ」ニコラスが期待をこめて言った。「だって、こういうことの陰にはいつだって性的なものがあるだろ」

ふたりはポアロに得意そうな顔を向けた。

「ふむ」ポアロは言った。「参考になる意見をいろいろ聞かせてもらった」

第十六章

エルキュール・ポアロはミセス・グッドボディの顔を興味深そうに見た。魔女キャラとして申し分がない。愛想のいいことこの上なしの女性だが、それでもやはり、これぞ魔女というイメージを消し去ることはできない。ミセス・グッドボディはいそいそと楽しそうに話を始めた。

「ええ、あたしゃ、あそこにいましたとも。この村では、いつだってあたしが魔女の役をやるんです。去年なんか、牧師さまが褒めてくれましてね、野外劇の魔女役がとてもよかったと言って、新しいとんがり帽子をくださったんですよ。魔女の帽子だって、ほかのものとおんなじように古びていきますからね。ええ、あの日はあのお宅にいました。詩を作りました。女の子たちのために、その子の名前を入れて詩を作るんです。ビアトリスのために、アンのために、そのほかみんなのために。霊魂の声を担当する人たちに詩を渡しておくと、その人たちが声を合わせて、手鏡を覗いてる女の子に詩を聞かせる。

そして、ふたりの若者——ニコラスとデズモンド——がインチキ写真を上からひらひら落とす。なかには思わず噴きだしたくなる写真もありました。あのふたりが顔じゅうに鬚をくっつけて、おたがいの写真を撮りっこするんだから。しかも、着てる服の派手なこと！　こないだデズモンドに会いましたけどね、あんなもの着るなんて、まったく信じられませんよ。ローズピンクの上着に淡い黄色のズボンだなんて。女の子も顔負けだ。女の子が考えるのはスカート丈を短くすることばっかり。けど、それも面倒なんですよ。下にはくものを増やさなきゃいけないから。ほら、ストッキングとかタイツとか。あたしの若いころなんか、そういうのをはいてたのはコーラスガールぐらいなもんでしたが、いまの子はそんな品に小遣いをはたいちまうんですね。だけど、男の子ときたら——まったくもう、あれじゃまるでカワセミか、孔雀か、極楽鳥ですよ。まあ、あたしだって華やかな色を見るのは好きだし、絵で見るような昔の時代に生まれてたらきっと楽しかっただろうって、いつも思いますけどね。誰もがレースをつけて、髪をカールさせて、騎士の帽子をかぶってた時代です。女たちは目を奪われたことでしょうね。それから、ぴったりした上着にストッキング。古い時代の女たちが考えてたことといえば、あたしが知るかぎりでは、風船みたいに膨らませたスカートをはいて——あとになって〝クリノリン〟と呼ばれるようになるやつですけど——首に大きなひだ飾りをつけることだけ！　うちのおばあさんからよく聞いた話ですけど、おばあさんがお仕えしてたお屋敷の若いお嬢さまがたは――あ、うちのおばあさん、ヴィクトリア時代に上流のお屋敷へご奉公に上がってたんです。でね、そのお嬢さまがたは――ヴィクトリア時代の前だったかしら――梨みたいな形の頭をした王さまが玉座についておられたころのことですが――ウィリアム四世、たしか〝おバカなビリー〟ってあだ名で呼ばれてた王さまですよね――若いお嬢さまがたは、つまり、うちのおばあさんがお仕えしてた方々のことですけど、足首まで届く長いモスリンのドレスを着て、つんとすましていながら、モスリンを水で濡らして体にくっつくようにするんですって。ぴったりくっつくもんだから、体の線が丸見え。上品な顔で歩きまわるけど、紳士がたはたいそう興奮なさったそうです。

パーティのとき、ミセス・ドレイクにうちの〈魔女のガラス玉（ウィッチボール）〉をお貸ししました。どっかのがらくた市で買ったものです。いまはあそこの煙突の横に吊るしてあります。ほら、見えるでしょう？　よく光るきれいなダークブルーの玉。いつもは玄関の上にかけてあるんです」

「あんた、運勢占いもするのかね？」

「はいと答えるのはまずい。そうでしょう？」ミセス・グッドボディはくすっと笑った。「警察ににらまれちまう。もっとも、あたしの占いの結果を気にする人なんていやしませんけど。本物の占いじゃないしね。こういう村で暮らしてれば、誰と誰がつきあってるかぐらい、みんなが知ってるから、占いをするのは簡単なんです」

「ガラス玉を覗いて、誰があのジョイスという少女を殺したのか、見ることができるのかね？」

「旦那はごっちゃにしてなさる。覗けば何かが見えるのは、魔女のガラス玉じゃなくて水晶玉ですよ。あたしがもし、犯人は誰それだと思うと言ったら、旦那は気に入らないんじゃないですかね。自然に反することだとおっしゃりそうだ。しかし、自然に反することはいっぱいありますすよ」

「何か気づいたことがあるんだね」

「ここは暮らしやすい土地です。だいたいにおいて。つまり、ほとんどの住人はまっとうだ。けど、どこにでも悪魔の仲間が住んでるもんです。生まれながらの悪魔が」

「あんたが言ってるのは——黒魔術のことか？」

「いやいや、そんなことは言ってません」ミセス・グッドボディは軽蔑の口調になった。「黒魔術なんてばかばかしい。それらしい格好をして、くだらないことをやりたがる連中のためのものです。不純な行為とか、そんなようなことを。いえ、あたしが言ってるのは、悪魔に手を触れられた者のことです。生まれつきそうなんです。魔王(ルシファー)の息子たち。

生まれつきそういう人間だから、自分の得になるんだったら、人を殺すぐらい平気なんです。ほしいものがあれば、手に入れようとする。どんなことをしてでも手に入れる。天使のように愛らしい顔をしててもね。昔、こんな少女がいました。七歳だった。弟と妹を殺したんです。双子でした。生後わずか五カ月か六カ月だった。乳母車のなかで窒息死させたんです」

「ウッドリー・コモンで起きた事件かね？」

「いやいや、ウッドリー・コモンじゃないです。たしか、ヨークシャーの事件だった。いやな事件でしたよ。その少女も愛らしい顔をしてました。背中に羽根をつけて壇の上に立たせ、クリスマスの讃美歌を歌わせたら、まさに天使の役にぴったりだったでしょう。だけど、あの子は天使じゃなかった。中身が腐ってた。あたしの言う意味、わかりますよね？　旦那は若い人じゃない。この世にどれほど邪悪がはびこってるか、よくご存じのはずだ」

「遺憾ながらね！　あんたの言うとおりだ。よく知っているとも。もしジョイスが本当に殺人現場を見たとすると――」

「見たなんて、誰が言いました？」

「ジョイスが自分でそう言った」

「信じる理由なんて、どこにもありゃしません。あの子はいつだって嘘つきだった」ミセス・グッドボディはポアロに鋭い目を向けた。「まさか、そんなこと信じておいでじゃないでしょうね？」

「いや。信じている。ずいぶん多くの人に〝信じちゃいけない〟と言われたため、かえって信じる気になった」

「どこの家庭にも妙なことが起きるものでしてね」ミセス・グッドボディは言った。「例えば、レナルズ家もそうです。レナルズ氏は不動産屋をしています。商売繁盛って感じじゃないし、これから先もだめでしょう。要するに、ぱっとしない人物ですね。ミセス・レナルズのほうは心配性で、何かあるとすぐおろおろする。三人の子どもはというと、親に似た子はひとりもいません。いちばん上がアン、頭のいい子です。学校の成績もいいみたいだし。大学へ行くのは間違いない。先生にでもなるつもりでしょう。ただ、うぬぼれの強い子でしてね。あんなうぬぼれ屋とは誰も友達になりませんよ。男の子だってアンには見向きもしません。次の子がジョイス。アンみたいに頭のいい子じゃないし、弟のレオポルドの頭の良さには及びもしない。でも、利口になりたいと願ってました。いつだって人より多くのことを知りたがり、何をするにしても人より上手にやりたがり、人の注意を惹くためならどんなことでも言う子でした。でも、あの子の言葉はひとことだって信じちゃいけません。十のうち九までが嘘なんだから」

「では、男の子は？」

「レオポルド？　そうですね、まだ九歳か十歳だと思うけど、ものすごく頭のいい子です。手先も器用だし。物理学みたいなのをやりたいみたいです。算数も得意ですね。学校の先生もみんな驚いてます。そう、利口な子です。将来は科学者になるでしょう。ただ、こう言っちゃなんですけど、あの子が科学者になったときに何をするか、何を考えるかというと――きっと、邪悪なことばかりですよ。例えば、原子爆弾とか！　そういうのを研究して、頭がいいから、地球の半分を吹っ飛ばすようなものを考えだすに決まってます。ついでに、あたしたち哀れな人類も吹っ飛ばされちまう。レオポルドには気をつけないと。人をだます。盗み聞きをする。人の秘密を残らず探りだす。どっから小遣いを手に入れてるのか、知りたいもんですよ。父親や母親にもらったものじゃないですね。両親には小遣いをたくさん渡せるような余裕はない。ところが、レオポルドはいつもお金をたくさん持ってます。靴下の引き出しの奥に隠してます。それでいろんなものを買うんです。高価な実験器具なんかを。どっからお金を手に入れるんでしょう？知りたいもんです。人の秘密を探りだし、口止め料として巻き上げてるんじゃありませんかね」

ミセス・グッドボディはここでひと息入れた。

「まあ、結局のところ、お役に立てそうもないですけど」

「いやいや、大いに助かりました」ポアロは言った。「ところで、失踪したと言われている外国人の女はどうなったんでしょうな？」

「遠くへは行ってないと思いますよ。〝カランコロンと鐘が鳴る、子猫ちゃんは井戸のなか〟わたしの頭に浮かんでくるのは、いつもこの子守歌なんです」

第十七章

「あのう、奥さん、ちょっと聞いていただきたいことがあるんですが」

ミセス・オリヴァーはバトラー家のベランダに立ち、エルキュール・ポアロの姿が見えないかと目を凝らしていたところだったが——彼から電話があって、そろそろ訪ねてくることになっている——誰かに声をかけられてそちらを向いた。

こざっぱりした服装の中年女性がそこに立ち、こぎれいな木綿の手袋をはめた手を神経質そうに揉みあわせていた。

「はい？」ミセス・オリヴァーは問い詰めるような口調になった。

「お邪魔して申し訳ありません、奥さん。でも、ちょっと——あのう、ちょっと……」

ミセス・オリヴァーは相手の言葉に耳を傾けていたが、話の先を促そうとはしなかった。この人はなぜこんなにおどおどしているのかと首をひねった。

「小説を書いておられると聞きましたが、そうなんですか？　犯罪とか、殺人とか、そういった小説を」

「ええ。書いてますよ」

ミセス・オリヴァーの好奇心が高まった。サインをねだりに来たの？　それとも、サイン入りの写真がほしいとか？　いったいなんなの？　人生には思いもよらないことが起きるものだ。

「奥さんにお尋ねすれば大丈夫だと思いまして」女性は言った。

「まあ、おすわりくださいな」ミセス・オリヴァーは言った。

このミセスなんとかが――結婚指輪をはめているので、ミセスであることは間違いない――話の要点に入るのにぐずぐずと時間のかかるタイプであることを、ミセス・オリヴァーはすでに見抜いていた。女性は椅子にすわり、手袋をはめた手をあいかわらず揉みあわせていた。

「何か心配ごとでも？」会話のきっかけを作ろうとして、ミセス・オリヴァーは言った。

「あのう、アドバイスをいただきたくて。ほんとなんです。かなり前に起きたことですけど、そのときはあまり気にならなくて。でも、わかってもらえますよね。何度も何度も考えてみて、相談できる人がいればいいのにと思うようになったんです」

「なるほど」おざなりな相槌ではあったが、相手の信頼を得られるように願いながら、ミセス・オリヴァーは言った。

「このあいだ起きたことを考えてみると、どうすればいいのかわからなくて」

「どういう意味でしょう――?」

「ハロウィーン・パーティだかなんだか、とにかくあの場で起きたことですよ。この村に信用できない人間がいるって証拠じゃないですか。そして、その前に起きたことは、ほんと言うと、みんなの想像とは違ってたんです。つまり、みんなが思ってたようなことじゃなかったのかもしれない。わたしの言いたいこと、わかってもらえます?」

「はァ……」この短い言葉に、さらに強く問い詰めるような響きをこめて、ミセス・オリヴァーは言った。「まだお名前も伺っていませんけど」

「リーマンといいます。ミセス・リーマン。この村に住む奥さんたちに頼まれて、掃除の仕事をしています。五年前に夫が亡くなってからずっと。ミセス・ルウェリン＝スマイスのところへも掃除に行ってました。ほら、ウェストン大佐ご夫妻の前に〈石切り場の館〉に住んでた人ですよ。奥さんがミセス・ルウェリン＝スマイスをご存じかどうか知りませんけど」

「会ったこともないわ。わたしがウッドリー・コモンに来たのは今回が初めてなの」

「そうでしたか。では、あのころ何があったのか、どんな噂が立ったのか、ほとんどご存じないでしょうね」

「今回こちらに来てから、いろんな噂は聞きましたけど」

「あのう、わたし、法律のことはまったくわからないんで、法律の問題が出てくると、いつも困ってしまうんです。弁護士さんに相談しても話がややこしくなるだけだし、かといって、警察へ行く気にはなれないし。法律の問題ってことなら、警察は関係ないですよね？」

「ええ、たぶん」ミセス・オリヴァーは用心深く答えた。

「あのころ噂になってた〝コディ〟なんとかのことは、たぶんご存じですよね——よく覚えてないけど、たしか〝コディ〟がつく言葉でした。魚のタラに似たような」

「遺言補足書（コディシル）のこと？」

「ええ、それです。わたしが言ってるのはそれなんです。ミセス・ルウェリン＝スマイスがそのコディ——ええと、遺言補足書（コディシル）をお作りになって、身のまわりのお世話をしていた外国人の女に全財産を譲ることになさったんです。びっくり仰天ですよ。だって、身内のご夫婦がこちらに住んでて、奥さまはその近くで暮らすために越してらしたんですから。ご夫婦を可愛がってて、とくにドレイク氏のことがお気に入りでした。だから、みんな、ひどく不思議に思ったんです。しばらくすると、弁護士さんたちがあれこれ言いだしました。ミセス・ルウェリン＝スマイスは補足書なんか書いてないって。外国からきたあのペアガールが遺産を独り占めしようとして、補足書を書いたんだって。そして、法律に訴えると言いました。ミセス・ドレイクは遺言書に反対するだろうって――あれ、この言葉で合ってますかね？」

「弁護士さんたちが遺言書に異議を唱えようとしたのね。ええ、その噂なら聞いてるわ」ミセス・オリヴァーは励ますように言った。「で、それについて何かご存じなのね、たぶん」

「わたし、悪いことするつもりはなかったんです」ミセス・リーマンは言った。めそめそした声になった。こういうめそめそした声を、ミセス・オリヴァーは過去に何度か耳にしたものだった。

こう思った――ミセス・リーマンって、なんだか信用できない女ね。たぶん、こっそり嗅ぎまわってドアのところで立ち聞きするようなタイプだわ。

「あのときは、わたし、何も言いませんでした」ミセス・リーマンは言った。「だって、事情がよくわからなかったから。でも、やっぱり変だと思って、こういうことをよくご存じの奥さんみたいな方に相談して、本当のことを知りたいと思ったんです。ミセス・ルウェリン＝スマイスのお宅でしばらく掃除の仕事をしてたもんですから、なんであんなことになったのか知りたいんです」

「なるほど」

「自分がしてはいけないことをしたと思ったのなら、もちろん、正直に白状したでしょう。でも、わたし、悪いことしたなんて思ってなかったんです。あのころは。わかってもらえますね」

「ええ、ええ。わかりますとも。話を続けましょう。遺言補足書のことだったわね」

「はい。ある日、ミセス・ルウェリン＝スマイスが――その日はお加減がよくなくて、わたしたちをご自分の部屋にお呼びになったんです。わたしとジムのふたりを。ジムというのは、庭仕事を手伝ったり、薪や石炭を運びこんだり、まあ、そういう仕事をしてる若い男です。それで、わたしたちが奥さまの部屋に入ると、奥さまは目の前の机に書類を置いてらっしゃいました。そして、あの外国人の女――わたしたちはみんな、ミス・オリガと呼んでましたが――その女のほうを向いて、〝席をはずしてちょうだい。いまからすることには関わってほしくないの〟とおっしゃったんです。そこでミス・オリガは部屋を出ていき、ミセス・ルウェリン＝スマイスはそばに来るようわたしたちに指示なさり、〝これはわたしの遺言書よ〟と言われました。書類の上のほうに吸いとり紙が置いてありましたが、下のほうははっきり見えます。奥さまは〝書類のここのところにわたしがあることを書くから、おまえたちには、わたしが書いたものと最後につけた署名の証人になってもらいたいの〟とおっしゃいました。そして、そのページに何か書きはじめたのです。使うのはいつも、カリカリと音のするペンで、ボールペンとかそういうものはぜったいお使いになりませんでした。二行か三行ほど書いてから、ご自分の名前を署名して、それからわたしに〝さてと、ミセス・リーマン、ここにおまえの名前を書いてちょうだい。おまえの名前と住所を〟とおっしゃって、次はジムに〝今度はおまえの名前をその下に書いて。住所もね。そこに。ええ、それでいいわ。さて、わたしがこれを書くのを見て、わたしの署名も見て、おまえたちの名前を書いたのだから、ふたりはこれで証人になったわけよ〟と言ってから〝これでおしまい。どうもありがとう〟とおっしゃいました。そこで、わたしたちは部屋を出ました。まあ、そのときはそれ以上何も考えなかったけど、ちょっと不思議な気はしたんです。そして、部屋を出ようとしてふりむいたとき、こんなことが起きました。あの部屋のドアはきちんと閉まらないんです。カチッと音をさせようと思ったら、強くひっぱらないといけません。それで、そうしようとしたら——覗いたわけじゃないですよ。わたしが何を言いたいのか、わかってもらえるなら——」

「ええ、わかりますよ」ミセス・オリヴァーはあたりさわりのない声で言った。

「ミセス・ルウェリン＝スマイスが椅子から立ち上がるのが見えました――関節炎を患っておられるので、ときどき、身体を動かすと痛いことがあるんです――そして、本棚まで行き、本を一冊抜いて、いま署名したばかりの書類を――封筒に入れてありましたが――その本にはさんだんです。いちばん下の棚にあった背の高い大きな本です。そして、それを本棚にお戻しになりました。わたしはそれきり、そのことをすっかり忘れていました。ええ、本当です。でも、大騒ぎになったとき、あのう、もちろん、思ったんです――とりあえず、わたし――」ミセス・リーマンは黙りこんだ。

ミセス・オリヴァーの心にひらめいたものがあった。

「でも、あなた――きっと、そのまま何もしなかったなんてことは――」

「あのう、正直にお話しします、ええ。自分が詮索好きな人間だってことは認めますよ。でもね、何かに署名したら、自分がいったい何に署名をしたのか知りたくなるものじゃありません？　人間ってみんなそうだと思うんです」

「そうよね」ミセス・オリヴァーは言った。「人間ですもの」

ミセス・リーマンって他人の家を嗅ぎまわるのが好きなんだわ――ミセス・オリヴァーは思った。

「でね、正直に申し上げますと、その翌日、ミセス・ルウェリン＝スマイスがメドチェスターまでお出かけになり、わたしがいつものように奥さまの寝室の掃除をしてたとき――寝室兼居間と言ったほうがいいでしょうか。なにしろ、奥さまはしょっちゅう横になっておられるので。でね、そのとき思ったんです――何かに署名したときは、自分が何に署名したのか、やっぱり知っておかなきゃって。分割払いで品物を買ったら、かならず言われますよね。契約書を隅々まで読むようにって」

「この場合は手書きの書類ね」ミセス・オリヴァーは言った。

「そこでわたしは考えました――ええ、誰にも迷惑はかからないわ。盗みを働くわけじゃないし。頼まれて署名をしたんだから、自分が何に署名したのか、やっぱり知っておかなきゃ、と。それで、本棚の本を順に見ていきました。どうせ、埃を払わなきゃいけなかったんです。例の本が見つかりました。いちばん下の棚にありました。とても古くて、ヴィクトリア女王の時代のものって感じの本。そして、たたんだ書類の入った封筒が出てきたんです。その本は『なんでも百科』という題名でした。それを見て、わざとその本が選ばれたような気がしました。わたしの言う意味、わかってもらえます？」

「ええ」ミセス・オリヴァーは言った。「きっと、わざとでしょうね。そこで、あなたは書類をとりだして見てみたのね」

「そうなんです。悪いことをしたのか、そうでないのか、自分でもわかりません。でも、とにかく、書類を見つけたんです。やっぱり法的な書類でした。最後のページに、前の日の午前中にミセス・ルウェリン＝スマイスがお書きになったものがありました。カリカリと音がする新しいペンで書き加えられたものです。奥さまの字は釘みたいですけど、くっきりしていて楽に読めました」

「それで、なんて書いてあったの？」ミセス・オリヴァーは尋ねた。胸に湧き上がった好奇心は、ミセス・リーマンが前に感じたものに負けないぐらい強烈だった。

「ええと、わたしが覚えてるかぎりでは――正確な言葉はよくわかりませんけど――補足書のことが何か書いてあって、遺言書に記された遺贈以外の財産は、病気の自分を優しく世話してくれたことへの感謝のしるしとして、すべてオリガに譲ると書いてありました――名字はうろ覚えですけど、たしかSで始まってたと思います。セミーノフか何かだったかしら。そんなことが書いてあって、奥さまの署名があり、わたしの署名とジムの署名もありました。それで、わたし、本をもとの場所に戻しておきました。奥さまのものをいじりまわしたのを知られたくなかったので。

でも、心のなかで思いました。やれやれ、びっくりだわ。あの外国の女が全財産を手に入れるなんて夢みたいな話ね、って。ミセス・ルウェリン＝スマイスが大金持ちだってことは、誰だって知ってますもの。旦那さんが造船会社の社長さんで、すごい財産を遺されたんですって。だから、幸運を独り占めする人たちもいるんだと思いました。じつは、わたし、ミス・オリガのことはあんまり好きじゃなかったんです。ときどき、きついことを言うし、ひどい癇癪を起こしたりする人だったから。でも、奥さまのことはいつも気遣って、優しくしてました。奥さまに気に入られようと必死になってて、まあ、うまくやったわけですよね。そこでわたしは思いました——全財産を身内じゃない者にあげるわけ？　奥さまったら、身内の人と喧嘩でもしたのかしら。でも、そのうち怒りも治まるだろうから、そしたらこの書類を破り捨てて、新しい遺言書か補足書を作るんじゃないかしら、って。でも、とにかくわたしはそんなふうに考えて、書類をもとに戻し、それきり忘れてしまったんです。

ところが、遺言書のことで大騒ぎになって、あれは偽造されたものだ、ミセス・ルウェリン＝スマイスが自分であんな補足書を書くはずはないって噂が広まったものだから——だって、みんながそう言うんです。あれを書いたのは奥さまじゃなくて、ほかの誰かが——」

「なるほど」ミセス・オリヴァーは言った。「それで、あなたはどうしたの？」

「何もしませんでした。だから悩んでるんです……どういうことなのか、すぐには理解できなくて。それで、いろいろ考えてるうちに、どうすればいいのかわからなくなって、まあ、ただの噂だからと思いました。だって、弁護士さんって外国人嫌いでしょ。世間の人はたいていそうですけど。わたしだって、正直なところ、外国人はあまり好きじゃありません。とにかく、噂にはなったけど、あの若い女ときたら、いかにも得意そうに気どって歩きまわり、うれしくてたまらないって顔をしてたから、わたし、思ったんです――法律にまかせておけばいいって。〝身内でもない女にミセス・ルウェリン＝スマイスのお金をもらう権利はない〟と、法律の世界の人たちが言うだろうって。それですべて解決です。まあ、ある意味では解決しましたよね。弁護士さんたちが訴訟を起こすのをやめたため、事件が法廷で争われることはなく、世間のみんなが知るかぎりでは、ミス・オリガが逃げてしまったから。だから、あの女が何かインチキをしたに違いないって、世間では言ってるんです。たぶん、奥さまを脅してあんなことをさせたんですよ。ああいう女は何するかわかりませんからね。わたしの甥に医者の卵がいまして、その子が言うには、催眠術をかければすごいことができるそうです。あの女、たぶん、奥さまに催眠術をかけたんですよ」

「どれぐらい前のこと？」

「ミセス・ルウェリン＝スマイスが亡くなったのは――ええと、二年ほど前でした」

「それなのに、あなたは気にならなかったの？」

「ええ、別に。そのころはね。だって、重要なことだなんて思わなかったから。何もかもちゃんと片づいたし、ミス・オリガがお金を持って逃げることはできなくなったから、わたしがしゃしゃりでることはないと思って――」

「でも、いまは考えが変わったわけね？」

「あのいやな死のせいですよ――リンゴを浮かべたバケツに子どもが顔を押しこまれた。あの子が殺人の話をして、殺人のことで何か見たとか、何か知ってるとか言ったせいです。だから、わたし、思ったんです。もしかしたら、ミス・オリガがお金を全部自分のものにできると思って奥さまを殺し、そのあとで騒ぎが起きて弁護士や警察が動きだしたもんだから、怖くなって逃げたんじゃないかって。そこで、あのう、たぶん――ええと、誰かに話さなきゃいけないと思い、奥さんだったら法律関係のお友達がおられるだろうと考えたわけなんです。たぶん、警察にも知り合いがおられるでしょうから、奥さんから説明してもらえませんか？　わたしは本棚の埃を払ってただけだし、本に書類がはさんであるのに気づいて、もとの場所に戻しておいたんだってことを。何も持ち去ったりはしてません」

「でも、そのときは、あなたが話したとおりのことがあったわけね？　あなたはミセス

・ルウェリン＝スマイスが遺言書の補足書を書くところを見た。夫人が署名をするのを見たし、あなたとジムなんとかって人がその場にいて、ふたりともそれぞれ署名をした。それで合ってる？」

「そのとおりです」

「すると、ミセス・ルウェリン＝スマイスが署名するところをあなたたちふたりが見たのなら、その署名が偽造のはずはない。そうでしょ？　夫人が自分の手で名前を書くのを、あなたたちが見たとすれば」

「わたしは奥さまがご自分で署名されるのをこの目で見ました。間違いのない事実です。ジムだってそう言うでしょう。ただ、オーストラリアへ移住してしまいました。一年以上も前のことで、わたし、ジムの住所も何も知らないんです。もともと、このあたりの人じゃなかったし」

「それで、わたしに頼みというのは？」

「わたしが――いますぐ――言うべきこととか、すべきことがあるのかどうか、教えてほしいんです。これまでは誰にも質問されたことがなかったんです。遺言書に関して何か知らないかって、人に訊かれたことは一度もありません」

「あなたの名字はリーマンだったわね。名前のほうは？」

「ハリエット」

「ハリエット・リーマンね。では、ジムは？　ジムはなんて名字？」

「ええと、なんだったかしら。ジェンキンズだわ。そう。ジェイムズ・ジェンキンズです。助けていただけると、ほんとにありがたいんですが。だって、心配でたまらないから。厄介なことになってしまって、もしミス・オリガがやったのだとしたら、つまり、あの女がミセス・ルウェリン＝スマイスを殺して、ジョイスって子がそれを見たのなら……あの女、ひどく得意そうでした。すごいお金がもらえるって弁護士に聞かされたもんだから。ところが、警察が乗りだしてきて、あれこれ質問を始めたので、状況が変わって、女は突然いなくなってしまった。わたし、誰からも何も訊かれてませんけど、いま考えてみると、あのとき何か言うべきだったんじゃないかって気がしてならないんです」

「だったら」ミセス・オリヴァーは言った。「ミセス・ルウェリン＝スマイスの代理人をしている弁護士さんに、その話をしたほうがよさそうね。優秀な弁護士さんなら、あなたの気持ちや、これまで黙っていた理由をわかってくれるはずよ」

「ええ、奥さんからもひとこと言ってくだされればね。なんでもよくご存じの奥さんから、どうしてこうなってしまったのか、そして、わたしにはけっして――そのう、悪いことをする気はなかったんだってことを、弁護士さんに話してくだされば、向こうもきっと——だって、わたしがしたのは——」

「口をつぐむことだけだったのよね」ミセス・オリヴァーは言った。「なんともご立派な弁明ですこと」

「もし、奥さんから話してくだされば——最初にわたしのために説明してくだされば、一生恩に着ます」

「できるだけのことはしてみましょう」ミセス・オリヴァーは言った。

庭の小道へ目を向けると、こぎれいな服装の人物が近づいてくるのが見えた。

「ああ、ほんとにありがとうございます。奥さんはとっても親切な方だって、みんなが言ってました。このご恩はけっして忘れません」

ミセス・リーマンは立ちあがると、困りはてて手を揉みあわせていたせいで脱げてしまった手袋をもとどおりにはめ、中途半端なお辞儀をしてから小走りで去っていった。

ミセス・オリヴァーはポアロが近づいてくるまで待った。

「ここに来て、おすわりになって。どうかなさいました？　辛そうなお顔ね」

「足が痛くて痛くて」

「その窮屈なエナメル革の靴のせいですよ」ミセス・オリヴァーは言った。「さあ、すわって。なんのご用でいらしたのか教えてくださいな。そしたら、わたしもあっと驚く話をしてあげますから！」

第十八章

ポアロは椅子に腰を下ろし、両脚を伸ばしてから言った。「ああ！　助かった」

「靴を脱いで足を休めるといいわ」

「とんでもない。そんなことはできません」ポアロの声には、靴を脱ぐなんてありえないという響きがあった。

「あら、わたしたち、古い友達じゃありませんか。それに、ジュディスだって、庭に出てきても気にしないと思うわ。ねえ、失礼な言い方かもしれないけど、田舎でエナメル革の靴なんてやめたほうがいいわよ。はきやすいスエードの靴をお買いになったら？　あるいは、近ごろのヒッピーふうの若者がはいてるような靴はいかが？　ほら、靴紐がないスリッポン式で、靴磨きの必要もないタイプ。何か特殊な加工がしてあって、自然に汚れが落ちるんですって。手間のかからない靴よ」

「そういうのは好きになれませんな」ポアロはとげとげしく言った。「ええ、ぜったいいやです！」

「あなたの困ったところは」明らかに買ってきたばかりと思われる、テーブルの上の紙袋を開きながら、ミセス・オリヴァーは言った。「困ったところはね、とにかく粋に見せようとすることだわ。快適さよりも、服とか、口髭とか、外見がどうとか、何を着ればいいかとか、そんなことばかり気にしてるでしょ。でも、本当に大切なのは快適さよ。年齢が、そうね、五十を過ぎたら、何よりも快適さを大事にしなくては」

「マダム、親愛なる（シュール）マダム、そのご意見に同意すべきかどうか、わたしにはわかりません」

「じゃ、同意なさったほうがいいわ。でないと、とても辛い思いをするでしょうし、その辛さは年々ひどくなっていくのよ」

ミセス・オリヴァーは紙袋からけばけばしい色の箱をとりだした。箱の蓋をあけ、中身を少しつまんで口に放りこんだ。それから指をなめてハンカチで拭き、もごもごした声でつぶやいた。

「べとつくわね」

「リンゴはもう食べないんですか？　わたしと会うときのあなたはいつも、リンゴの袋を手にしたり、リンゴをかじったり、ときには、袋が破れてリンゴが道にころがったりしていたものですが」

「前に申し上げたでしょ。リンゴは二度と食べる気になれないって。ええ。リンゴなんか大嫌い。そのうちショックも癒えて、また食べるようになるかもしれないけど――とにかく、いまはリンゴを見るといやなことを思いだすから」

「それで、いま食べているのはなんですか?」ポアロはけばけばしい色の蓋を手にとった。ヤシの木の絵が描いてある。「チュニジア産ナツメヤシの実(デーツ)」そこに書かれた文字を読んだ。「なるほど、今度はデーツですか」

「ええ」ミセス・オリヴァーは言った。「リンゴからデーツに変えたの」

　ナツメヤシの実をもう一個とって口に放りこみ、種をはずして茂みに投げこむと、実を噛みはじめた。

「デーツ」ポアロは言った。「すばらしい」

「デーツを食べるのがどうしてすばらしいの? 誰だって食べてるわよ」

「いやいや、そういう意味で言ったのではありません。デーツを食べることではなくて、あなたがその言葉を――〝デーツ〟という言葉を――使ったことがすばらしいのです」

「どうして?」ミセス・オリヴァーは尋ねた。

「なぜなら、あなたが何度も何度もわたしに道を示してくれるからです。わたしがとるべき道（シュマン）を、もしくは、とるべきだった道を示してくれる。進むべき道を教えてくれる。デーツか……。日付（デート）がどれほど重要かということに、わたしはいままで気づいていませんでした」

「ここで起きた事件に日付がどう関係するのか、わたしにはわかりませんけど。だって、時間的なことは別に関係ないでしょ。事件が起きたのは、ええと——わずか五日前のことだし」

「いや、四日前です。たしかに、おっしゃるとおりでしょうね。しかし、どんな出来事にも過去があるはずです。すでに今日のなかに織りこまれてしまった過去も、昨日は、または先月は、または去年は、独自に存在していたものです。現在というのはたいてい、過去とつながっています。一年前か、二年前か、もしかしたら三年前に、殺人事件が起きた。ひとりの子どもがそれを見ていた。いまでは遠い過去のこととなったその日、殺人現場を目にしたばかりに、その子は四日前に殺された。そうではありませんか？」

「ええ。そのとおりよ。少なくとも、わたしはそうだと思います。でも、もしかしたら、まったくの見当はずれかもしれない。人を殺すのが好きで、水遊びというのは誰かの頭を水に沈めて押さえつけることだと思っている精神的に不安定な人間が起こした事件かもしれない。変質者がパーティでちょっと悪ふざけをしただけだと言えないこともないでしょう」

「ロンドンまでわたしを訪ねてこられたのは、そう思ったからではありませんよね、マダム」

「ええ」ミセス・オリヴァーは答えた。「違います。その説がどうもしっくりしなかったの。いまもしっくりしないままよ」

「同感です。あなたの感覚は正しいと思いますよ。しっくりしないときは、原因を突き止めねばなりません。わたしも原因を突き止めようと努力しているところです。あなたにはそう思えないかもしれませんが」

「うろうろして、みんなに声をかけて、相手がいい人かそうでないかを見きわめ、それから質問をするのが、あなたの言う努力なの？」

「そのとおりです」

「で、これまでにどんなことがわかったのかしら」

「いくつもの事実です」ポアロは言った。「その事実がやがて、日付によってそれぞれの場所にぴったりと収まるのです」

「それだけ？　ほかに何かわかったことは？」

「ジョイス・レナルズの話を信じた者はひとりもいなかったようですね」

「誰かが殺されるのを見たとジョイスが言ったときに？　わたしも聞きましたよ」

「ええ、ジョイスはたしかにそう言いました。しかし、それを信じている者はひとりもいません。ですから、ジョイスの話はおそらく嘘でしょう。そんなものは見ていないのです」

「わたしにはどうも、あなたがいろいろな事実を知った結果、現在の場所にとどまることも前へ進むこともできずに、あと戻りしているように思えてならないんですけど」

「どんなことであれ、事実の裏づけが必要です。例えば、偽造を例にとってみましょう。偽造という事実を。世間の噂によると、外国人の女が、オペアガールが、夫に先立たれた金持ちの老婦人のご機嫌とりに努め、その甲斐あって、金持ちの老婦人が作った遺言書か遺言補足書によって全財産をもらうことになったという。女はその遺言書を偽造したのか？　それとも、ほかの誰かが偽造したのか？」

「その女以外に誰が偽造するというの？」

「この村には、偽造に手を染めた者がもうひとりいました。前に偽造事件で逮捕されたが、初犯だったし、情状酌量の余地もあるというので、軽い刑ですみました」

「それは新しく登場した人物？　わたしの知ってる人？」

「いいえ、知らない人です。すでに亡くなっています」

「まあ。いつ亡くなったの？」

「二年ほど前です。正確な日付はわたしもまだ知りません。しかし、調べなくてはと思っています。その男は文書偽造をやったことがあり、この村に住んでいました。そして、女性関係のトラブルで嫉妬されたのか、憎まれたのか、ある晩ナイフで刺されて死亡しました。わたしはつねづね思っているのですが、別々に起きた多くの出来事は、傍の者が思うより密接に結びついているのかもしれません。何ひとつ結びつかないということはない。すべてが結びつくわけでもない。しかし、いくつかは結びつくのです」

「おもしろいご意見ね。でも、よく理解できないんですけど——」

「わたしにもまだわかりません。しかし、日付が助けになるかもしれない。何かが起きたときの日付。そのとき、人びとはどこにいたのか。人びとの身に何が起きたのか。何をしていたのか。外国人の女が遺言書を偽造したのだと誰もが思っています。たぶん、そうなのでしょう。遺言書によって利益を得るのはその女でしたから。いや、待って——

—待ってください——」

「何を待てというの？」

「いまふっと、頭をかすめたことがありましてね」ポアロは言った。

ミセス・オリヴァーはため息をつき、デーツをもう一個とった。

「そろそろロンドンにお帰りですか、マダム？　それとも、もうしばらくこちらに？」

「あさって帰ります。これ以上ゆっくりしていられないので。いろいろと用事があるの」

「あのう、現在——あなたのフラットに、いや、一戸建てだったかな、どちらなのか覚えていませんが、なにしろ何回も引っ越しておられるから——それででですね、お宅には客を泊める部屋があるでしょうか？」

「あるとは申し上げられません。ロンドンの家のゲストルームが空いてるなんて言ったら、もう大変よ。友達全員、いえ、友達だけでなく、単なる顔見知りや、ときには顔見知りのまたいとこなんて人までが手紙をよこして、ひと晩泊めてもらえないかって言ってくるでしょうから。迷惑な話だわ。シーツ、洗濯もの、枕カバー、早朝のお茶、ときには食事の用意までしなきゃいけない。だから、空いてる部屋があるなんて、ぜったい言わないことにしてるの。親しい友達だったら、泊まりに来てもかまわないのよ。わたしが本当に会いたい人たちならね。でも、それ以外の人は——お断り。部屋は提供できません。わたし、利用されるのは好きじゃないの」

「好きな人がどこにいます？　あなたはとても賢明な人だ」

「それにしても、なぜそんなことを？」

「どうしても必要となったときに、ひとりかふたり、泊めてもらえないでしょうか？」

「そりゃかまわないけど、誰を泊めろとおっしゃるの？　あなたじゃないわよね。ロンドンに立派なフラットをお持ちですもの。ものすごくモダンで、とてもアブストラクトで、四角と立方体だけでできている感じのお住まい」

「用心したほうが賢明ではないかと思いましてね」

「誰のために？　また誰か殺されるというの？」

「そうならないよう祈っていますが、その危険がないとは言いきれないので」

「あら、誰？　誰なの？　さっぱりわからない」

「あのお友達のことをどれぐらいご存じですか？」

「ジュディスのこと？　あまりよく知らないのよ。だって、クルーズで仲良くなって、友達づきあいをするようになっただけですもの。あの人には――どう言えばいいかしら――どこか刺激的なところがあるの。人とは違う感じね」

「そのうち、作品に登場させようと思ったのですか？」

「そういう言い方をされるのは大嫌い。いろんな人からいつもそう言われるけど、そんなことしてないわ。ほんとよ。自分の作品のモデルに使うようなことはしません。わたしが出会う人も、知ってる人も」

「あなたは作品のなかにときどき実在の人物を登場させると言われているが、事実ではないわけですね。偶然出会った人を登場させることはあるが、知り合いを登場させることはない。そんなことをしてもおもしろくないから」

「おっしゃるとおりよ」ミセス・オリヴァーは言った。「あれこれ推測なさるのがほんとにお上手ね。でも、まさにそうなの。例えば、バスのなかで太った女性を見かけたとしましょう。その女性はぶどうパンを食べてて、食べながら唇を動かしている。誰かに何か言っているのかもしれないし、これからかけるつもりの電話のことか、書くつもりの手紙のことを考えているのかもしれない。そして、わたしはその女性を見て、身につけている靴やスカートや帽子を観察し、年はいくつぐらいか、結婚指輪はしているのかなど、いろいろと考える。やがて、わたしはバスを降りる。その女性にもう一度会いたいとは思わないけど、ミセス・カーナビーという人を主人公にした物語が頭のなかですでにできあがっている。彼女はバスで家に帰るところなんだけど、その前に、パン職人のところにいた人とある場所でばったり会って、とても不思議な話を聞いたばかりだったの。でね、ミセス・カーナビーはその人の顔を見たとたん、一度しか会ったことのない人物のことを思いだす。亡くなったという噂を聞いたけど、その人はどうやら生きてるらしい。ざっとこんな感じね」ミセス・オリヴァーはここでひと息入れた。「あのね、これ、ほんとの話なのよ。わたし、ロンドンを発つ少し前に、バスのなかである人の向かい側にすわってね、すると、頭のなかにいまのような話がどんどん生まれてきたの。もうじきストーリーが最後までできあがるわ。彼女が家に帰ってから何を言うのか、そのせいで危険な目にあうのか、それともほかの誰かが危険な目にあうのか。名前ももう決まってるのよ。彼女の名前はコンスタンス。コンスタンス・カーナビー。ただ、ストーリーをこわしてしまうものがひとつだけあるのよね」

「なんですか、それは？」

「あのね、別のバスでもう一度彼女に出会うとか、わたしが彼女に声をかけるとか、向こうから声をかけてくるとか、彼女のことが少しわかってくるとか、そういうことがあった場合よ。そうなると、もちろん、わたしの考えたストーリーはこわれてしまう」

「なるほど、なるほど。ストーリーはあなたのもの、登場人物もあなたのものでなければならない。彼女はあなたの子どものようなものですね。あなたが彼女を作りだし、彼女を理解しはじめ、彼女がどう感じるかを知り、彼女がどこに住んでいるかを知り、彼女が何をするかを知る。それは実在の人物から生まれたものだが、その実在の人物がどんな人間かがわかってしまうと——そうなると、ストーリーは成り立たない。そういうことですね？」

「ええ、そうなの。さっきあなたがジュディスについておっしゃったこと、たしかにそうだと思うわ。クルーズのあいだ、ずいぶん一緒に過ごしたし、名所見物も一緒に出かけたけど、ジュディスのことを詳しく知るには至らなかった。夫が亡くなったあと、お金のことで苦労しながら、ひとり娘のミランダを女手ひとつで育て上げた。ミランダにはあなたもお会いになったでしょ。正直なところ、わたし、あのふたりと一緒にいると、不思議な気がしてくるの。ふたりが重要人物で、何か興味深いドラマに関わってるような気がするのよね。どんなドラマかは知りたくない。ふたりに教えてもらおうとも思わない。ふたりをめぐるドラマはわたしが自分で考えたいの」

「なるほど。あのふたりは——つまり、アリアドニ・オリヴァーの次なるベストセラーの登場人物の候補というわけですな」

「あなたって、ときどき、すごく意地悪なことを言うのね。そんな言い方をされたら、ずいぶん俗っぽくなってしまう」ミセス・オリヴァーは考えこんだ。「まあ、そうかもしれないけど」

「いや、いや、俗っぽくなんかありません。人間的というだけです」

「それで、ロンドンのわたしのフラットに、もしくは一戸建てに、ジュディスとミランダを泊めてほしいとおっしゃるの？」

「いえ、いまはまだ。わたしのささやかな推理の正しさが証明されてからでいいのです」

「あなたのささやかな推理ねえ！　ところで、わたしからもお知らせがあるのよ」

「マダム、なんとうれしいことでしょう」

「あまりうれしがらないで。あなたの推理をこわしてしまうかもしれない。あなたが夢中になって話してらした偽造事件というのが、ほんとは偽造じゃなかったとしたら？」

「どういうことでしょう？」

「ミセス・アプ・ジョーンズ・スマイスとかいう人が――いえ、名前はよく覚えてないけど、とにかくその人がオペアガールに全財産を譲るという遺言補足書を作成したのは事実で、それに署名するのをふたりの証人が見ていて、そのふたりもおたがいの目の前で署名したそうなの。この事実をあなたの口髭のなかに入れて、タバコがわりに吸ってちょうだい」

第十九章

「ミセス——リーマン——」ポアロはつぶやきながら、名前をメモした。

「ええ、そう。ハリエット・リーマン。それから、もうひとりの証人はジェイムズ・ジェンキンズっていう人みたい。オーストラリアへ移住したそうよ。ミス・オリガ・セミーノフはチェコスロバキアかどこかの生まれ故郷に帰ったとか。みんな、よそへ行ってしまったわけね」

「そのミセス・リーマンですが、どれぐらい信用できると思います？」

「すべて作り話だとは思わないわ。そういう意味で質問なさったのなら。何かに署名して、それが気になってたものだから、何に署名したのかがわかるチャンスに出会ったとき、すぐさま飛びついたってことでしょうね」

「その人、読み書きはできるんですか？」

「できると思うわ。でも、年とった女性の字を読むのは大変だという意見にはわたしも賛成よ。釘みたいにぎくしゃくしてて読みにくいんですもの。あとになってから、その遺言書か補足書をめぐる噂が飛びかったとすれば、ミセス・リーマンはあの読みにくい字で書いてあった書類のことだと思ったかもしれないわね」

「本物の書類ですな。だが、ほかに偽造の補足書があったことも事実です」

「誰がそんなことを？」

「弁護士たちです」

「偽造じゃなかったのかもしれないわよ」

「そういう問題になると、弁護士というのはきわめて慎重なものです。専門家証人を連れて法廷に出る準備もしていましたしね」

「まあ、そうだったの？」ミセス・オリヴァーは言った。「それなら、何があったのか、簡単にわかるじゃないですか」

「何が簡単なんです？　何があったというのです？」

「あら、決まってるでしょ。その翌日か、二、三日後か、もしかしたら一週間ぐらいあとに、ミセス・ルウェリン＝スマイスがお気に入りのオペアガールとちょっと揉めたり、もしくは、甥のヒューゴとその妻ロウィーナとめでたく仲直りしたりして、遺言書を破り捨てるか、補足書を削除するか、あるいは、全部燃やしてしまったのかもしれない」

「で、そのあとは？」

「そうね、そのあとはたぶん、ミセス・ルウェリン＝スマイスが亡くなったので、オリガはチャンスと見て、夫人の筆跡にできるだけ似せた字でほぼ同じような内容の新しい補足書を作り、ふたりの証人の署名もできるだけ似せて書いたんじゃないかしら。ミセス・リーマンの字だって、オリガはたぶん、よく知ってたと思うの。健康保険証か何かに書いてあるはずでしょ。そして、オリガは自分が偽造した補足書を提出する。遺言書を見たことがあると言う者が現れ、それですべてうまくいくと思っていた。ところが、偽造が下手だったため、問題になってしまった」

「恐縮ですが、マダム、お宅の電話を使わせてもらえませんか？」

「ジュディス・バトラーの電話という意味ね。ええ、どうぞ」

「あなたのお友達はどこへ？」

「ジュディスなら美容院へ出かけたわ。それから、ミランダは散歩。さあどうぞ、電話はそのフレンチドアから入った部屋にあります」

ポアロは家に入り、十分ほどしてから出てきた。

「それで？　何をしてらしたの？」

「弁護士のフラートン氏に電話をかけてきました。おもしろい話を聞きましたよ。検認を受けるために提出された補足書――偽造された補足書――に証人として署名したのは、ハリエット・リーマンではないそうです。メアリ・ドハーティという人が署名しています。ミセス・ルウェリン＝スマイスの屋敷で働いていましたが、最近亡くなりました。もうひとりの証人は、ミセス・リーマンがあなたに話したとおり、ジェイムズ・ジェンキンズで、こちらはオーストラリアへ移住しています」

「では、偽造された補足書もあったわけね。そして、本物の補足書もあったらしい。ねえ、ポアロさん、ずいぶんややこしくなってきたと思いません？」

「信じられないほどややこしい。こう言ってよければ、補足書が多すぎます」

「本物はいまも〈石切り場の館〉の図書室にあるのでしょうね。『なんでも百科』のページにはさまれたままで」

「ミセス・ルウェリン＝スマイスの死後、屋敷にあった品はすべて売却されたと聞いています。家族が使っていたわずかな家具と家族写真は別として」

「いまのわたしたちに必要なのは『なんでも百科』みたいな本ね。すてきな書名だと思わない？　うちの祖母が一冊持っていたのを覚えてるわ。どんなことでも調べられるのよ。法律の知識、料理のレシピ、リネンについたインク汚れの落とし方。お肌に優しい自家製白粉(おしろい)の作り方。ええと――ほかにもまだまだあるわ。ねえ、いますぐそんな本がほしいと思いません？」

「思いますとも。足の疲れをとる方法も書いてあるでしょうな」

「いくらでも出てるはずよ。でもねえ、田舎を歩くのにぴったりの靴をはけばいいのに」

「マダム、わたしは小粋な外見(ソワニエ)を大切にしたいのです」

「あらあら、じゃ、これからも痛い靴をはいて、にっこり笑って我慢するしかなさそうね。それはともかくとして、わけがわからなくなってきたわ。あのリーマンって人、わたしに嘘を並べ立てたというの？」

「そういうこともありえますね」

「嘘を並べ立てるよう、誰かがあの人に命じたの？」

「それもありうることです」

「嘘を並べ立てるよう、誰かがお金を渡したの？」

「続けてください」ポアロは言った。「そのまま続けて。とても参考になります」

「わたしの想像だけど」ミセス・オリヴァーは考えこみながら言った。「ミセス・ルウエリン＝スマイスも多くの大金持ちの女性と同じように、遺言書作りを楽しんでたのかもしれないわね。一生のあいだに遺言書をたくさん作ったことでしょう。ほら、財産を渡す相手をいろいろ変えたりして。ずいぶん変えたんじゃないかしら。それはそうと、ドレイク夫妻はお金に不自由してなかったわよね。どの遺言書でも、このふたりに莫大な遺産が入ることになってたけど、ミセス・リーマンの話と偽造遺言書からすると、ミセス・ルウェリン＝スマイスがオリガという女に遺したような莫大な財産をほかの誰かに遺したかどうか、どうも疑問だわ。オリガのことをもっと知りたいけど。みごとに姿を消してしまったようね」

「オリガについては、もうじき詳しいことがわかると思います」ポアロは言った。

「どんな方法で？」

「まもなく情報が届くことになっています」

「あなたがこのあたりで情報を集めてらしたのは、わたしも知ってるわ」

「このあたりだけではありません。わたしの仕事を手伝ってくれる者がロンドンにおりまして、海外と国内の両方の情報を手に入れてくれます。もうじき、ヘルツェゴヴィナから知らせが届くはずです」

「向こうに帰ったかどうかを調べようというの？」

「それも知りたいことのひとつですが、違う種類の情報が届くことになりそうです――オリガがこの国で暮らしたあいだに書いた手紙に、たぶん、こちらで親しくなった友人のことが書いてあると思います」

「あの学校教師についてはどうなの？」

「どの教師のことですか？」

「ほら、絞殺された人――エリザベス・ホイッティカーがその人の話をしてたでしょ？　わたし、ミス・ホイッティカーのことはあまり好きになれないのよ。退屈な人ですもの。でも、頭はよさそう。あの人なら、人殺しの計画ぐらい立てかねないわね」

「あの人が教師仲間を絞殺したというのですか？」

「あらゆる可能性を考えてみなくては」

「いつものことですが、あなたの直感を信頼するとしましょう、マダム」

ミセス・オリヴァーは考えこみながら、またひとつデーツを食べた。

第二十章

ミセス・バトラーの家をあとにしたポアロは、前にミランダに案内された道を逆に歩いていった。生け垣の隙間が前より少し広くなっているようだ。たぶん、ミランダより大柄な誰かが、やはりこの隙間を使ったのだろう。ポアロは石切り場の小道をのぼりながら、あたりの美しい景色にあらためて目を向けた。愛らしい庭園なのに、なぜか前回と同じく、亡霊が住む場所のような印象を受けた。どことなく異教的で残酷なものが感じられる。妖精が獲物を狩ったり、冷酷な女神が生贄(いけにえ)を捧げるよう命じたりするには、曲線を描くこうした小道がふさわしい。

ここがピクニックの人気スポットにならなかった理由がわかるような気がした。ゆで玉子やレタスやオレンジ持参でここに来て、腰を下ろし、冗談を言ったり浮かれ騒いだりする気にはなぜかなれない。雰囲気が違う。まったく違う。不意に思った——ミセス・ルウェリン＝スマイスがこういう妖精の国のような雰囲気を望んでいなければ、まだましだっただろうに。こういう雰囲気とは無縁のおとなしい沈床庭園にすることもできたはずだが、ミセス・ルウェリン＝スマイスは野心的な女性で、おまけに大金持ちだった。ポアロはほんのしばらく、遺言書のことを考えた。金持ち女たちが作る遺言書、金持ち女たちが作る遺言書をめぐって生まれる嘘、夫を亡くした金持ち女たちの遺言書を隠すのによく使われる場所のことを。そして、偽造犯の心のなかに入りこもうとした。検認を受けるために提出された遺言書は間違いなく偽造だった。フラートン氏は慎重かつ有能な弁護士だ。偽造であることを確信していた。たしかな証拠と理由がないかぎり、訴訟を起こすよう依頼人に助言するようなことはけっしてない弁護士だ。

　ポアロは小道の角を曲がりながら、あれこれ推測するよりも、自分の足のほうがはるかに大事だと思った。スペンス元警視の家に戻るのに、近道をしようか？　それとも、やめておこうか？　近道なら一直線だが、足のことを考えると、本通りを行くほうが楽かもしれない。この小道には草も苔（こけ）も生えていないので、足にあたる石が硬い。やがて、ポアロは足を止めた。

　目の前にふたつの人影があった。突きでた岩に腰かけているのはマイクル・ガーフィールド。膝にスケッチブックをのせて絵を描いているところで、何かを描くのに熱中している。少し離れたところへ目をやると、細いながらも心地よい瀬音を立てて流れるせせらぎのほとりにミランダ・バトラーが立っていた。エルキュール・ポアロは足のことを忘れ、肉体の苦痛と不調も忘れて、人間が生みだせる最高の美にふたたび目を凝らした。マイクル・ガーフィールドがすばらしく美しい男性であることはたしかだ。自分自身がマイクル・ガーフィールドを好きになれるかどうかは、よくわからない。美しい人間を好きになれるのかどうか、ポアロはいつも判断に迷う。美を目にするのは心地よいことだが、同時に、人間には美を毛嫌いするところもある。美しい女性は好きだが、男性の美しさに好感が持てるかどうか、ポアロにはよくわからない。自分自身が美しい若い男になりたいとも思わない。まあ、もともと無理な話ではあるが。自分の容姿に関してポアロが心から気に入っている点はひとつしかない。それは豊かな口髭で、手入れと刈りこみによってさらにみごとになる。たしかに立派な髭だ。これの半分も立派な髭を持つ者をポアロはほかに知らない。ただし、ハンサムだの、男前だのと言われたことはない。もちろん、美しいと言われたことなど一度もない。

では、ミランダは？　ポアロは前のときと同じく、ふたたび思った——この子がとても魅力的なのは、人を惹きつけるものを持っているからだ。この子の心にはどんな思いが潜んでいるのだろう？　それは誰にもわからない。何を考えているのか、自分から話そうとはしない子だ。こちらから尋ねても、この子が胸の思いを語ることはたぶんないだろう。独特の心を持っている。思慮深い心を。それに、傷つきやすい子でもある。ひどく傷つきやすい。ミランダに関してポアロが知っていることは、いや、知っていると思っていることはほかにもある。いまのところ、こちらの推測に過ぎないが、ほぼ間違いないだろう。

マイクル・ガーフィールドが顔を上げた。

「おや！　セニョール・口髭さん。ご機嫌いかがです？」

「何をなさっているのか、見せてもらっていいですか？　それともご迷惑かな？　邪魔はしたくないのでね」

「どうぞご覧ください。ぼくはぜんぜんかまいません」マイクル・ガーフィールドは穏やかな声でつけくわえた。「絵を描くのが楽しくてたまらないんです」

ポアロはそばまで行き、彼の肩のうしろに立った。うなずいた。それはとても繊細な鉛筆画で、線がほとんど見えないほどだった。この男は絵も描けるのだ——ポアロは思った。庭園の設計だけではない。ささやきに近い声で言った。

「妙なる美しさだ！」

「ぼくもそう思います」

いま描いている絵のことなのか、それとも絵のモデルのことなのか、マイクル・ガーフィールドの言葉だけでは判然としなかった。

「なぜです？」ポアロは尋ねた。

「なぜ絵を描いているのか？　理由があると思いますか？」

「あるような気がします」

「鋭いですね。ぼくがここを去るとしたら、記憶にとどめておきたいことがいくつかあります。ミランダもそのひとつなんです」

「簡単に忘れられるような子でしょうか？」

「忘れるのはとても簡単です。ぼくはそういう人間なんです。でも、何かを、あるいは誰かを忘れてしまったり、顔、肩の線、しぐさ、木、花、風景などが思いだせなかったり、そういうものを見たときの印象は残っているのに、具体的な姿を思い描けなかったりすると、ときどき——どう言えばいいのかな——地獄の苦しみを味わいます。だから、記録しておくのです——そうしておけば、すべて消えてしまってもかまわない」

「〈石切り場庭園〉は違うでしょう？　消えずに残っている」

「そう思いますか？　すぐに消えますよ。ここに誰もいなくなれば、あっというまに消えてしまう。あとは自然がひきつぐでしょう。この庭園には愛と注意と世話と技術が必要なのです。自治体がひきついだ場合は——最近はそういう例が多いようですが——

〝維持管理〟される状態になります。新種の灌木が植えられ、追加の小道が造られ、ある程度の距離をあけてベンチが置かれる。ゴミ入れだって設置されるかもしれない。ええ、自治体のほうで神経を遣い、愛情をこめて管理しようとするでしょう。しかし、ここを管理するのは無理です。野生の庭園ですからね。野生の状態を保っていくのは管理するよりはるかに大変なことです」

「ムッシュー・ポアロ」せせらぎの向こうからミランダの声が聞こえた。

ポアロは声がよく聞きとれるようにそちらへ歩いた。

「おや、そこにいたのか。絵を描いてもらうために来たのかね？」

ミランダは首を横にふった。

「ううん、そうじゃないの。たまたま描いてもらうことになっただけ」

「ええ」マイクル・ガーフィールドが言った。「そう、たまたまです。ときには幸運がころがりこむこともあるものですね」

「きみは大好きな庭を散歩してただけ？」

「ほんとは井戸を捜してたの」

「井戸？」

「ずっと前、この森には願いごとの井戸があったんですって」

「かつての石切り場に？　石切り場に井戸を作るとは知らなかった」

「この石切り場のまわりは昔から森だったの。だから、いつも木が茂ってたのよ。マイクルは井戸がどこにあるか知ってるのに、ぜったい教えてくれないの」

「きみだって、自分で捜しまわるほうがずっと楽しいだろ」マイクル・ガーフィールドが言った。「とくに、本当にあるのかどうかよくわからないとなれば」

「井戸のことなら、ミセス・グッドボディがよく知ってるわ」

そう言ってから、ミランダはつけくわえた。

「あの人、魔女なのよ」

「そのとおり」マイクルが言った。「地元の魔女なんです、ムッシュー・ポアロ。どの土地にもたいてい、地元の魔女がいるものです。自分から魔女と名乗ることはないが、周囲の者はみんな知っている。人の運勢を占ったり、ベゴニアに呪いをかけたり、シャクヤクを枯らしたり、農家の牛の乳が出ないようにしたり、ときには惚れ薬を調合することもある」

「その井戸は願いごとの井戸だったのよ」ミランダが言った。「みんながここに来て願いごとをしたの。井戸のまわりをうしろ向きで三回まわらなきゃいけないのよ。井戸は丘の斜面にあったから、簡単じゃなかったんですって」ミランダの視線がポアロを素通りして、マイクル・ガーフィールドに向いた。「そのうち、あたしが見つけてみせる。あなたが教えてくれなくてもね。石切り場のどこかにあるはずだけど、蓋がしてあるってミセス・グッドボディが言ってたわ。ええ！　ずっと昔に蓋をしたの。危険だからって。何年か前に子どもが落ちたんですって。キティなんとかって子。ほかにも落ちた子がいるかもしれない」

「まあ、そう思ってればいいさ」マイクル・ガーフィールドが言った。「地元の言い伝えってところかな。だけど、リトル・ベリングのほうに願いごとの井戸があるっていうのは本当だよ」

「もちろんよ」ミランダは言った。「あたし、あの井戸のことならなんでも知ってる。すごく有名だもん。誰だって知ってるわ。バカみたい。みんなが銅貨を投げこむけど、井戸にはもう水がないから、しぶきも立たないのよ」

「ほう、残念なことだ」

「井戸が見つかったら教えてあげる」ミランダは言った。

「魔女が言うことを何もかも信じちゃだめだよ。井戸に子どもが落ちたなんて、ぼくは信じないな。たぶん、猫でも落ちて溺れ死んだんだろう」

「カランコロンと鐘が鳴る、子猫ちゃんは井戸のなか」ミランダは言った。「もう帰らなきゃ。ママが待ってるから」

ミランダはそう言うと、突きでた岩から用心深く離れ、二人の男に笑顔を見せてから、せせらぎの向こう側にある、かなり歩きにくそうな小道を下りていった。

「〝カランコロンと鐘が鳴る〟」ポアロは何やら考えながらつぶやいた。「人は自分が信じたいと思うことを信じるものですよね、マイクル・ガーフィールドさん。あの子の話は本当でしょうか？　それとも、本当ではないのでしょうか？」

マイクル・ガーフィールドは考えこむ様子でポアロを見た。やがてほほ笑んだ。

「本当です。井戸はあります。そして、ミランダが言うように、蓋がしてあります。たぶん、危険だったのでしょう。願いごとの井戸だったとは思いませんが。ミセス・グッドボディがでっちあげた話でしょうね。願いごとの木ならあります。というか、昔あったんです。丘の途中にあるブナの木で、人びとがその木のまわりをうしろ向きで三回まわり、願いごとをしたそうです」

「その後どうなりました？　人びとがその木の周囲をまわることはもうないのですか？」

「ありません。六年ほど前に雷が落ちたんです。木がまっぷたつに裂けてしまったとか。せっかくのすてきな話もそれでおしまいです」

「ミランダにその話をしたことは？」

「ありません。あの子には井戸の話だけにしておこうと思ったので。ふたつに裂けたブナの木なんて、あの子はあまり興味を持たないはずだ。そうでしょう？」

「わたしはそろそろ失礼しないと」ポアロは言った。

「知り合いの警官のところに戻られるのですか？」

「はい」

「お疲れのようですね」

「疲れています」エルキュール・ポアロは言った。「ものすごく疲れています」

「スニーカーかサンダルのほうが楽なのに」

「いや、そんなことはありません（サ・ノン）」

「なるほど。服装にこだわる方なんですね」マイクルはポアロを見た。「とてもよく調和（トゥ・アンサンブル）していて、みごとです。とくに、こう言ってもよければ、その立派な髭と調和しています」

「髭に気づいてもらえて光栄です」

「いやいや、気づかずにいられる者がいるでしょうか？」

ポアロは首を軽く傾けた。それから言った。

「さっき言われましたね——絵を描いているのはミランダを記憶に刻みつけておきたいからだと。ここを去るつもりだという意味ですか？」

「考えてはいました、ええ」

「だが、拝見したところ、この土地によくなじんでおられる（ビヤン・プラセ・イスィ）ようだが」

「まあ、たしかにそうです。住む家もあります。小さいけれど、自分で設計した家だし、仕事もあります。ただ、昔ほど仕事に満足できなくなっています。そのため、どうにも落ち着かなくて」

「どうして仕事に満足できなくなったのです？」

「顧客となる人びとから、じつに趣味の悪い依頼があるのでね。自宅の庭を改造しようという人びと。土地を買って家を建て、庭園の設計を頼もうとする人びと」

「ミセス・ドレイクからも庭造りを頼まれたんじゃないですか？」

「頼まれてはいます、ええ。こちらからいくつか案を出し、向こうも賛成してくれました。しかし——」マイクルはじっと考えながら続けた。「あの人はどうも信用できない」

「あなたに思いどおりの仕事をさせてくれそうもないのですか？」

「自分の考えを押しつけてくるし、ぼくが出した案に惹かれているくせに、突然、まったく違うことを要求してくるんです。実用本位で、金がかかって、見栄えのするものを。まるで、苛めですよ。自分の案を強引に通そうとする。ぼくはぜったいうんと言わない。そこで口論になる。だから、喧嘩になる前に、ぼくが去っていくほうがいいんです。ミセス・ドレイクから、そして、この村に住む多くの人から。ぼくは造園家としてかなり有名です。一ヵ所にとどまる必要はありません。ここを離れて、イングランドのどこかで、あるいは、ノルマンディーやブルターニュのどこかで仕事をすればいい」

「あなたが自然をさらにすばらしくできる土地、あるいは、自然の力になることができる土地ですね？　実験的な庭造りができる土地、あるいは、太陽がぎらぎら照りつける心配も、霜で植物が枯れてしまう心配もなく、これまで見たことがないような珍しいものを植えることができる土地。広い荒野へ出てゆき、あらためてアダムごっこをしようというのですか？　昔からそんなふうに落ち着かない人だったのですか？」

「どこへ行っても、長いあいだ腰を落ち着けたことはありません」

「ギリシャへいらしたことは？」

「ありますよ。ギリシャだったら、また行ってみたい。ええ、あそこには何かがある。ギリシャの丘の斜面に造られた庭園。植えるならイトスギだ。ほかのものはいらない。不毛な岩場。でも、その気になれば、どんな庭でも造れます」

す」


「神々がそぞろ歩く庭――」

「そうです。あなたは人の心が読めるんですね、ムッシュー・ポアロ」

「だといいのですが。知りたいと思いつつ知らずにいることが、ずいぶんあるものです」

「それはたぶん、無味乾燥な事柄についてのお話ですね？」

「不幸にして、そのとおりです」

「放火とか、殺人とか、不慮の死とか？」

「まあ、そんなところでしょう。放火について考えていたかどうかは、自分でもわかりませんが。ところで、ガーフィールドさん、こちらに来られてかなりになると思いますが、レスリー・フェリアという青年をご存じでしたか？」

「ええ、覚えています。メドチェスターの法律事務所にいた男でしょう？〈フラートン、ハリソン&レドベター法律事務所〉の事務員か何かで、ハンサムな男だった」

「急に亡くなったんでしたね？」

「そうです。ある晩、ナイフで刺されて。女がらみのゴタゴタだったと思います。世間の者はみな、警察は誰が犯人かよく知っているが証拠をつかめずにいる、と思っているようです。レスリーはサンドラという女と関係があったみたいで――名字がちょっと思いだせないんですが――ええ、サンドラなんとかって女でした。夫は地元でパブをやっていた。女とレスリーは関係を続けていたが、やがて、レスリーにほかの女ができた。まあ、噂ですけどね」

「で、サンドラはそれが気に入らなかった？」

「ええ、かなり頭に来てました。なにしろ、女によくもてるやつだったから。いつだって、遊び相手のふたりや三人はいたものです」

「相手はみんな、イングランドの女でしたか？」

「どうしてそんな質問を？　いや、イングランドの女にかぎらなかったと思います。そこそこ英語ができる女で、レスリーの言うことをどうにか理解し、レスリーも向こうの言うことが理解できるなら」

「このあたりにもときどき、外国の女がやってきますよね？」

「ええ、もちろん。外国の女がひとりもいない土地がどこにあるというのです？　オペアガールはもう日常生活の一部です。不器量な女、きれいな女、正直な女、信用できない女、家事や子育てに追われる母親を手助けする女、なんの役にも立たない女、勝手にやめて出ていく女」

「オリガという女のように？」

「おっしゃるとおりです。オリガという女のように」

「レスリーはオリガとつきあっていたのでしょうか？」

「なるほど、その線を考えておられるんですね。ええ、つきあってましたよ。ミセス・ルウェリン＝スマイスは気づいていなかったと思いますが。オリガが用心してたんでしょう。いずれ結婚するつもりの相手が故郷にいるなんて、真面目な顔で言ってましたから。本当のことなのか、作り話なのか、ぼくにはわかりませんが。さっきも言ったように、レスリーというのは魅力的な青年でした。オリガのどこに惹かれたんだか——たいした美人でもなかったのに。ただ——」マイクルは一分か二分ほど考えこんだ。「どこか激しいものがありましたね。イングランドの若者にとってはそこが魅力だったのかもしれない。とにかく、オリガとよろしくやってたから、ほかの女たちはおもしろくなかったでしょうね」

「それは興味深い」ポアロは言った。「あなたにお尋ねすれば、わたしの求める情報が手に入るのではないかと思っていました」

マイクル・ガーフィールドはいぶかしげにポアロを見た。

「なぜです？　どういうことです？　レスリーがどう関わってくるのでしょう？　過去のことを掘りかえしておられるのはなぜですか？」

「まあ、知りたいことがあるのでね。人間というのは、何がどうしてどうなったかを知りたがるものです。わたしはさらにその前のことまで調べています。オリガ・セミーノフとレスリー・フェリアがミセス・ルウェリン＝スマイスに内緒でこっそり会っていたころより、さらに前のことを」

「いや、こっそり会っていたかどうかは、ぼくもよく知らないんです。単に――そんなふうに想像しただけで。ふたりでいるところをけっこう見かけましたが、オリガ・セミーノフからレスリーとの関係を打ち明けられたことは一度もなかったし、レスリー・フェリアについてはほとんど知りませんでした」

「わたしはそれよりさらに昔のことを知りたいのです。レスリーの過去には何か汚点があるそうですが」

「ええ、たぶん。まあ、このあたりの噂ですけどね。フラートン氏がレスリーを雇い入れて更生させようとしました。いい人ですよ、フラートン氏は」

「レスリーはたしか、文書偽造でつかまったんでしたね？」

「ええ」

「初犯だったし、情状酌量の余地ありと言われたようです。病弱な母親とか、酒浸りの父親とか。とにかく、軽い刑ですみました」

「ぼくは詳しいことを何も聞いてないんです。最初はばれずにすんだと思ったみたいだけど、やがて税理士が調べに来て、ばれてしまったとか。それ以上のことは知りません。噂に聞いただけです。文書偽造。そう、偽造でつかまったんでしたね」

「そして、ミセス・ルウェリン＝スマイスが亡くなり、遺言書が検認を受けるために提出されたとき、偽造だと判明した」

「なるほど、あなたの考えが読めてきました。そのふたつの事件が関係していると見て、結びつけようというのですね」

「あと一歩で偽造に成功するところだった男。女と仲良くなった男。その女は検認のために提出された遺言書が正当なものと認められたら、莫大な遺産の大部分を相続することになっていた」

「ええ、そうです。そうなるはずでした」

「そして、その女と偽造の罪を犯した男はとても親密だった。男は自分の女を捨て、かわりに外国人のその女とくっついた」

「つまり、あの遺言書はレスリー・フェリアが偽造したものだと言われるのですね」

「どうもそんな気がするのです。そう思いませんか？」

「オリガはミセス・ルウェリン＝スマイスの筆跡をかなりうまくまねることができたと

言われていますが、ほんとにそうだろうかと、ぼくはいつも疑問に思っていました。ミセス・ルウェリン＝スマイスの手紙を代筆してはいたけど、ふたりの字がすごく似ていたとは、ぼくには思えません。あの程度じゃ、検認をパスするのは無理ですよ。しかし、オリガとレスリーが共犯だったとすれば、話は違ってきます。レスリーはとてもいい仕事をして、たぶん、これなら露見するはずはないと自信満々だったのでしょう。しかし、初犯の偽造事件のときも自信満々だったはずですが、レスリーの考えは甘かった。今回も甘かったわけです。騒ぎになって、弁護士たちがごちゃごちゃ言いだし、筆跡鑑定の専門家が呼ばれて質問を始めたものだから、オリガがあわてふためいてレスリーと大喧嘩をしたのかもしれない。で、男に責任を押しつけることにして、姿を消してしまった」

マイクルはここまで言って、首を強く横にふった。「どうしてぼくの美しい森に押しかけてきて、こんな話をさせるんですか？」

「知りたかったのです」

「知らないほうがいい。何も知らないほうがいい。このままそっとしておくほうがいいんです。無理に追及したり、嗅ぎまわったり、つついたりするのはやめましょう」

「あなたは美を求めている」ポアロは言った。「どんな犠牲を払ってもいいから美を手

に入れようとしている。わたしの場合、求めているのは真実です。つねに真実です」

マイクル・ガーフィールドは笑った。「知り合いの警官のところに帰って、ぼくをこの楽園に残していってください。去るがいい、サタンよ」

第二十一章

ポアロは丘をのぼっていった。不意に足の痛みを感じなくなっていた。彼のなかで閃いたものがあった。これまでに考えたことと感じたこと、関連があるとわかっていても、どう関連するのかわからなかったことをつなぎあわせていった。危険が迫っているのを感じた――危険を防ぐ手段を講じないと、いまにも誰かに降りかかるかもしれない危険。重大な危険。

エルスペス・マッケイが玄関に出てきてポアロを迎えた。「ひどくお疲れのようですね。こちらに来てすわってください」

「お兄さんは家に？」

「いいえ。警察へ行きました。きっと何かあったんでしょう」

「何かあった？」ポアロはぎくっとした。「こんなに早く？ ありえない」

「えっ？ どういう意味です？」

「い、いや。なんでもありません。何かあったというのは、誰かの身に何かが？」

「ええ。でも、誰なのか、わたしにはわかりません。とにかく、ラグラン警部さんから電話があって、警察まで来てほしいと兄に頼んできたのです。お茶をお持ちしましょうか？」

「いや、せっかくですが——宿に帰ろうと思います」濃くて苦いお茶を出されるのには耐えられない。マナーの悪さをごまかす口実を思いついた。「この足なんです」と弁解した。「この足。田舎を歩くのに向いた靴をはいてこなかったものですから。はきかえたほうがいいと思いまして」

エルスペス・マッケイはポアロの足に視線を落とした。「ほんとね。田舎向きでないことはひと目でわかるわ。エナメル革じゃ足が疲れますよ。ところで、手紙が届いてます。外国の切手が貼ってあります。海外から来たのね。〝〈パイン・クレスト荘〉、スペンス警視様気付〟と書いてありました。いまお持ちします」

エルスペスは一、二分後に戻ってきて、ポアロに手紙を渡した。

「封筒がご不用だったら、いただけないでしょうか。甥のひとりにやりたいんです。切手を集めている子なので」

「いいですとも」ポアロは封をあけ、封筒だけをエルスペスに渡した。彼女は礼を言っ

て家の奥へ戻っていった。

ポアロは便箋を広げて読んでみた。

ゴビー氏の海外調査局はイングランド国内の調査局と同じく優秀だった。費用を惜しまず、すぐさま結果を手に入れてくれた。

たいした結果ではなかった。ポアロもさほど期待していたわけではない。

オリガ・セミーノフは故郷に戻っていなかった。家族全員、すでに亡くなっていた。年上の女友達がひとりいて、オリガはこの友達にときどき手紙を出し、イングランドでの暮らしぶりを知らせていた。雇い主はたまに厳しいこともあるが、気前のいい人で、自分はこの人とうまくいっている、などと書いてあった。

オリガから届いた最後の何通かの手紙は二年ほど前の日付だった。若い男性のことが書かれていた。結婚を考えているような書き方だったが、男性は――名前は伏せてあった――将来がまだ不安定なのでいまは何も決められない、とのことだった。最後の一通には、明るい未来が待っていることが幸せそうに書いてあった。それきり手紙が来なくなったので、年上の友達は、オリガがイングランドの男性と結婚して住所を変えたのだろうと思っていた。イングランドへ行った若い女にはよくあることだ。幸せな結婚をすれば、二度と手紙をよこさなくなることが多い。

だから、その友達は少しも心配していなかった。本気ではなかったのだろう。レスリーは結婚のことを口にしたが、〝気前のいい人〟と書いてあるのだろう。ミセス・ルウェリン＝スマイスのことはぴったり合う——ポアロは思った。レスリーは誰かから金をもらっていた。それはたぶんオリガで（もともとはオリガの雇い主から出た金だ）、彼に偽造をさせるために金を渡していたのだろう。

エルスペス・マッケイがふたたびテラスに出てきた。ポアロはオリガとレスリーの共犯関係に関する推理を話し、彼女の意見を求めた。

エルスペスはしばらく考えた。やがて、神に仕える巫女のように言った。

「そうだとしたら、極秘にしていたのですね。あのふたりについては、なんの噂もありませんでしたから。こういう村では、何かあればかならず噂になるものです」

「フェリアという青年は夫のいる女と深い仲になっていました。もしかしたら、雇い主に自分のことを内緒にしておくよう、オリガに言っていたのかもしれません」

「大いに考えられますね。ミセス・ルウェリン＝スマイスだったら、レスリー・フェリアがろくでもない男であることを知っていて、あんな男とつきあってはいけないとオリガに注意したでしょうから」

ポアロは便箋をたたんでポケットに入れた。

「お茶を差し上げたいのですけど」

「いやいや――宿に帰って靴をはきかえなくてはなりません。お兄さんがいつごろお戻りか、ご存じないでしょうね？」

「ええ、まったく。どんな用事で呼びだされたのかもわからないんです」

ポアロは宿への道を歩いた。わずか数百メートルだった。宿の玄関まで行くと、ドアが開き、三十代の陽気な女主人が迎えに出てきた。

「女の人が会いにいらしてますよ。しばらく前からお待ちです。お客さんがどこへ行かれたのか、いつ戻られるかわからないと申し上げたんですが、待つとおっしゃって」さらにつけくわえた。「じつはミセス・ドレイクなんです。ふだんは何があっても冷静な人なのに、なんだかひどいショックを受けたみたいです。あちらの部屋でお待ちです。お茶とお菓子でもお持ちしましょうか？」

「いや、やめたほうがよさそうだ。まずミセス・ドレイクから話を聞くことにします」

ポアロはドアをあけて部屋に入った。窓辺にロウィーナ・ドレイクが立っていた。外の小道を見渡せる窓ではないため、ポアロが帰ってきたことには気づいていなかった。ドアが開く音に、はっとふりむいた。

「ムッシュー・ポアロ。やっとお帰りになったのね。ずいぶん待たされたような気がします」

「申し訳ありません、マダム。〈石切り場の森〉へ出かけ、そのあと、友人のミセス・オリヴァーと話しこんでいたものですから。ふたりの若者とも話をしました。ニコラスとデズモンドです」

「ニコラスとデズモンド？　ええ、知っています。それにしても——ああ！　考えがまとまらない」

「ひどく狼狽しておいでですね」ポアロは穏やかに言った。

こんな光景を目にすることがあろうとは思いもしなかった。狼狽しているロウィーナ・ドレイク。もはやイベントの主催者という雰囲気ではなく、あれこれ手配することも、自分の決定を人に押しつけることもなさそうに見える。

「お聞きになりました？　いえ、たぶん、まだでしょうね」

「なんのことです？」

「恐ろしいことになって……。あの子が——あの子が死んでしまった。誰かに殺されたんです」

「死んだ？　誰が？」

「じゃ、ほんとにお聞きになってないのね。まだほんの子どもだったのに。それで思ったんです――わたしはなんてバカだったのかと。あなたにお話しすべきでした。前にあなたに尋ねられたとき、お話しすればよかった。とても後悔しています――自分がいちばんよくわかってるって思いこんでて、それがひどく申し訳なくて――でも、善意でやったことなんです、ムッシュー・ポアロ。ほんとに善意からでした」

「すわって、マダム。すわってください。冷静になりましょう。さあ、話してください。子どもが死んだんですね。別の子が？」

「あの子の弟です」ミセス・ドレイクは言った。「レオポルド」

「レオポルド・レナルズ？」

「そうです。野原の小道で遺体が見つかりました。きっと、学校の帰りに道草して、この近くの小川で遊ぼうとしたのでしょう。何者かがあの子を小川に押しこみ、頭を水中に沈めたのです」

「ジョイスという子のときと同じように？」

「そう、そうです。きっと――きっと、異常者だわ。しかも、誰なのかわからない。それがとても恐ろしくて。見当もつきません。それなのに、わたしったら、犯人がわかっているつもりでした。ほんとにそう思ってたんです――ええ、うぬぼれてました」

「とにかく話してください、マダム」

「ええ、お話しします。そのために伺ったのですから。だって、ほら、エリザベス・ホイッティカーと話をなさったあと、あなたがわたしに会いにいらしたでしょう？　ミス・ホイッティカーから、〝ドレイク夫人がひどく驚いていました。何かを見たに違いありません。あの家のホールで〟という話をお聞きになったあとでしたわね。わたしは〝何も見ていません。驚いてもいません〟と申し上げました。だって、あのとき、わたしの頭のなかにあったのは——」ミセス・ドレイクは黙りこんだ。

「何をご覧になったんです？」

「あのとき、正直に申し上げるべきでした。図書室のドアが開くのを見たんです。そろそろと開いて、そして——あの子が出てきました。いえ、出てきたのではなく、ドアのところに立っただけで、そのあとすぐにドアを閉め、なかに戻ってしまいました」

「誰ですか、それは？」

「レオポルドです。レオポルド、殺されてしまった子。だから、わたし、思ったんです——ああ、なんという過ちを……。なんと恐ろしい過ちをしてしまったのか。あなたに打ち明けていれば——たぶん、背後にあるものを見つけてくださったでしょうに」

「すると、あなたはレオポルドが姉のジョイスを殺したと？　そう思ったのですね？」

「ええ、てっきりそうだと思いました。もちろん、あのときすぐにではなかったけど。

だって、ジョイスが死んだことをわたしはまだ知らなかったんですもの。でも、レオポルドは妙な表情を浮かべていました。前から妙な子でしたけど。ある意味では、ちょっと怖い子です。なんだか――まともじゃないという感じで。すごく頭がよくて、知能指数も高いんですが、どこか妙なところがあります。

それで、わたし、思ったんです。〝レオポルドったらどうしてスナップドラゴンに参加せずに、あの部屋から出てこようとしたの？　何をしてたの？　ずいぶん妙な顔だったけど〟と。そのあと、いいえ、それきりもう何も考えませんでした。ただ、あの子の様子を見て、わたし、狼狽したんだと思います。そのせいで花瓶を落としてしまったんです。ガラスの破片を拾うのをミス・ホイッティカーが手伝ってくれて、わたしはそのあとスナップドラゴンのゲームに戻り、それきり忘れておりました。ジョイスが見つかるまでは。そして、ジョイスが見つかったときに思ったのです――」

「レオポルドの犯行だと？」

「ええ。ええ、そうなんです。それであの子の妙な表情の説明がつくと思いました。あの子が犯人だと思いました。わたしって、昔から――つねに自信満々で、自分はなんでも知っている、自分の考えが正しいんだと思ってきました。でも、今回は大間違いだったようです。だって、レオポルドが殺されたことで、状況が大きく変わりましたもの。

あの子はきっと、部屋に入ってジョイスが――死んでいるのを――見つけ、ひどいショックを受けて、震え上がったに違いありません。だから、誰にも気づかれないうちに部屋を出ようとしたのですが、ふと顔を上げたらわたしの姿があったので、部屋にひっこんでドアを閉め、ホールに誰もいなくなってから出てきたのでしょう。でも、それはあの子がジョイスを殺したからではありません。違います。死んでいるジョイスを見つけてショックを受けただけです」

「それなのに黙っておられたのですか？　ジョイスの遺体が発見されたあとも、ご自分が誰の姿を見たのかを、あなたは言おうとしなかったのですね？」

「はい。だって――とても言えませんでした。まだほんの子どもで――いえ、いまはもう〝子どもだった〟と言わなきゃなりませんね。十歳ですもの。十歳――せいぜい十一歳ぐらいかしら――自分が何をしているのかわからなかったのでしょう。厳密に言えば、あの子の責任ではありません。倫理的な面での責任はないのです。昔からちょっと妙な子で、わたしなどは、治療を受けさせたほうがいいのではないかと思っておりました。警察だけにまかせておいてはいけない、更生施設なんかに送ってはいけない、必要なら特別な心理療法を受けさせたほうがいい――そう思っていたのです。あの――ほんとに、善意でやったことなんです。どうか信じてください。悪気はなかったんです」

なんと悲しい言葉だろう――ポアロは思った。この世でいちばん悲しい言葉のひとつだ。ポアロの思いがミセス・ドレイクにも伝わったようだった。

「ええ、善意でやったことでした。悪気はなかったんです。人間というのは、ほかの誰かにとって何がいちばんいいことか、自分にはよくわかっていると思いがちですが、本当はわかっていないのです。あの子があんなに怯えた様子だったのは、きっと、犯人の顔を見たか、または、誰が犯人かを示す手がかりになりそうなものを見たせいだったのでしょう。それを知って、犯人は自分の身が危ないと思った。そこで少年がひとりきりになるのを待ち、口封じのために小川で溺れさせたのです。わたしが打ち明けてさえいれば、あなたに話してさえいれば、あるいは、警察の人か誰かに相談していさえすれば……。でも、自分がいちばんよくわかっていると思いこんでいたのです」

「今日になって初めて」ポアロはしばらく黙ってすわり、すすり泣きをこらえようとするミセス・ドレイクを見守ったあとで言った。「レオポルドがこのところ、ずいぶん金を持っていたという話を聞きました。誰かが口止め料を払っていたに違いありません」

「でも、誰が――誰が？」

「突き止めましょう」ポアロは言った。「そう長くはかからないと思います」

第二十二章

他人に意見を求めるというのは、エルキュール・ポアロにしては珍しいことだ。ふだんは自分の意見だけで満足している。だが、たまに例外を作るときもある。いまがそういうときのひとつだった。スペンスと短時間だけ話をし、タクシー会社に連絡をとり、スペンスとラグラン警部を相手にもうしばらく話をしたあと、タクシーで出発した。ロンドンに帰るつもりだが、途中で寄り道をした。エルムズ校に寄ってもらったのだ。そう長くはかからない、せいぜい十五分ぐらいだと運転手に告げ、それからエムリン校長に面会を求めた。

「こんな時間にお邪魔して申し訳ありません。きっと夕食のお時間だったでしょう」

「いいえ、お気になさらないで、ムッシュー・ポアロ。よほどの理由がないかぎり、夕食時に押しかけてくるような方でないことは承知しております」

「ご親切にどうも。率直に申しますと、助言をいただきたいのです」

「えっ？」

エムリン校長は少々驚いた顔になった。いや、驚いたというより、疑わしそうな顔だった。

「あなたにしては珍しいことのように思えますが、ムッシュー・ポアロ。ふだんはご自分の意見だけで満足なさっているのではありませんか？」

「そうですね、自分自身の意見で満足していますが、わたしが尊敬する方も同じご意見だとわかれば、安心と自信を得ることができます」

エムリン校長は何も言わず、問いかけるようにポアロを見ただけだった。

「ジョイスを殺した犯人が誰なのか、わたしにはわかっています」ポアロは言った。

「先生もきっとおわかりのはずです」

「そんなことを言った覚えはありません」エムリン校長は言った。

「そうですね。口になさってはいない。ですから、先生の場合は純粋な推理であろうと信じるに至ったわけです」

「ただの勘だとおっしゃるの？」エムリン校長が尋ねた。これまでより冷たい声になっていた。

「できればその言葉は使いたくありません。はっきりした意見をお持ちだと申し上げたい」

「わかりました。わたしがはっきりした意見を持っていることは認めましょう。でも、どういう意見かをあなたにお伝えするつもりはありません」

「では、こうしてはどうでしょう、先生――いまから、紙に四つの言葉を書きます。わたしが書いた四つの言葉に賛成してくださるかどうかをお尋ねします」

エムリン校長は立ち上がった。部屋を横切って自分の机まで行き、便箋を一枚とると、それを持ってポアロのところに戻った。

「おもしろそうね。四つの言葉ですか」

ポアロはポケットからペンを出した。便箋に何かを書き、折りたたんで校長に差しだした。彼女はそれを受けとると、広げて片手に持ち、じっと見た。

「いかがでしょう？」ポアロは言った。

「この便箋に書かれた言葉のうち、ふたつについては賛成します、ええ。あとのふたつは少し迷いますね。わたしにはなんの証拠もありませんし、じつのところ、思いつきもしませんでした」

「しかし、最初のふたつの言葉に関しては、はっきりした証拠をお持ちなのですね」

「はい、そう思っております」

「水」ポアロは考えながら言った。「この言葉を聞いたとたん、先生にはすぐおわかりになった。わたしもすぐにわかりました。先生は確信しておられ、わたしも確信しております。そして、今度は少年が小川で溺死させられた。すでにお耳に入っているでしょうか？」

「はい。ある人が電話で教えてくれました。ジョイスの弟だそうですね。なぜそんなことに？」

「金をせびったのです。そして、手に入れた。そのため、犯人が機会を見つけて小川で溺死させた」

ポアロの声に変化はなかった。ただ、穏やかになることはなく、前より厳しい口調になっていた。

「わたしに事件のことを知らせに来た人は、被害者への哀れみで頭がいっぱいでした。胸を痛めていました。しかし、わたしは違います。二番目に殺された少年はまだほんの子どもだったが、その死は不幸な災難だったのではありません。人生によくあるように、自ら招き寄せた災いだったのです。金ほしさに危険な行動に出た。頭がよくてずる賢い子だったから、自分が危険を冒していることはわかっていたはずだが、とにかく金がほしかった。まだ十歳だったが、因果関係というのは、三十歳の者にとっても、五十歳の者にとっても、九十歳の者にとっても同じなのです。こういう場合、わたしが何を優先させるかおわかりですか？」

「きっと、哀れみよりも正義を優先なさるのでしょうね」

「わたしが哀れんだところで、レオポルドを助ける役には立ちません。あの子を助けることはもうできないのですから。正義のほうはどうかと言うと、われわれが――先生とわたしがですよ、なぜなら、この事件に関しては先生もわたしと同じ推理をされていると思うのでね――とにかく、われわれが正義を手にしたとしても、やはりレオポルドを助けることはできません。しかし、手遅れにならないうちに正義を手にできれば、ほかのレオポルドの、つまり、ほかの子どもの命を守る役に立つかもしれません。殺人をくりかえす人間は、自分の身を守りたければ人を殺せばいいと思いこんでいるわけでして、なんとも恐ろしいことです。わたしはいまからロンドンへ向かいますが、あちらで何人かに会い、捜査方針を相談するつもりです。みんなを説得して、今回の事件に関するわたしの推理を受け入れてもらうために」

「むずかしいかもしれませんよ」エムリン校長は言った。

「いや、そうでもありません。そのための方法を見つけるのはむずかしいかもしれないが、事件の真相に関するわたしの推理を伝えれば、向こうも納得するはずです。なぜなら、犯罪者の心理を理解する能力がある人びとですから。もうひとつ、先生にお尋ねしたいことがあります。ご意見を伺いたいのです。今回はご意見だけでいい。証拠はいりません。ニコラス・ランサムとデズモンド・ホランドのふたりをどう思われますか？信頼できる子たちでしょうか？」

「ふたりとも全面的に信頼できると申し上げましょう。わたしはそう思っています。愚かな悪ふざけばかりする子たちですが、それは人生のほんの一時期だけのこと。基本的には、あのふたりは健全です。虫に食われていないリンゴのように健全です」

「話はつねにリンゴに戻りますね」エルキュール・ポアロは残念そうに言った。「もう失礼しなくては。車を待たせてありますので。それに、もう一カ所、寄りたいところがあるのです」

第二十三章

「〈石切り場の森〉で何が始まったのか、お聞きになりました？」〈フラッフィー・フレークレット〉と〈ワンダー・ホワイト〉の箱をショッピングカートに入れながら、ミセス・カートライトが尋ねた。

「〈石切り場の森〉で？」尋ねられて、エルスペス・マッケイは答えた。「いえ、とくに何も聞いておりませんけど」シリアルの箱を選んだ。ふたりは先日オープンしたばかりのスーパーで午前中の買い物をしているところだった。

「森の木を放置しておくと危険なんですって。林業関係の人が何人か、朝から来てるわ。現場は丘の中腹にある急な斜面で、木が一本、大きく傾いてるの。たぶん、倒れる危険があるんでしょうね。去年の冬に雷が落ちた木もあるけど、それはもっと離れたところだったと思うわ。ともかく、みんなで森の木々の根っこのまわりを掘ってるの。それも、かなり深く。困ったものね。あたりがめちゃめちゃにされてしまう」

「まあ」エルスペス・マッケイは言った。「でも、理由があってやってるんでしょうね。たぶん、誰かがその人たちを呼んだんだわ」

「しかも、おまわりさんもふたり来てるのよ。野次馬が来ないように見張ってるの。ぜったい人を近づけないようにしてるみたい。病気の木はどれかをまず見つけなくては、とか言ってるわ」

「なるほど」エルスペス・マッケイは言った。

事情がわかったような気がした。誰から聞いたわけでもないが、エルスペスは人に教えてもらう必要のない人間だった。


アリアドニ・オリヴァーは玄関で受けとったばかりの電報を広げた。いつもなら電話で電報の知らせが来るので、電文をメモするために大あわてで鉛筆を探したりするのだが、今回は確認用に電文の写しを送ってほしいと強く頼んでおいたため、〝本物の電報〟と自分で呼んでいるものが届いたときにはびっくりしてしまった。

ミセス・バトラーとミランダを急いであなたのフラットへ　ぐずぐずせずにかならず医者に行って手術の相談をすること

アリアドニ・オリヴァーはミセス・バトラーがカリンのジャムを作っている台所へ行った。

「ジュディス、荷造りをしてちょうだい。いまからロンドンに帰るから、あなたもミランダと一緒に来るのよ」

「誘ってくれてありがとう、アリアドニ。でも、用事が山のようにたまってるの。あなただって、今日あわてて帰らなくてもいいんでしょ？」

「いいえ、帰らなきゃいけないの。そうするように言われたから」

「誰に言われたの？　お宅の家政婦さん？」

「いいえ。ほかの人よ。わたしにしては珍しく、その人の言葉には従うことにしてるの。さあ、急いで支度して」

「急に家を空けるなんて無理よ。できないわ」

「とにかく来て」ミセス・オリヴァーは言った。「車の用意はできてるから。玄関にまわしておいたわ。すぐ出かけられるわよ」

「ミランダまで連れてく気にはなれないわ。誰かに預かってもらうわね。レナルズさんのところか、ロウィーナ・ドレイクに」

「ミランダも連れていくのよ」ミセス・オリヴァーはきっぱりと言った。「ぐずぐず言わないで、ジュディス。大事なことなんだから。レナルズ家に預けるなんて、よくも言えたものね。あそこの子がふたりも殺されてるのよ。そうでしょ？」

「ええ、ええ、事実そのとおりだわ。あなた、あの家には何かおかしなところがあると思ってるのね。たしか、あそこには誰か――あら、わたし、何を言おうとしたのかしら」

「わたしたち、おしゃべりしすぎよ」ミセス・オリヴァーは言った。「とにかく、また誰か殺されるとしたら、いちばん可能性が高いのはアン・レナルズじゃないかしら」

「あの一家って、何か呪われてるの？　どうしてあそこの子が次々と殺されてしまうの？　ああ、アリアドニ、すごく怖い！」

「そうよね。でも、怖がるのが当然の場合もあるのよ。わたし、たったいま電報を受けとって、その指示に従おうとしてるところなの」

「あら、電話の音は聞こえなかったけど」

「電話で言ってきたんじゃなくて、玄関に配達されたの」

ミセス・オリヴァーは一瞬ためらったが、電報を友人に差しだした。

「どういうこと？　手術って？」

「扁桃腺のことじゃないかしら。先週、ミランダの喉の調子が悪かったでしょ。ロンドンで喉の専門医に診てもらうのがいちばんだと思わない？」

「おかしなこと言わないでよ、アリアドニ」

「そうね、かなりおかしいかもしれない。さあ、出かけましょう。ロンドンへ行ったら、ミランダはきっと大喜びよ。心配ご無用。手術なんか受けなくていいんだから。それはスパイ小説で〝隠れ蓑〟と呼ばれてるものなの。お芝居でも、オペラでも、バレエでも、ミランダが希望するところへ連れていきましょう。そうね、バレエがいちばんいいかもしれない」

「わたし、怖い」ミセス・バトラーが言った。

アリアドニ・オリヴァーはこの友人を見た。友人はかすかに震えていた。ますますオンディーヌに似てきたわね、と思った。生身の人間ではないみたいに見える。

「さあ、出かけましょう。わたし、エルキュール・ポアロに約束したの——連絡をもらったら、あなたを連れてここを出るって。ついに、その連絡が来たというわけ」

「この村でいったい何が起きてるの？　どうしてここに越してきたのか、自分でもわからなくなってきた」

「わたしもときどき不思議に思ってたわ——あなたがここに住んでるのはなぜだろうっ

て。でも、どこに住むかとなると、人それぞれに好みがあるものね。わたしの友達に、このあいだモートン＝イン＝マーシュへ越した男性がいてね、なぜそんなところに住みたいのかって尋ねたのよ。そしたら、彼、昔からそこで暮らしたかったんですって。引退したら越そうと思ってたそうなの。彼に訊いてみたわ。〝わたし自身は行ったことがないけど、マーシュ、つまり沼沢地って言うぐらいだから、湿気の多い土地のような気がするわ。どんなところなの〟って。そしたら、〝どんなところかわからない。自分も行ったことがないから。しかし、そこで暮らしたいとずっと思ってたんだ〟という返事だった。しかも、大真面目なのよ」

「その人、ほんとに越したの？」

「ええ」

「住んでみて気に入ったかしら」

「さあ、それはまだ聞いてないけど、人間っておかしなものねえ。自ら望んで何かをすることもあれば、義務感から仕方なくってこともある……」ミセス・オリヴァーは庭に出て大声で呼んだ。「ミランダ、みんなでロンドンへ行くわよ」

ミランダがゆっくりとふたりのほうにやってきた。

「ロンドン？」

「アリアドニの運転でね」ミランダの母親が言った。「劇場へ行きましょう。ミセス・オリヴァーがバレエの切符を手に入れてくださるそうよ。バレエを見たくない？」

「すてき」ミランダの目が輝いた。「でも、あたし、出かける前にお友達のひとりにさよならを言ってこなきゃ」

「いますぐ出発するのよ」

「ううん、そんなに長くはかからない。でも、説明してこなきゃいけないの。約束したことがあるから」

ミランダは庭を駆けていき、門の向こうへ姿を消した。

「ミランダの友達って誰なの？」ミセス・オリヴァーは興味ありげに尋ねた。

「さあ、よく知らない。口数の少ない子だから。ときどき思うことがあるの――あの子が本当に友達のつもりでいるのは、森で見かける小鳥だけじゃないかしらって。あるいは、リスとか。誰からも好かれる子ではあるけど、とくに仲のいい友達はいないみたい。だって、女の子をお茶やなんかに連れてくることがないんですもの。よその子たちはけっこうやってるのに。いちばん仲がよかったのはジョイス・レナルズじゃなかったかしら」ミセス・バトラーは曖昧な口調でつけくわえた。「ジョイスはよく、ゾウだとかトラだとか、お伽話みたいなことをあの子に聞かせてたわ」ここで立ち上がった。「さて、さっき言われたように、荷物を詰めてこなくては。でも、ほんとは出かけたくないのよ。やりかけの仕事が山ほどあるんですもの。例えば、このジャムとか――」

「いいから一緒に来るのよ」ミセス・オリヴァーは言った。きっぱりした口調だった。

ジュディスがスーツケースを二個持って階段を下りてきたちょうどそのとき、ミランダが横手のドアから駆けこんできた。息を切らしていた。

「出かける前にお昼を食べなくていいの？」と訊いた。

見た目は森の妖精のようなミランダだが、やはり食べざかりの健康な子どもだ。

「途中でどこかに寄ってお昼にしましょう」ミセス・オリヴァーは言った。「ハヴァシャムの〈ブラック・ボーイ〉がいいかしら。時間的にもちょうどいいわ。ここから四十五分ぐらいだし、すごくおいしいものを出してくれるから。さあ、ミランダ、急いで出発よ」

「明日映画に行けなくなったって、キャシーに言う暇もないのね。ううん、電話で言っておく」

「じゃ、早く電話してらっしゃい」ミセス・バトラーは言った。

ミランダは電話が置いてある居間へ走った。ミセス・バトラーとミセス・オリヴァーはスーツケースを車に積みこんだ。ミランダが居間から出てきた。

「伝言を頼んでおいたわ」息を切らしながら言った。

「これでもう大丈夫」

「あなた、どうかしてるわ、アリアドニ」みんなで車に乗りこみながら、ミセス・バトラーが言った。「ほんとにどうかしてる。いったいどういうこと？」

「そのうちわかると思うわ。おかしいのはわたしなのか、それとも、あの人なのか、自分でもよくわからないの」

「あの人って？　誰のこと？」

「エルキュール・ポアロよ」ミセス・オリヴァーは言った。

ロンドンでは、エルキュール・ポアロが四人の人物と一緒に、ある部屋に腰を落ち着けていた。ひとり目はティモシー・ラグラン警部。上司たちと同席するときのいつもの習慣で、表情を消し、恭しい態度で通している。ふたり目はスペンス元警視。三人目は州警察のアルフレッド・リッチモンド本部長。そして、四人目は検察官で、いかにも法の番人らしく鋭い顔つきだ。全員がさまざまな表情でポアロを見つめた——いや、〝無表情で〟と言ったほうがいいかもしれない。

「自信たっぷりというお顔ですな、ムッシュー・ポアロ」

「ええ、そうですとも」ポアロは言った。「物事が整理されてきて、この推理で間違いないと確信できたら、あとはそれを否定する材料を探せばいいのです。否定材料が出てこなければ、その推理が揺るぎなきものとなります」

「わたしが見たところ、動機はいささか複雑なようですな」

「いえ」ポアロは言った。「じつのところ、複雑ではないのです。ただ、あまりに単純すぎて、かえって人目につかないのです」

検察官は疑わしそうな顔をした。

「もうじき、決定的な証拠が得られるでしょう」ラグラン警部が言った。「もちろん、ある点で誤りがあった場合は……」

「カランコロンと鐘が鳴っても、井戸のなかに子猫がいなかった場合ですか？」エルキュール・ポアロは言った。「そういう意味でしょうか？」

「まあ、ご自分だけの推理に過ぎないことには、あなたも同意されますよね」

「最初からずっと、証拠がそれを差し示していたのです。若い女が姿を消した場合、理由として考えられるものはそれほど多くありません。その一、男と逃げた。その二、死んでいる。それ以外は無理があり、現実には起こりえないものです」

「ほかに注目すべき点はないのでしょうか、ムッシュー・ポアロ？」

「あります。わたしは有名な不動産会社に連絡をとっておりました。そこの人びとはわたしの友人で、西インド諸島、エーゲ海、アドリア海、地中海その他にある不動産を専門に扱っています。太陽が売りもので、客はたいてい金持ちです。ここにみなさんの興味を惹きそうな最近の売買記録があります」

ポアロは折りたたんだ紙を差しだした。

「これが事件に関係していると？」

「ええ、もちろん」

「島の売買はあの国の政府によって禁じられているはずですが？」

「金さえあればどうにでもなります」

「これ以外に注目すべき点はないのでしょうか？」

「二十四時間以内に、事件解決の決め手になるものが手に入るでしょう」

「なんですか、それは？」

「目撃者です」

「というと――」

「犯行現場の目撃者ですよ」

検察官がますます信じられないという顔でポアロを見た。

「その目撃者はいまどこに？」

「ロンドンに向かっているところです。わたしはそう願い、そう信じています」

「なんだか――心配そうな声ですね」

「ええ、たしかに。できるかぎり手は打ったつもりですが、正直なところ、心配でなりません。ええ、いろいろと予防手段を講じているにもかかわらず、心配なのです。なぜなら、われわれが相手にしているのは――どう言えばいいのか――常識では考えられないような残忍さと、機敏な対応力と、貪欲さを備えた人物で、もしかしたら――断定はできないながら、ありうることだと思うのですが――異常なものを秘めているかもしれないからです。生まれついての異常さではなく、徐々に芽生えていったものです。ひと粒の種が根を伸ばし、ぐんぐん成長していったのです。いまではおそらく、手に負えなくなり、生命というものに対して人間らしい気持ちをなくしてしまい、冷酷非情な人物になっていることでしょう」

「それに関しては、ほかの意見も検討しなくてはならないと思います」検察官が言った。「結論を急いではなりません。もちろん、すべては――ええと――森の捜査次第です。そこで証拠が見つかったら、あらためて考えるとしましょう」

エルキュール・ポアロは立ち上がった。

「では、これで失礼します。わたしが知っていること、心配していること、考えていることはすべてお話ししました。これからも連絡を絶やさないようにします」

ポアロはいかにも外国人らしく、みんなと律儀に握手をして、それから出ていった。

「ペテン師みたいな感じの男ですな」検察官が言った。「少々いかれていると思いませんか？　とにかく、もうかなりの年だ。あの年代の男の頭脳に頼っていいものかどうか、わたしにはわかりません」

「頼ってもいいと思いますよ」警察本部長が言った。「少なくとも、わたしはそういう印象を受けました。スペンス、きみとわたしは長いつきあいだ。そして、きみはあの男の友人だ。あの男が少々老いぼれてきたと思うかね？」

「いえ、思いません」スペンス元警視は答えた。「きみの意見はどうだい、ラグラン？」

「わたしがあの人に会ったのはつい最近のことなので……。最初は、あの人の――そのう、話し方や考え方が現実離れしているように思いました。しかし、そのうちに考えが変わりました。いずれあの人の正しさが証明されると思います」

第二十四章

　ミセス・オリヴァーはレストラン〈ブラック・ボーイ〉の窓ぎわの席についていた。まだかなり早い時間帯なので、店内はそれほど混んでいない。やがて、化粧直しに行ったジュディス・バトラーが戻ってきて、ミセス・オリヴァーの向かいにすわり、メニューに目を通した。

「ミランダは何が好き？」ミセス・オリヴァーは尋ねた。「あの子の分も注文しておきましょうよ。もうじき戻ってくるだろうし」

「ローストチキンの好きな子なの」

「だったら簡単ね。あなたは何にする？」

「同じものでいいわ」

「ローストチキン三人前」ミセス・オリヴァーは注文した。

　椅子にもたれ、友人にじっと目を向けた。

「どうしてそんなふうにじろじろ見るの？」

「ちょっと考えてたの」ミセス・オリヴァーは言った。

「何を？」

「わたし、あなたのことをほんの少ししか知らないって」

「あら、どんな相手にもあてはまることじゃない？」

「つまり、相手が誰だろうと、その人のすべてを知ることはできないって意味？」

「ええ、無理だと思うわ」

「そうかもしれないわね」ミセス・オリヴァーは言った。

ふたりともしばらく黙りこんだ。

「このお店、お料理がなかなか来ないのね」

「もうじき来ると思うわ」

ウェイトレスが料理をのせたトレイを運んできた。

「ミランダったら、ずいぶん時間がかかってる。ダイニングルームの場所がわからないのかしら」

「ううん、そんなことないわ。途中で覗いたから」ミセス・バトラーがいらいらした様子で立ちあがった。「行って連れてくるわ」

「もしかして、車酔いとか？」

「小さいときはよく車に酔う子だったけど」

ミセス・バトラーは四分か五分ほどしてから戻ってきた。

「洗面所にいないのよ。奥のほうに庭へ出るドアがあるの。たぶん、そこから外に出て小鳥を観察してるんじゃないかしら。そういう子なのよ」

「今日は小鳥を観察してる暇なんかないのに」ミセス・オリヴァーは言った。「庭に出てミランダを呼ぶか何かしてちょうだい。早くロンドンへ行きたいから」

エルスペス・マッケイはソーセージ数本をフォークでつついてから、耐熱皿に並べて冷蔵庫に入れ、ジャガイモの皮をむきはじめた。

電話が鳴った。

「ミセス・マッケイですか？　グッドウィン部長刑事です。お兄さんはおられますか？」

「いいえ。今日はロンドンへ行っています」

「ロンドンへも電話したのですが――すでに向こうを出られたあとでした。お帰りになったら、いい結果が出たとお伝えください」

「井戸で遺体が見つかったという意味ですか？」

「内緒にしたところで無駄ですね。すでに噂になってるようだし」

「誰だったんです？　オペアガール？」

「そのようです」

「かわいそうに。井戸に身を投げたのでしょうか——それとも？」

「自殺ではありません——ナイフで刺されています。他殺に間違いありません」


母親が洗面所を出ていったあと、ミランダは一分か二分ほど待った。それから個室のドアをあけ、用心深くあたりに目をやってから、すぐそばの庭に面した奥のドアをあけて、小道を駆けていった。その先に、昔は宿屋だったがいまはガレージになっている建物の裏庭がある。歩行者が外の道路に出るための小さなドアがあったので、そのドアを通り抜けた。道路の少し先に一台の車が止まっていた。グレイのもじゃもじゃ眉毛とグレイの顎鬚の男性が運転席にすわり、新聞を読んでいた。ミランダは車のドアをあけて助手席に乗りこんだ。笑いだした。

「おかしな顔」

「好きなだけ笑ってくれ。遠慮はいらない」

車がスタートし、少し先で右に曲がり、左に曲がり、ふたたび右に曲がって二級道路に出た。

「時間は予定どおりだ」グレイの顎鬚の男が言った。「ぴったりの瞬間に〈両刃の斧〉が見えてくるはずだ。キルタベリーの丘も。すばらしい景色だよ」

一台の車がぎりぎりの間隔で追い越していったので、ミランダが乗った車は生け垣に突っこみそうになった。

「無謀な若者たちだ」グレイの顎鬚の男が言った。

そちらの車に乗った若者のひとりは肩まで届く長い髪をしていて、大きな眼鏡はまるでフクロウのようだった。もうひとりは頬髯を生やして、スペイン人みたいな雰囲気だった。

「ママがあたしのこと心配するんじゃないかな」ミランダは言った。

「心配する暇なんかないと思うよ。ママが心配しはじめるころには、きみはもう、望みの場所へ行っているから」

ロンドンでは、エルキュール・ポアロが電話をとった。ミセス・オリヴァーの声が聞こえてきた。

「どういう意味です？　いなくなったとは」

「〈ブラック・ボーイ〉でお昼にしたんだけど、ミランダが洗面所へ行ったきり戻ってこなかったの。誰かの話だと、年上の男の運転する車で走り去るのが見えたそうよ。でも、ミランダじゃなかったかもしれない。ほかの誰かかもしれない。例えば――」

「誰かがミランダのそばにいるべきでしたね。ふたりともミランダから目を離すなんて困ります。言ったでしょう――危険が迫っていると。母親がひどく心配しているでしょうね？」

「するに決まってるでしょ。あなたったら何を考えてるの？　ジュディスはもう半狂乱よ。警察に電話すると言ってきかないの」

「ええ、当然でしょう。わたしからも電話しておきます」

「でも、どうしてミランダの身が危険なの？」

「わからないのですか？　そろそろわかってもいいころだが」ポアロはつけくわえた。

「遺体が発見されたのです。わたしもたったいま聞いたばかりですが――」

「遺体って？」

「井戸のなかの遺体です」

第二十五章

「わあ、きれい」ミランダはあたりを見まわして言った。

キルタベリー・リングはこの地方の景勝地だ。もっとも、遺跡はたいして有名ではない。何百年も昔に破壊されてしまった。しかし、あちこちに背の高い巨石が残っていて、天に向かってそびえ、遠い昔の宗教儀式を物語っている。ミランダは次々と質問をした。

「どうしてここにこんな石が置かれたの？」

「儀式に使ったんだ。宗教儀式に。生贄を捧げる儀式。生贄のことは知ってるだろ、ミランダ？」

「ええ、たぶん」

「知らなきゃいけない。重要なんだ」

「ねえ、何かの罰とか、そういうんじゃないわよね？　何かほかのことよね？」

「そう、ほかのことだよ。きみはほかの人びとに命を与えるために死ぬ。美に命を与えるために死ぬ。美を生みだすために。重要なことなんだよ」

「あたし、思ってたんだけど――」

「なんだい、ミランダ？」

「ねえ――自分がしたことのせいで、ほかの誰かが死んでしまったら、自分も死ななきゃいけないと思うのよ」

「どこからそんな考えが生まれたのかな？」

「ジョイスのことを考えてたの。あたしがジョイスに何も言わずにいれば、ジョイスは死なずにすんだはずだわ。違う？」

「かもしれない」

「あたし、ジョイスが死んでからずっと悩んでたの。あんな話、わざわざすることなかったのに。そうでしょ？　あの話をしたのは、あたしだってすごいこと知ってるわよって言いたかったからなの。ジョイスはインドへ行ったことがあって、いつもインドの話をしてたわ――トラとか、ゾウとか、ゾウにつける黄金の布や飾りなんかのことを。それで、あたしも急に、誰かに話したくなったの。だって、それまではとくに考えたこともなかったから」ミランダはさらに続けた。「あれも――あれも、生贄だったの？」

「ある意味ではね」

ミランダは考えこみ、やがて言った。「そろそろ時間じゃない？」

「太陽がまだ正しい位置に来ていない。あと五分ぐらいしたら、あの石の向こうに太陽が沈んでいく」

ふたりは車のそばにすわったまま、ふたたび黙りこんだ。

「さあ、いまだ」ミランダの連れが空を見上げて言った。太陽が地平線に向かって沈みはじめたところだった。「いまこそすばらしい瞬間だ。ここには誰もいない。この時間帯だと、キルタベリー・リングを見るためにキルタベリーの丘の頂上までのぼってくる者はいない。十一月だから寒すぎるし、ブラックベリーの季節も終わった。まず〈両刃の斧〉を見せてあげよう。石に彫ってあるんだ。何百年も前に地中海のミケーネ島やクレタ島から古代ギリシャの人びとがやってきたときに彫られたものだよ。すてきだろう、ミランダ？」

「ええ、すてきね。見せて」

ふたりは頂上の石のところまでのぼっていった。その横に倒れた石柱があり、斜面を少し下ったところにも別の石柱があって、歳月のせいで疲労したかのように軽く傾いていた。

「幸せかい、ミランダ？」

「ええ、すごく幸せよ」

「ここにそのしるしがある」

「それ、ほんとに〈両刃の斧〉なの？」

「そうさ。古びて消えそうだけど、これがそうなんだ。シンボルだよ。ここにきみの手を置いて。それから——さあ、過去と未来と美のために乾杯しよう」

「わあ、うっとりするわ」

金色のカップが彼女の手のなかに置かれ、連れの男が小瓶から金色の液体を注いだ。

「果物の味だよ。桃の香りがする。さあ、飲んで、ミランダ。そうすればもっと幸せになれる」

ミランダは金色のカップを手にとった。香りを嗅いだ。

「ほんとね。たしかに桃の香りがする。わあ、見て、太陽よ。ほんとに赤みがかった金色——世界の端っこに横たわってるみたいに見える」

男はミランダを太陽のほうへ向かせた。

「カップをしっかり持って飲むんだ」

ミランダはすなおに向きを変えた。片手はいまも、巨石と消えかけた彫刻の上に置かれていた。男は彼女のうしろに立っている。斜面を下ったところにある傾いた石柱の向こうから、ふたつの人影が身を屈めてそっと出てきた。丘の頂上に立つミランダと男はそちらに背を向けていたため、人影にまったく気づいていなかった。ふたつの人影はすばやく、しかし、足音を忍ばせて丘の斜面を駆け上がった。

「美のために乾杯だ、ミランダ」

「飲むな！」背後で声がした。

ローズピンクのベルベットの上着が男の頭にぶつけられ、男がゆっくり持ち上げた手からナイフが叩き落とされた。ニコラス・ランサムがミランダをつかまえ、しっかり抱えて、格闘中のふたりからひき離した。

「まったくバカな子だ」ニコラス・ランサムが言った。「殺人鬼に誘われるままに、こんなとこまで来るなんて。自分が何をしてるのか、ちゃんと考えなきゃ」

「考えたわよ」ミランダは言った。「生贄になるつもりだったの。だって、悪いのはあたしだもん。ジョイスが殺されたのはあたしのせいなの。だから、あたしが生贄になるのが正しいことなのよ。そうでしょ？　生贄の儀式をやるはずだった」

「生贄の儀式だなんてくだらないことを言うんじゃない。あの女が見つかったぞ。ほら、ずっと行方不明だったオペアガール。二年ほど前だったよな。遺言書を偽造したから逃げたんだって、誰もが思ってた。けど、逃げたんじゃなかったんだ。井戸のなかから遺体が見つかった」

「えっ！」ミランダは不意に、悲しげな叫びを上げた。「まさか、願いごとの井戸じゃないわよね？　あたしが必死に見つけようとしてた願いごとの井戸じゃないわよね？ああ、井戸のなかから見つかるなんてかわいそう。誰なの——誰が投げこんだの？」

「きみをここに連れてきたのと同じ人物だよ」

第二十六章

ふたたび、四人の男性が椅子にすわり、ポアロを見つめていた。ラグラン警部、スペンス元警視、警察本部長の三人は、いまにも生クリームの皿が出てくるかと待っている猫のように、期待に満ちた顔をしていた。四人目の検察官はあいもかわらず、信じるものかという表情だった。

「さて、ムッシュー・ポアロ」警察本部長が進行役を買って出て、警戒の表情を緩めようとしない検察官のことは放っておき、ポアロに声をかけた。「全員こうして集まりましたぞ――」

ポアロは片手で合図をした。ラグラン警部が部屋を出ていき、三十代の女性と、少女と、若者ふたりを連れて戻ってきた。

警部はこの四人を警察本部長に紹介した。「この方々は、ミセス・バトラー、お嬢さんのミランダ、ニコラス・ランサムくん、デズモンド・ホランドくんです」

ポアロが立ち上がってミランダの手をとった。「お母さんのとなりにおすわりなさい――この人はリッチモンドさんといって、警察の偉い人で、きみにいくつか質問したいと言っておられる。質問に答えてほしいそうだ。きみが前に見たことに関係があるんだよ――一年以上、いや、二年近く前になるかな。きみはそのことを友達に話した。話した相手はその友達だけだ。それで合ってるかね？」

「はい、ジョイスに話しました」

「詳しく言うと、ジョイスにどんなことを話したのかな？」

「人が殺されるのを見たことがあるって」

「ほかの人には話した？」

「いいえ。でも、レオポルドは薄々知ってたと思います。だって、あの子、立ち聞きするんですもの。ドアの陰に隠れて。そういうことをする子なの。人の秘密を嗅ぎつけるのが好きなんです」

「ハロウィーン・パーティの準備をしていた午後、ジョイス・レナルズが殺人の現場を見たと言い張ったことは、きみも聞いていると思う。ジョイスは本当に見たのだろうか？」

「ううん。あたしの話をそのまままくりかえしただけよ――自分が見たような顔をして」

「きみが何を見たのか、おじさんたちに話してくれないかな？」

「あたし、最初は殺人だなんて気がつかなくて、何か事故が起きたんだと思ったの。女の人が高いところから落ちたのかもしれないって」

「どこで見たんだね？」

「〈石切り場庭園〉で――窪地になってて、前に井戸があった場所。あたし、木にのぼって枝に腰かけてたの。リスを観察してたんだけど、じっと静かにしてないとリスが逃げてしまうでしょ。リスってすごくすばしっこいから」

「何を見たのか話してごらん」

「男の人と女の人が別の女の人を抱えて、小道の向こうからやってきたの。病院か〈石切り場の館〉へ運ぶところだろうと思ったわ。そしたら、女の人が立ち止まって、〝誰かがこっちを見てる〟と言って、あたしの木をじっと見たの。あたしはなんだか怖くなって、身動きしないで静かにしてたの。男の人が〝バカバカしい〟と言って、ふたりはそのまま行ってしまった。でも、スカーフが血に染まってるのが見えたし、血のついたナイフもあった――だから、あたし、誰かが自殺しようとしたんだと思って、そのままじっとしてたの」

「怖かったから？」

「ええ、でも、どうして怖かったかはわからない」

「お母さんに黙ってたの？」

「ええ。覗き見なんかしちゃいけなかったような気がして。でね、次の日になっても、誰も事故の話をしなかったから、そのまま忘れてしまったの。二度と思いだすこともなかった。ところが――」

ミランダは急に黙りこんだ。警察本部長が口を開きかけて――また閉じた。ポアロのほうに目をやり、かすかな合図を送った。

「うん、ミランダ」ポアロは言った。「ところが、どうしたんだね？」

「まるで、あのときと同じことが起きてるみたいだった。今度はリスじゃなくてアオゲラだったけど、あたしが茂みの陰にじっと身を隠して観察してたら、あのふたりが腰を下ろして話をしてたの――島の話だった――ギリシャの島。女の人が〝契約がすんだわ。わたしたちのものよ。いつでも好きなときに行けるわ。でも、ゆっくり進めたほうがいいわね――焦ってはだめ〟というようなことを言っていた。そのとき、アオゲラが飛び立ったから、わたし、思わず身動きしてしまって、そしたら女の人が言ったの――〝シーッ――静かに――誰かがこっちを見てる〟って。前のときと同じ言い方で、表情も同じだったから、あたし、また怖くなって、それで思いだしたの。今度ははっきりわかったわ。あたしが前に見たのは殺人で、ふたりは遺体をどこかに隠すために運んでたんだって。あたし、もう子どもじゃないもの。いろんなことが理解できるし、あのとき見たものの意味もわかったわ——血、ナイフ、ぐったりした遺体——」

「それはいつのことだね？」警察本部長が尋ねた。「どれぐらい前だった？」

ミランダはしばらく考えた。

「この前の三月だったわ——復活祭のすぐあと」

「そのふたりというのが誰だか、ちゃんと言えるかね、ミランダ？」

「ええ、もちろん」ミランダは困惑の表情になった。

「ふたりの顔は見た？」

「もちろんよ」

「誰だった？」

「ミセス・ドレイクとマイクル……」

芝居がかった言い方ではなかった。ミランダの声は静かで、〝不思議ね〞と言いたそうだったが、確信に満ちていた。

警察本部長が言った。「きみはその話を誰にもしなかった。なぜだね？」

「だって——だって、生贄の儀式だったのかもしれないって思ったから」

「誰がそんなことを？」

「マイクルがあたしに言ったの――生贄が必要だって」

ポアロは優しく言った。「きみはマイクルを愛していたのかな？」

「ええ、そうよ」ミランダは言った。「すごく愛してた」

第二十七章

「やっとつかまえた」ミセス・オリヴァーが言った。「何もかも話してちょうだい」

〝ぜったい話してもらいますからね〟と言いたげにポアロを見て、厳しい声で尋ねた。

「どうしてもっと早く来てくれなかったの？」

「申し訳ありません、マダム、警察の捜査への協力に追われていたものですから」

「〝捜査への協力〟というのは、犯罪者がすることよ。ロウィーナ・ドレイクが殺人に関係してたことに、どうして気がついたの？　ほかの人たちは夢にも思っていなかったのに」

「決定的な手がかりをつかんだあとは簡単でした」

「決定的な手がかりって？」

「水ですよ。パーティの参加者のなかで、水に濡れた人、しかも、本当なら濡れるはずのなかった人を見つけようとしたのです。ジョイス・レナルズを殺した犯人はびしょ濡れになったはずです。水がいっぱい入ったバケツに元気な子どもの頭を押しこめば、子どもがもがいてしぶきが飛ぶでしょうから、犯人は水に濡れるに決まっています。そこで、濡れた理由をもっともらしく説明できるよう、何か騒ぎを起こさなくてはならなかった。スナップドラゴンをするためにみんながダイニングルームに入っていったとき、ミセス・ドレイクはジョイスを図書室へ連れていきました。パーティをやっている家の人から〝ちょっと来てね〟と言われれば、誰だってついていきますよ。ジョイスだって、ミセス・ドレイクを疑うわけはありません。ジョイスがミランダから聞いたのは、前に殺人の現場を見たということだけでしたから。そのせいでジョイスは殺され、ミセス・ドレイクはびしょ濡れになってしまった。濡れた理由が必要なので、理由をこしらえることにした。水に濡れた場面を目撃する人物が必要です。そこで、水がいっぱい入った大きな花瓶を持って、階段の踊り場で待っていました。やがて、スナップドラゴンの部屋からミス・ホイッティカーが出てきました。なにしろ、あの部屋は暑かった。ミセス・ドレイクは何かに驚いたふりをして花瓶を手から放し、水が自分の体にかかるようにして下のホールへ落としたのです。階段を駆けおり、ミス・ホイッティカーと一緒にガラスの破片と花を拾い集めながら、美しい花瓶が割れてしまったことを嘆いてみせた。そして、殺人がおこなわれた部屋で何かを目にした、あるいは、誰かが出てくるのを目にしたという印象を、ミス・ホイッティカーに与えることに成功したのです。ミス・ホイッティカーは額面どおりに受けとりましたが、エムリン校長に話したところ、校長は本当に注目すべき点は何なのかを見抜きました。そこで、わたしにその話をするようミス・ホイッティカーに勧めたのです。おかげで」ポアロは口髭をひねりながら言った。

「わたしにもジョイスを殺した犯人がわかりました」

「ところが、ジョイスはそもそも、殺人の現場なんか見ていなかったのね！」

「ミセス・ドレイクはそのことを知りませんでした。ただ、前々から、マイクル・ガーフィールドと一緒にオリガ・セミーノフを殺したとき〈石切り場の森〉に誰かがいて、その現場を見ていたような気がしていたのです」

「現場を見たのはジョイスではなくミランダだったことを、あなたが知ったのはいつだったの？」

「ジョイスは嘘つきだというみんなの意見を受け入れたほうが自然だと気づいたときでした。そこでミランダの存在が浮かんできました。ミランダはよく〈石切り場の森〉へ出かけて小鳥やリスを観察していました。ジョイスは――わたしがミランダから聞いた話ですが――彼女ととても仲良しだった。〝秘密を打ち明けあってたの〟とミランダは言っていました。あの夜のパーティにミランダは出られなかった。そこで、つい嘘をつく癖のあるジョイスは、前に殺人の現場を見たことがあるというミランダの話を、まるで自分のことのように話したわけです――たぶん、マダム、有名なミステリ作家であるあなたの注意を惹きたかったのでしょう」

「あらそう。みんな、わたしが悪いわけね」

「いや、とんでもない」

「ロウィーナ・ドレイク……」ミセス・オリヴァーは考えこんだ。「あの人が犯人だなんて、いまだに信じられないわ」

「ミセス・ドレイクには必要な要素がすべてそろっていました。昔からよく考えるのですが、マクベス夫人というのはいったいどんな女だったのでしょう。現実の世界で出会ったら、どういう人物なのでしょうね。そう、わたしはマクベス夫人に出会ったのだと思います」

「では、マイクル・ガーフィールドは？　共犯関係になるなんて、およそ考えられないふたりだけど」

「興味深いことです――マクベス夫人とナルキッソス。普通ではありえない組みあわせだ」

「マクベス夫人ねえ……」ミセス・オリヴァーは考えこみながらつぶやいた。

「きりっとした女性で――じつに有能――生まれながらのリーダー――そして意外なことに演技の才能までありました。レオポルド少年の死を嘆き、濡れてもいないハンカチに顔を埋めて泣く姿を、あなたに見せてあげたかったです」

「見たくもないわ」

「覚えていますか――誰がいい人か、誰がいい人でないかについて、わたしがあなたの意見を尋ねたのを」

「マイクル・ガーフィールドは彼女を愛していたの？」

「マイクル・ガーフィールドが自分以外の人間を愛したことは、おそらくないと思いますよ。あの男は金がほしかった――莫大な金が。最初はたぶん、ミセス・ルウェリン＝スマイスをたぶらかせば、自分に有利な遺言書を書かせることができると信じていたのでしょう――ところが、夫人はそんな甘い人ではなかった」

「偽造の件はどうなの？　そこがまだよく理解できないんだけど。なんのために偽造を？」

「最初は混乱させられました。偽造が多すぎたとでも言えばいいのでしょうか。しかし、よく考えてみれば、意図するところは明白でした。現実に何が起きたかを考えればいいのです。

ミセス・ルウェリン＝スマイスの遺産はすべてロウィーナ・ドレイクのものになりました。検認のために提出された補足書は明らかに偽造とわかるもので、どんな弁護士だって見破ることができたでしょう。異議が申し立てられ、筆跡鑑定家の証言によって補足書は無効となり、もとの遺言書が有効と認められる。ロウィーナ・ドレイクの夫は最近亡くなったので、彼女が夫人の全財産を相続する」

「でも、掃除に通ってた女性が証人として署名したという補足書はどういうことなの？」

「わたしが推測するに、ミセス・ルウェリン＝スマイスはマイクル・ガーフィールドとロウィーナ・ドレイクが深い仲だったことを知ったのでしょう。おそらく、夫が亡くなる前からすでに。ミセス・ルウェリン＝スマイスは激怒して、全財産をオペアガールに遺すという遺言補足書を作成した。そして、オリガがそのことをマイクルに話した――彼との結婚を望んでいましたからね」

「あら、オリガの相手はフェリアじゃなかったの？」

「ありそうな話ですが、それはマイクルの口から出たことです。裏付けはとれていません」

「本物の補足書があることをマイクルが知っていたのなら、オリガと結婚して財産を手にすればよかったんじゃない？」

「マイクルはたぶん、財産が本当にオリガのものになるかどうか危ぶんでいたのでしょう。〝不当な圧力〟という問題もありますし。ミセス・ルウェリン＝スマイスは高齢で、病弱でもあった。それまでの遺言書はどれも、自分の身内に財産を譲ることになっていた。法廷でもちゃんと認められる立派なものでした。それに対して、外国からやってきたこの女は、ミセス・ルウェリン＝スマイスと知りあって一年にしかなりません——しかも、夫人の遺産を請求する権利もありません。あの補足書はたとえ本物であっても、無効になるかもしれない。また、ギリシャの島を買うことをオリガが承知するかどうか、そもそも、その気になるかどうかも怪しいものです。オリガには有力者の友達などひとりもいないし、ビジネスの世界のコネもありません。マイクルに惹かれてはいたが、オリガからすれば、あくまでも都合のいい結婚相手に過ぎなかった。彼と結婚してイングランドの永住権を手に入れる——それがオリガの望みだったのです」

「では、ロウィーナ・ドレイクは？」

「恋に夢中になりました。夫は何年ものあいだ病人だった。彼女は中年になったが情熱的な女で、そんな彼女の前に、目をみはるほど美しい男が現れた。女ならみんな、簡単に彼のとりこになってしまう——しかし、男が望んだのは——女の美貌ではなく——自分の手で美を生みだしたいという創作欲を満たすことでした。そのために金を手に入れようとしたのです。莫大な金を。愛について言えば、マイクルが愛したのは自分だけでした。彼はナルキッソスだった。何年も前に聞いたフランスの古い歌があります――」

ポアロは柔らかくハミングした。

ごらん、ナルキッソス（ルギャルド・ナルシス）
ごらん、水のなかを（ルギャルド・ダン・ロ）
ごらん、ナルキッソス（ルギャルド・ナルシス）、きみは美しい（ク・チュ・エ・ボ）
この世にあるのは（イル・ニャ・オ・モンド）
美しさだけ（ク・ラ・ボテ）
そして若さ（エ・ラ・ジュネス）
ああ（エラス）！　若さ（エ・ラ・ジュネス）は……
ごらん、ナルキッソス（ルギャルド・ナルシス）
ごらん、水のなかを（ルギャルド・ダン・ロ）……

「信じられない――ギリシャの島に庭園を造りたいというだけの理由で人を殺すなんて、

とうてい信じられないわ」まさかという顔で、ミセス・オリヴァーは言った。

「信じられませんか？　あの男がどんな庭園を心に描いていたか、あなたには想像できませんか？　岩だらけの島かもしれないが、バランスのいい形なので、みごとな庭園に生まれ変わる可能性を秘めています。肥沃な土を船で運んで、むきだしの岩を覆う——それから、苗、種子、灌木、木々を運ぶ。もしかしたら、愛する女のためにひとつの島を庭園に造りかえた海運業の大富豪のことを、新聞で読んだのかもしれない。そこで思いついたのでしょう——庭を造ろう。女のためではなく——自分のために」

「わたしに言わせれば、やっぱり異常だわ」

「ええ。世の中にはそういうこともあるのです。あの男はおそらく、自分の動機が異常だとは思ってもいなかったでしょう。もっと多くの美を生みだすために必要なものとしか思わなかったのです。美の創造にとりつかれた男だったのです。〈石切り場の森〉の美、これまでに設計して造り上げたその他の庭園の美——そして、今度はさらに大きなものに挑もうとした——ひとつの島をまるごと使った美。そんなとき、ロウィーナ・ドレイクが現れて彼に夢中になった。あの男にとって、彼女は美を生みだすための金蔓でしかなかった。そう——あの男はたぶん、妄想の世界に迷いこんでしまったのでしょう。神々が人を破滅させようとするときは、まず、その人物を妄想へ追いやるものです」

「あの男はそうまでしても島がほしかったの？　ロウィーナ・ドレイクという重荷を背負いこむことになっても？　横暴な彼女と暮らすことになっても？」

「事故は起きるものですよ。いずれ、ロウィーナ・ドレイクの身に事故が起きたかもしれない」

「殺人事件がもうひとつ？」

「そうです。始まりは単純でした。オリガは遺言補足書のことを知っていたばかりに、マイクルたちに殺される運命だった。また、やってもいない偽造の罪を着せられる運命でもありました。ミセス・ルウェリン＝スマイスが本物の遺言書を隠してしまったので、たぶん、フェリア青年が金を握らされ、似たような遺言書を偽造したのだと思います。ところが、ひとめで偽造とわかる出来だったため、たちまち疑いを招くことになった。だから、フェリア青年は殺されてしまった。わたしが即座に見抜いたとおり、レスリー・フェリアはオリガとなんの約束もしていなかったし、恋仲でもなかった。わたしにふたりのことを話したのはマイクル・ガーフィールドでしたが、レスリーに金を渡したのもマイクルではないかと思います。オリガを口説いてものにし、自分たちの関係を秘密にするように、雇い主には黙っているようにと警告し、いずれ結婚しようと約束するいっぽうで、ロウィーナ・ドレイクと彼に遺産がころがりこんだときには、オリガに罪をかぶせようと冷酷にも企んでいたのです。オリガ・セミーノフが偽造罪で逮捕されたり、裁判にかけられたりするのは、マイクルにとって必要のないことでした。彼女に疑いがかかるだけで充分だったのです。偽造遺言書で利益を得るのはオリガだし、彼女なら簡単に偽造できたはず。なにしろ、雇い主の筆跡をまねていたことを示す証拠があるのですから。オリガが急にいなくなったら、偽造犯だと疑われ、おまけに、雇い主の急死にも関係していたのではという疑いを持たれるに決まっています。そのため、オリガ・セミーノフはちょうどいいタイミングで殺されたのです。レスリー・フェリアも殺されましたが、こちらはギャングに刺されたか、嫉妬に狂った女に刺されたのだと思われていました。しかし、井戸で見つかったナイフを調べたところ、フェリアが受けた傷の形とぴったり一致したのです。わたしはオリガの遺体がこの付近のどこかに隠されているに違いないと思いつつも、それがどこなのかどうしてもわからなかったのですが、ある日、ミランダが願いごとの井戸のことを尋ね、そこへ連れていってほしいとマイクル・ガーフィールドにせがんでいるのを耳にしました。そのとき、彼は頼みを断りました。それと前後して、わたしがミセス・グッドボディと話をしていたとき、〝オペアガールはどうなったと思われます?〟と尋ねたら、〝カランコロンと鐘が鳴る、子猫ちゃんは井戸のなか〟という返事があったので、女の遺体は願いごとの井戸のなかだと確信しました。

井戸は森のなかにありました。〈石切り場の森〉の、マイクル・ガーフィールドの家からそれほど離れていない斜面にあったのです。だから、ミランダが目撃したのはおそらく、殺人の光景か、あとで遺体を遺棄したときの光景のどちらかだったのでしょう。ミセス・ドレイクとマイクルは誰かに見られたような気がして不安に思っていました――ただ、誰なのかはわからなかった――その後、何も起きなかったので、もう大丈夫だと思うようになりました。ふたりで計画を立て――けっして急ぎはしなかったが、少しずつ実行に移しはじめたのです。ミセス・ドレイクは海外で土地を買うような話をして――ウッドリー・コモンを離れたがっているのだと人びとに思わせました。悲しい思い出が多すぎると言って、いつも夫の死を嘆き悲しむふりをしていました。すべてうまく運んでいたのですが、ハロウィーンの日に衝撃の事態が発生しました。ジョイスが突然、殺人の現場を見たと言いだしたのです。それを聞いたミセス・ドレイクは、あの日、森にいたのが誰だったのかを知りました。いや、知ったと思ったのです。そこですぐさま行動に出ました。ところが、それだけでは終わらなかった。レオポルド少年が金を要求してきたのです。〝買いたいものがたくさんあるから〟と言って。少年がどんな推測をしたのか、何を知っていたのかはわかりませんが、なにしろジョイスの弟ですからね、ミセス・ドレイクとマイクルは少年がかなりのことを知っていると思いこんだのでしょう。だから――レオポルドも殺されることになった」

「あなたがミセス・ドレイクを疑ったのは、水に濡れた件があったからよね?」ミセス・オリヴァーは言った。「では、マイクル・ガーフィールドを疑ったのはどうして?」

「条件にぴったりだったからです」ポアロは率直に答えた。「そして――先日マイクル・ガーフィールドと話をしたとき、やはりこの男が犯人だと確信しました。彼が笑いながらわたしに言ったのです。〝知り合いの警官のところに帰ってください。去るがいい、サタンよ〟と。そこで、わたしははっきりと知ったのです。心のなかでつぶやきました。〝それは逆だ。わたしがおまえをあとに残していくのだ、サタンよ〟と。若く美しいサタン。人間の前に現れるルシファーはそのような姿をしています……」

部屋にはもうひとり女性がいた――これまでずっと黙っていたが、椅子の上でようやく身を震わせた。

「ルシファー。ええ、いまならわかります。あの人は昔からそうでした」

「とても美しい男だった」ポアロは言った。「そして、美を愛していた。自分の頭脳と想像力と手で創造する美を。そのためなら、あの男はすべてを犠牲にしたでしょう。あの男なりにミランダを愛していたとは思います――だが、ミランダを生贄にするつもりだった――わが身を救うために。ミランダを殺す計画をとても慎重に立てました――殺人を儀式にしようとし、ミランダを洗脳したのです。ウッドリー・コモンを離れることがあったら自分に知らせるよう、ミランダに言っておき——あなたとミセス・バトラーがランチをとったレストランで落ちあおうと提案しました。彼の計画では、ミランダはキルタベリー・リングで発見されることになっていました。〈両刃の斧〉が彫られた石のそばで。金色のカップを横に置いて——生贄の儀式です」

「異常だわ」ジュディス・バトラーは言った。「あの男、きっとおかしくなってたのね」

「マダム、お嬢さんは無事ですよ——ただ、ぜひ教えていただきたいことがあります」

「わたしにお答えできることでしたら、なんなりと、ムッシュー・ポアロ」

「ミランダはあなたのお子さんだが——マイクル・ガーフィールドの娘でもあるのではありませんか？」

ジュディスはしばらく無言だったが、やがて「そうです」と答えた。

「しかし、ミランダは知らないのですね？」

「ええ。何も知りません。ここであの男に出会ったのはほんとに偶然だったんです。わたし、娘のころに彼と知りあいました。激しい恋に落ち、やがて——やがて、怖くなったのです」

「ええ。理由はわかりません。彼のすることが怖いとか、そういうのではなく、とにかく性格が怖かったのです。優しそうに見えても、その奥に冷たく残酷なものがありました。美や庭造りにかける情熱さえも、怖いと思いました。子どもができたことは言いませんでした。彼と別れて——よそへ行き、赤ちゃんを産みました。夫はパイロットで、事故で亡くなったという話をこしらえました。あちこち転々としたあと、ウッドリー・コモンに来たのは、まあ、偶然と言っていいでしょう。メドチェスターに知り合いがいて、秘書の仕事につくことができたのです。

やがて、マイクル・ガーフィールドが〈石切り場の森〉で仕事をするために、こちらに来ました。わたしは気にしませんでした。向こうも同じでした。すべて遠い昔のことですもの。でも、そのうち、ひどく心配になってきたのです。ミランダが〈石切り場の森〉へいつも出かけていることは知らなかったのですが——」

「なるほど」ポアロは言った。「ふたりのあいだには絆があったのでしょう。自然に惹かれあったのだと思います。ふたりが似ていることに、わたしは気づいていました——ただ、美しきルシファーによく似たマイクル・ガーフィールドが邪悪だったのに対して、お嬢さんには清らかさと知恵があり、邪悪なところはまったくありません」

「怖くなった？」

ポアロは自分の机まで行き、封筒を持って戻ってきた。そこから繊細な鉛筆画をとりだした。

「お嬢さんですよ」

ジュディスはその絵を見た。〝マイクル・ガーフィールド〟と署名してあった。

「彼は〈石切り場の森〉を流れる小川のほとりでお嬢さんの絵を描いていました。記憶にとどめておきたいから描くのだと言っていました。忘れるのが怖いというのです。ただ、それでもなお、お嬢さんを殺すことを思いとどまろうとはしませんでした」

それから、ポアロは絵の左上の隅に鉛筆で書かれた言葉を指さした。

「読めますか？」

ジュディスはゆっくりと声に出して読んだ。

「イフィゲネイア」

「ええ」ポアロは言った。「ギリシャ神話に出てくるイフィゲネイア。アガメムノン王は自国の船団をトロイへ送ってくれる風を呼ぶために、自分の娘を生贄にしました。マイクルは新たなエデンの園を手に入れるために、自分の娘を生贄にしようとしたのです」

「自分が何をしているか、あの男は承知していたのですね」ジュディスは言った。「後悔することはなかったのかしら？」

ポアロは答えなかった。ある光景が心に浮かびつつあった。命なき指にはいまも金色のカップが〈両刃の斧〉が彫刻された巨石のそばにきわだって美しい男が倒れていて、しっかりと握られている。生贄を救いだし、彼に正義の裁きを受けさせようとして、青年たちが駆けつけたとき、男はそのカップをつかんで中身を飲みほしたのだ。

マイクル・ガーフィールドはそうやって死んだ——あの男にふさわしい死に方だとポアロは思った——しかし、残念ながら、ギリシャの海に浮かぶ島に美しい庭園が誕生することはない……。

そのかわり、ミランダがいる——生気にあふれた、若々しく可憐なミランダが。

ポアロはジュディスの手をとり、唇をつけた。

「お別れです、マダム。お嬢さんによろしくお伝えください」

「ミランダはあなたのことをけっして忘れないでしょう。あなたから受けたご恩のことも」

「忘れたほうがいい。思い出のなかには埋めてしまったほうがいいものもあります」

ポアロはミセス・オリヴァーのほうを向いた。

「おやすみなさい、親愛なるマダム。マクベス夫人とナルキッソス。まことに興味深い事件でした。わたしのところに事件を持ちこんでくださったことに感謝しなくては——

「はいはい、そうよね」ミセス・オリヴァーはムッとした声で言った。「いつものように、すべてわたしのせいになさい！」

解　説

作家　若竹七海

クリスティーらしさの詰め合わせ

映画監督にして俳優のケネス・ブラナーは近年、アガサ・クリスティーの代表作『オリエント急行の殺人』『ナイルに死す』の映像化にあたって名探偵エルキュール・ポアロを演じ、新時代のクリスティー映画を生み出した。このブラナー版ポアロ映画二作品は、原作を逸脱した世界観やメインキャストのスキャンダルにもかかわらず、あるいはそれゆえに、それぞれスマッシュヒットを記録した。

そこでクリスティーのファンとして気になるのは、シリーズ三作目に選ばれるのはいったいどの作品か、ということである。代表作から選ぶなら『アクロイド殺し』か『A

BC殺人事件』、前二作に続き旅情を醸し出したいなら『メソポタミアの殺人』か『白昼の悪魔』、いっそのこと『ビッグ4』はどうだ、あれは国際犯罪組織と闘うポアロ、というおはなしなんだからヨーロッパを舞台に007なみの大アクションを展開できるぞ。『オリエント急行〜』でポアロを鉄橋からぶら下げたブラナー版のことだ、『ABC〜』も併せてAはアフガニスタン、Bはボスニア・ヘルツェゴビナ、Cはコロンビアに変更、ポアロと犯人が世界狭しと駆け回る大作映画にしたって不思議じゃあないわけで。

などと、あれこれ邪推しているところへ、シリーズ三作目についての噂が飛び込んできた。

は？　原作『ハロウィーン・パーティ』？

ギリシャ旅行で知り合った友人に誘われ、ロンドンから三、四〇マイルにある住宅地ウッドリー・コモンを訪れた作家アリアドニ・オリヴァー夫人は、子どもたちを集めた〈リンゴの木荘〉でのハロウィーン・パーティに参加する。バケツに浮かんだリンゴをくわえたり、火をつけたブランデーのなかのレーズンをつかんだり、将来の夫を占ったりといったゲームで盛り上がったパーティが終わった後、十三歳の少女がバケツの水に顔を突っ込んで死んでいるのが見つかった。少女は直前、有名作家の気を引くためか、「子どもの頃、殺人を見た」と言い張っていた。オリヴァー夫人はポアロを事件に引き込むのだが……。

『ハロウィーン・パーティ』は、クリスティーのミステリのなかでは比較的地味な作品である。舞台はイングランドの郊外、よく見ると値打ち物の家具もない屋敷、子どもたちとそのパーティを仕切る女性たち……国際色豊かな容疑者たちが集う『オリエント急行〜』や、ナイルの悠久の流れのなか大胆不敵なトリックを展開させる『ナイル〜』にくらべてしまうと、どうしたって平凡に思える。

それでも、ハロウィーンはカボチャだキャンドルだコスプレだと絵面に凝ることができるし、実際、デイヴィッド・スーシェがポアロを演じたテレビドラマ版はなかなか趣があり、ファンタジックだった。物語の後半、鍵となるのは「亡霊が住む場所のような雰囲気」で「どことなく異教的な残酷なものが感じられる」庭だから、撮りようによっては印象的で面白い映像となるかもしれない。

しかし、おはなしはどうだろう。

犯人の設定はクリスティーがさんざん使い込んできたおなじみのパターン。物語は本作の十三年前に発表された『死者のあやまち』そっくり（ポアロとオリヴァー夫人が登場し、ゲームの最中に少女が殺され、物語の背景には美しい庭）。古い記憶をたどって事件の解決にいたる、クリスティーお得意の「回想の殺人」ものでもあるが、同じジャンルの『五匹の子豚』『象は忘れない』『スリーピング・マーダー』とくらべてしまうと、いささか分が悪い。展開に困るたんびに死体が増えていくし。

なにより、本作には重要なポイントがある。イギリスを舞台にしたクリスティー作品では、あの時代の暮らし……シードケーキや午後のお茶、頑丈な靴、息を呑むようなドレス、歴史ある屋敷、庭を彩る草花……が、目に浮かぶように描写されており、それこそが世界中の読者をひきつけてやまないのだが、さらに欠かせないのがクリスティーの生み出す「浮世離れした女性キャラクター」の存在だ。

戯曲『蜘蛛の巣』のクラリサ、『ホロー荘の殺人』のアンカテル夫人、『鳩のなかの猫』のジュリアの母親、『マギンティ夫人は死んだ』に登場するB&Bの女主人・サマーヘイズ夫人……彼女らは天衣無縫に振る舞いつつ、その思いつきで物語をとんでもない方向に動かしたり、謎に煙幕を張ってしまったり、物事の本質を見抜いて高らかに語っていたり、大きなヒントをもらしていたりと、読者を物語にひきつけるだけでなく、ミステリ的にも多くの役割を担っている。

そしてこの手の女性キャラクターの代表格と言えば、もちろん、われらがアリアドニ・オリヴァー夫人だ。

作品すべてがフランス語、ドイツ語、イタリア語、ハンガリー語、フィンランド語、日本語、アビシニア語に翻訳されているという一流のミステリ作家。しょっちゅう髪型と壁紙を変え、「女性が警視総監になれば」が口癖で、フィンランドのことなどたいして知りもしないのに名探偵をフィンランド人にしてしまったことを後悔し続け、よく「おびただしいリンゴも一緒にとび出して」くるリンゴ好き。

同じくリンゴが大好きだったクリスティー本人が自身を投影したとも、大のお気に入りのキャラクターだったとも言われるこのオリヴァー夫人、はじめは『パーカー・パイン登場』にパーカー氏の知恵袋として現れる。ついで『ひらいたトランプ』では探偵小説界の一流作家としてポアロの前に登場。かの『死者のあやまち』、みずから聞き込み中に頭を殴られて昏倒する『第三の女』、名付け子の両親の死の事情を探る『象は忘れない』。ノンシリーズの『蒼ざめた馬』にも顔を出してたっけ。

『ハロウィーン・パーティ』でオリヴァー夫人は、大好物のリンゴを無意識にとってかじりながら長々と一人語りをし、パーティ準備のジャマをする。「殺人を見た」という少女の告発は信じず、しかし有名作家である彼女がこの場に居合わせたことが殺人につながってしまったのかもしれない、と自責の念からポアロに助けを求める。つまり、物語の扉をこじ開け、進行役を務めると同時に、多すぎる述懐で読者を煙に巻く……ミステリの「探偵側」に立っていながら、謎の解明から読者を遠ざける役割も担わされているわけだ。

こういったキャラクターの創造は、まさにクリスティーの独壇場といえる。簡単にマネできそうで、なかなかできない。「浮世離れした女性キャラクター」という記号をそのまま使うのはたやすいが、読者に「こういうひといる」「親戚のおばさんがこんなだった」と血肉を持った具体的なイメージを想起させるのは、並の手腕では不可能だ。

まして、これを映像化し、観る者にリアルでチャーミングな人間として感じさせるのは、容易ではない。どんなにうまく脚色しても、名女優をつれてこようとも、ややもすると薄っぺらな、いかにも「ミステリを複雑にするために作りました」という風の、わざとらしいキャラクターになってしまうのがオチだ。デイヴィッド・スーシェ版ポアロの『ハロウィーン・パーティ』は、『シャーロック』の製作で知られる脚本家マーク・ゲイティスが脚色、ゾーイ・ワナメイカーがオリヴァー夫人を演じたが、これら一流の才能をもってしても、オリヴァー夫人は物語が始まってすぐ病床に追いやられ、途中からほとんど「いるだけ」となっていた。

だから難しいとは思うが、一クリスティーファンから言わせてもらえば、この魅惑のキャラクターを生かしてこそ、立たせてこそのクリスティー作品である。せっかく舞台をイギリスに設定し、映像化するなら、オリヴァー夫人をうまく物語にかませ、縦横無尽に活躍させなくちゃ意味がない。

だけど、こんな平凡なおはなし、こんな難しいキャラクターを、ケネス・ブラナー版映画ではいったいどう料理するつもり？

などと勝手にドキドキしていたが、蓋を開けてみたらなんのことはない、映画は小説『ハロウィーン・パーティ』にインスパイアされた、原作というより、原案に近いものらしい。予告篇を観たところ、舞台はヴェネツィア。でもって、古めかしい建物内でミシェル・ヨーが主催する交霊会がおこなわれるらしい（もちろん本作にそんなシーンはまったくない）。

わたしのような偏狭なクリスティーファンは、あまりの別物ぶりにあっけにとられてしまうわけだが、先ほどから述べているように、クリスティー七十九歳のおりに発表された『ハロウィーン・パーティ』はクリスティーの愛読者に既視感を感じさせ、悪く言えば自作の焼き直しに近い面もある。

しかし、仮に映画が原作から遠く離れていても、どうしたってクリスティーの魅力はしっかり残るんじゃないだろうか。なにしろこの小説は、事件に巻き込まれる子ども、愛着ある庭園、犯人の設定、回想の殺人、リンゴ、浮世離れした女性キャラクターと「クリスティーの好きなものの詰め合わせ」でできているのだから。

本書は、二〇〇三年十一月にクリスティー文庫より刊行された『ハロウィーン・パーティ』の新訳版です。翻訳の底本にはHarperColins社のペイパーバック版を使用しています。

訳者略歴　同志社大学文学部英文科卒，英米文学翻訳家　訳書『ポケットにライ麦を〔新訳版〕』『オリエント急行の殺人』クリスティー，『アガサ・クリスティー失踪事件』グラモン，『ペインフル・ピアノ』パレツキー（以上早川書房刊）他多数

Agatha Christie

ハロウィーン・パーティ
〔新訳版〕

〈クリスティー文庫 31〉

二〇二三年八月二十日　印刷
二〇二三年八月二十五日　発行

（定価はカバーに表示してあります）

著者　アガサ・クリスティー
訳者　山本（やまもと）やよい
発行者　早川浩
発行所　株式会社　早川書房

郵便番号一〇一－〇〇四六
東京都千代田区神田多町二ノ二
電話　〇三－三二五二－三一一一
振替　〇〇一六〇－三－四七七九九
https://www.hayakawa-online.co.jp

乱丁・落丁本は小社制作部宛お送り下さい。
送料小社負担にてお取りかえいたします。

印刷・三松堂株式会社　製本・株式会社明光社
Printed and bound in Japan
ISBN978-4-15-131031-7 C0197

本書は活字が大きく読みやすい〈トールサイズ〉です。